珍妮的春天

Jenny

Sigrid Undset

[挪威] 西格里德·温塞特 著

张莹冰 译

"北欧文学译丛"
编委会

主　编

石琴娥（中国社会科学院外国文学研究所）

副主编

徐　昕（北京外国语大学欧洲语言文化学院）
张宇清（中国国际广播出版社有限公司）
田利平（中国国际广播出版社有限公司）

编　委
（以姓氏汉语拼音为序）

李　颖（北京外国语大学欧洲语言文化学院芬兰语专业）
王梦达（上海外国语大学德语系瑞典语专业）
王书慧（北京外国语大学欧洲语言文化学院冰岛语专业）
王宇辰（北京外国语大学欧洲语言文化学院丹麦语专业）
余韬洁（北京外国语大学欧洲语言文化学院挪威语专业）
赵　清（北京外国语大学欧洲语言文化学院瑞典语专业）
凭　林（知名学者）
张娟平（中国国际广播出版社有限公司）

绚丽多姿的"北极光"

——为"北欧文学译丛"作的序言

石琴娥

2017年的春天来得特别地早，刚进入3月没有几天，楼下院子里的白玉兰已经怒放，樱花树也已经含苞待放了。就在这样春光明媚、怡人的日子里，我收到中国国际广播出版社文史编辑部主任张娟平女士打来的电话，想让我来主编一套当代北欧五国的文学丛书，拟以长篇小说为主，兼选一些少量有代表性的短篇小说、诗歌等，篇目为50部左右。不久之后，中国国际广播出版社负责人和张娟平主任又郑重其事地来到寒舍，对我说，他们想做一套有规模、有品位的北欧文学丛书，希望能得到我的支持，帮助他们挑选书目、遴选译者，并担任该丛书的主编。

大家知道，随着电子阅读器和智能手机的普及，越来越多的人通过电子设备来阅读书籍。在目前的网络和数码时代，出现了网络文学、有声书和电子书，甚至还出现了人工智能创作的作品，纸质书籍受到极大冲击，出版纸质书籍遇到了很大困难。有的出版社也让我推荐过北欧作品，但大都是一本或两本而已，还有的出版社希望我推荐已经过版权期的作品，以此来节省一些成本。而中国国际广播出版社却希望出版以当代为主的作品，规模又如此之大，而且总编辑又亲临寒舍来说明他们的出版计划和缘由，我被他们的执着精神和认真态度所感动，更被他们追求精神品位的人文热情所感动。我佩服出版社的魄力和勇气。面对他们的热情和宝贵的执着精神，我怎能拒绝，当然应该义不容辞地和他们一起合作，高质量、高品位地出好这套丛书。

大家也许都注意到，在近二三十年世界各国现代化状况的各类排行榜上，无论是幸福指数，还是GDP或者是人均总收入，还是环境保护或者宜居程度，从受教育程度和质量、医疗保障到养老、失业等社会保障，还有从男女平等到无种族歧视，等等，北欧五国莫不居于世界最前列，或者轮流坐庄拿冠夺魁，或是统统包圆儿前三名，可以无须夸张地说，北欧五国在许多方面实际上超过了当今世界霸主美国，而居于当今世界发达国家最前列，成为世界现代化发展中的又一类模式。

大家一般喜欢把世界文学比作一座大花园，各个时期涌现出来的不同流派中的众多作家和作品犹如奇花异葩，争妍斗艳。北欧文学是这座大花园里的一部分，国际文学中，特别是西欧文学中的流派稍迟一些都会在北欧出现。北欧的大自然，由于地理位置、自然环境和气候条件，没有小桥流水般的婀娜多姿，而另有一种胜景情致，那就是挺拔参天、枝叶茂盛的大树，树木草地之间还有斑斓似锦的各色野花和大片鲜灵欲滴的浆果莓类。放眼望去，自有一股气魄粗犷、豪放、狂野、雄壮的美。北欧的文学大花园正如自然界的大花园一样，具有一股阳刚的气概、粗豪的风度。它的美在于刚直挺立、气势巍巍。它并不以琴瑟和鸣般珠圆玉润和撩拨心弦的柔美乐声取胜，却是以黄钟大吕般雄浑洪亮而高亢激昂的震颤强音见长。前者婉转优雅、流畅明快，后者豪迈恢宏、气壮山河。如果说欧洲其余部分的文学是前者的话，那么北欧文学就是后者。正如鲁迅所说，北欧文学"刚健质朴"，它为欧洲文学大花园平添了苍劲挺拔的气魄。以笔者愚见，这就是北欧五国文学的出众特色，也是它们的长处所在。

文学反映社会现实。它对社会的发展其功虽不是急火猛药，其利却深广莫测。它对社会起着虽非立竿见影却又无处不在的潜移默化作用。那么，北欧各国的当代文学作品中是如何反映北欧当代社会的呢？它对北欧各国的现代化发展是不是起了推动促进作用了呢？也许我们能从这套丛书中看到一些端倪。

北欧五国除了丹麦以外，都有国土位于北极圈或接近北极圈。北极光是那里特有的景象。尤其到了冬天夜晚，常常能见到北极光在空中闪烁。最常见的是白色，当然有时也能见到五彩缤纷、绚丽多姿的北极光。北欧五国的文学流派众多，题材多样，写作手法奇异多姿，犹如缤纷绚丽的北极光在世界文坛上发光闪烁。

北欧包括5个国家：丹麦、芬兰、冰岛、挪威和瑞典。讲起当代的北欧文学，北欧文学史上一般是从丹麦文学评论家和文学史家勃朗兑斯（Georg Brandes，1842—1927）于1871年末在丹麦哥本哈根大学所作的《十九世纪文学主流》算起，被称为"现代突破"。从19世纪的1871年末到目前21世纪一二十年代的150年的时间里，一大批有才华的作家活跃在北欧文坛上。在群英荟萃之中，出现了几位旷世文豪，如挪威的"现代戏剧之父"亨利克·易卜生，瑞典文学巨匠——小说家、戏剧家斯特林堡和荣获诺贝尔文学奖的第一位女作家、新浪漫主义文学代表塞尔玛·拉格洛夫，丹麦1944年诺贝尔文学奖获得者约翰纳斯·维尔海姆·延森，芬兰批判现实主义作家尤哈尼·阿霍以及冰岛1955年诺贝尔文学奖获得者哈多尔·拉克斯内斯等。本系列以长篇小说为主，也有少量短篇和戏剧作品。就戏剧而言，在北欧剧作家中，挪威的亨利克·易卜生开创了融悲、喜剧于一体的"正剧"，被誉为"现代戏剧之父"，是莎士比亚去世三百年后最伟大的戏剧家。瑞典的奥古斯特·斯特林堡所开创的现代主义戏剧对世界戏剧产生了重大影响。戏剧是文学的一部分，所以我们在选编时也选了少量的戏剧作品。被选入本系列中的作家，有的是北欧当代文学的开创者，有的是北欧当代文学中各种流派的代表和领军人物，都是北欧当代文学中的重要作家，他们的作品经历了时间考验。

在北欧文坛中，拥有众多有成就有影响的工人作家是其一大特色。有的还获得了诺贝尔文学奖，成为世界级的大文豪。这些工人作家大多自身是农村雇工或工人，有过失业、饥饿或其他痛苦的经历，经过自学成为作家。他们用笔描写自己切身的悲惨遭遇，对地主、资产阶级的剥削和压榨写得既具体细腻又深刻生动。正是他们构成了北欧20世纪以来现实主义文学的主流。在这些工人作家中最突出的有丹麦的马丁·安德逊·尼克索和瑞典的伊瓦尔·洛-约翰松等。对这些在北欧文坛上占有重要地位的工人作家的作品，我们当然是不能忽略的，把他们的代表作选进了这套丛书之中。

除了以上这些久享盛誉的作家外，我们也选了新近崛起的、出生于1970和1980年代的作家，如出生于1980年的瑞典作家乔安娜·瑟戴尔和出生于1981年的挪威作家拉斯·彼得·斯维恩等。他们的作品在北欧受到很大欢迎，有的被拍成电影，有的被搬上舞台。这些作品，虽然没有经历过时间的考验，但却真实地反映了目前北欧的现状，值得收进本丛书之中。

从流派来看，我们既选了现实主义作品，也不忽略浪漫主义、超现实主义和意识流的作品，力求使读者对北欧当代文学有个较为全面的印象。从作家本人的情况看，我们既选了大家公认的声誉卓越的作家的作品，也选了个别有争议的作家的作品，如挪威作家克努特·汉姆生，他是现代挪威、北欧和世界文坛上最受争议的文学家。他从流浪打工开始，1920年成为诺贝尔文学奖得主，晚年沦为纳粹主义的应声虫和德国法西斯占领当局的支持者，从受人欢呼的云端跌入遭国人唾骂的泥潭，而他毕竟是现代主义文学和心理派小说的开创者和宗师，在20世纪现代文学中扮演了承上启下的转型角色。我们把他的"心理文学"代表作《神秘》收进本丛书。这部作品突破传统小说的诸多常规要素，着力于通过无目的、无意识的内心独白，以及运用思想流、意识流的手法来揭示个性心理活动，并探索一些更深层次的人生哲理。1978年诺贝尔文学奖得主、美国作家艾萨克·辛格说："在我们这个世纪里，整个现代文学都能够追溯到汉姆生，因为从任何意义上他都是现代文学之父……20世纪所有现代小说均源出汉姆生。"我们把这位有争议的作家的作品选入我们的丛书，一方面是对北欧和世界文学在我国的译介起到补苴罅漏的作用，另一方面也可进一步了解现代文学的来龙去脉，以资参考借鉴。

20世纪60年代中期，瑞典出现了一种新兴的文学——报道文学。相当一批作家到亚非拉国家进行实地调查，写出了一批真实反映这些地区状况的报道文学作品。这批从事报道文学的作家大都是50和60年代在瑞典文坛上有建树的人物。如瑞典作家扬·米尔达尔是这种新兴文学——报道文学的代表人物之一，他的《来自中国农村的报告》（1963）成为当时许多国家研究中国问题的必读参考材料，被译成十几种文字多次出版。他的这本书材料详尽、内容真实、记载细腻而风靡一时。还有福尔盖·伊萨克松通过访问和实地采访写出了报道中国20世纪70年代真实状况的作品。这些文字优美、内容详尽的作品为西方读者了解中国起了很好的桥梁作用。他们的作品是在我国改革开放之前来中国写的，今天再来阅读他们当时写的作品，从中也能领略到时代的变化、改革开放的伟大成就。

总之，我们选材的宗旨是：尽量把北欧各国文学史中在各个时期占有重要地位的作家的代表作收进本丛书。本丛书虽有45部之多，是我国至今出版北欧丛书规模最大的一部，但是同150年的时间长河和各时期各流派的代表作家和作品之多比起来，45部作品远不能把所有重要作家的作品全部收入进来。

本丛书中的所有作品，除了极个别以外，基本都是直接从原文翻译，我们的目的是想让读者能够阅读到原汁原味的当代北欧文学。同英语、俄语、法语等大语种翻译比起来，我们直接从北欧语言翻译到中文的历史不长，译者亦不多，水平不高，经验也不足，译文中一定存在不少毛病和欠缺之处，望读者多多包涵，也请读者给我们提出宝贵的建议和意见，便于我们改进。

本丛书能够付梓问世，首先要感谢中国国际广播出版社执行董事张宇清先生和副总编田利平先生，田总编是在本丛书开始编译两年后参与进本丛书的领导工作的，他亲自召开全体编委会会议，使编委们拓宽思路，向更广泛的方向去取材选题。没有他们坚挺经典文化的执着精神和开拓进取的勇气，这部丛书是不可能跟读者见面的。我还要感谢本书所有的编委，是他们在成书过程中做了大量工作，从选材、物色译者到联系有关国家文化官员和机构，都付出了辛勤的劳动。不仅如此，他们还亲自翻译作品。没有他们的默默奉献和通力合作，这部丛书是难以完成的。在编选过程中，承蒙北欧五国对外文化委员会给予大力帮助和提供宝贵的意见，北欧五国驻华使馆的文化官员们也给予了热情关怀，谨向他们致以衷心的感谢。对编选工作中存在的疏漏和不足，还望读者们不吝指正。

2021 年 10 月
于北京潘家园寓所

石琴娥，1936年生于上海。中国社会科学院外国文学研究所北欧文学专家。曾任中国－北欧文学会副会长。长期在我国驻瑞典和冰岛使馆工作。曾是瑞典斯德哥尔摩大学、丹麦哥本哈根大学和挪威奥斯陆大学访问学者和教授。主编《北欧当代短篇小说》、冰岛《萨迦选集》等，为《中国大百科全书》及多种词典撰写北欧文学、历史、戏剧等词条。著有《北欧文学史》、《欧洲文学史》（北欧五国部分）、"九五"重大项目《20世纪外国文学史》（北欧五国部分）等。主要译著有《埃达》《萨迦》《尼尔斯骑鹅旅行记》《安徒生童话与故事全集》等。曾获瑞典作家基金奖、2001年和2003年国家图书奖提名奖、第五届（2001）和第六届（2003）全国优秀外国文学图书奖一等奖、安徒生国际大奖（2006）。荣获中国翻译家协会资深荣誉证书（2007）、丹麦国旗骑士勋章（2010）、瑞典皇家北极星勋章（2017）等。

译　序

——关于《珍妮的春天》及其作者

《珍妮的春天》（*Jenny*）一书由诺贝尔文学奖获得者、挪威女作家西格里德·温塞特（Sigrid Undset，1882—1949）于1911年创作完成。

1882年，西格里德·温塞特出生于丹麦卡伦堡。在她两岁的时候，她随父母迁居挪威。自那之后，她与家人一直生活在挪威首都克里斯蒂安尼亚（今奥斯陆）。温塞特的父亲是挪威的一位著名考古学家，长期担任博物馆馆长一职。由于自幼得到父母潜移默化的影响，温塞特从小就表现出对艺术、考古和历史的浓厚兴趣。11岁那年，父亲因病去世。鉴于家道中落，温塞特不得不放弃继续接受大学教育的梦想。16岁那年，经过短暂的课程培训，温塞特获得了克里斯蒂安尼亚一家工程公司的秘书一职，并在这个岗位上持续工作了十多年。

工作之余，西格里德·温塞特开启了她的写作生涯。最初，她打算创作一部涉及北欧中世纪历史的长篇小说，故事发生在丹麦。历经四年，这部篇幅冗长的小说最终在她22岁那年完成，然而稿子很快就被当时的出版商退回了。两年后，她把中世纪故事搁置一旁，转而开始撰写当代小说。西格里德·温塞特将小说的场景选择在她最熟悉的城市——克里斯蒂安尼亚，故事情节以中产阶级女性的情感经历为主线，相比她的第一部小说，这部小说的体量较小，总共只有80页。一开始，由于作品内容过于惊世骇俗，被当时的出版商拒绝了，但是最终这部小说还是得以出版问世。小说主人公的第一句开场白足以令百年前那个时代的读者震惊错愕："我出轨了。"

至此，年仅25岁的西格里德·温塞特凭借这部以通奸为题材的现实主义中篇小说——《玛塔·奥莉夫人》首次在挪威文坛亮相，并在当时的文坛及社会上引发一阵骚动，跻身成为挪威颇有前途的年轻作家。

在此之后的十多年间，从1907—1918年，西格里德·温塞特创作并出版了多部以当时首都克里斯蒂安尼亚为背景的小说。这些富于伦理性的现实主义作品，主人公多为平民阶级，故事内容大多描写普通家庭的命运、父母与孩子的关系。主题多半围绕女性和她们的爱情生活展开。或者以西格里德·温塞特一贯坦率而唐突的讽刺风格来诠释——那就是一些关于"不道德的情爱内容"。

这期间她出版的小说包括《珍妮的春天》（1911）、《春》（1914）、《镜中人》（1917）等女性题材小说。主人公或是婚姻不如意，或是另有所恋，或是对爱情生活有着美好的憧憬，却在现实中频频遭遇感情失落，她们苦闷彷徨，对现实不满，却始终无法冲破社会习俗的束缚和道德观念的羁绊。这些小说将西格里德·温塞特置身于当时刚刚萌芽的欧洲妇女解放运动之外，却也无不真实地反映出当时中产阶级女性内心的无奈与痛苦。

从一开始西格里德·温塞特的书就极为畅销。在她的第三部书即将推出之际，她辞去了办公室的工作，开始了以写作为生的专职作家生涯。同年，西格里德·温塞特获赠一笔作家奖金，开启了一段欧洲之旅。短暂经停丹麦和德国之后，温塞特启程前往意大利，并于1909年12月抵达罗马。多年前，温塞特的父母曾经与罗马有着千丝万缕的联系，在罗马停留的九个月时间里，她沿着父母当年的足迹仔细探寻每一处名胜古迹。南欧的旅行经历对于她而言是意义深远的，在这里她结识了来自北欧圈子的多位作家与艺术家。

在罗马期间，西格里德·温塞特遇到了安德斯·卡斯特斯·斯瓦斯塔——后来成为她丈夫的一位挪威画家。斯瓦斯塔比她年长9岁，是一位已婚男人，在挪威已有家室。三年后斯瓦斯塔与妻子离婚，迎娶温塞特。结婚那年温塞特年满30岁。婚后他们共同育有三个孩子。

西格里德·温塞特在国外生活的这段经历为她日后写作《珍妮的春天》积累了宝贵素材，并由此激发出作者诸多创作灵感。读者或许可以从这部作品中多多少少窥视到温塞特的个人生活痕迹。可以说，《珍妮的春天》一书的故事情节及主人公的情感经历很大一部分源自温塞特在国外旅居的生活感受，这当中还包括她在罗马期间的爱情生活。出乎很多人的意料，西格里德·温塞特并不是一个积极的女权主义拥护者。虽然她独立，有主见，在当时男权占绝对优势的社会中，拥有成功的事业与一定程度的财富自由，她不仅可以自食其力，还能过上比同时代普通出生背景的女性更为体面的生活。但是，正如作者借珍妮之口所说，事业并不是女性的全部，无论多么成功的女人，她们仍然渴望获得爱情，摆脱孤独。珍妮有满腔的爱需要付出。然而，在接受爱情、渴望拥有一份心灵高度契合的感情的同时，她又渴望保有其心灵的独立与自由。她追求的是一份最高形式的爱——灵与肉的高度吻合，她需要爱情中两个人的共同成长，是一个完美主义者。鉴于此，珍妮注定要成为那个时代悲剧式的人物。作为一名"美德卫士",珍妮最终没能等到她理想中的爱情。她有满怀的爱,却无处释放;她是孤傲的,在这个世界上她始终找不到一个势均力敌的伴侣。贡纳·赫根看重的是事业,他过于理性,过于理想化。没有事业的女性在他的世界里充其量只是一个无足轻重的角色,他不属于大男子主义者,他更倾向于女人像男人一样有担当,然而他忽略了珍妮作为一名女性的情感需求。虽然最后他似乎幡然醒悟,却为时已晚;又或许时光可以倒流,最终的结局仍然注定是让他失望的。因为珍妮的性格使然。格特·格拉姆从始至终是一个沉浸在浪漫主义情怀之中的男人,他渴望与珍妮在艺术与情感上产生沟通与交流,然而却始终得不到回应。他的已婚身份以及作为珍妮男友父亲的这一特殊身份使得他对珍妮的这份感情成为一种离经叛道的另类。在飞蛾扑火般的激情过后,珍妮终究还是厌倦了他的过度关注。也许,在这个世界上,有些人注定只能孑孓独行,茕茕而立。文章中多次出现的银莲花,以及那盛开即凋落的山茶花,在作者富于表现力的印象主义手法之下,无一不在暗示着珍妮那短暂即逝的青春,如同初春时节雨雪中独自绽放的银莲花——唯美、脆弱、不堪一击。

西格里德·温塞特在婚后继续从事写作工作,并在此期间完成了她最后几部现实主义小说和短篇小说集。与此同时,她积极参与各种公众话题的讨论:包括妇女解放运动和其他涉及伦理道德的主题活动。她生性好辩,随着妇女解放运动的深入发展,温塞特开始对其持批判态度;第一次世界大战的爆发深刻地影响和改变了人们的社会伦理道德观念。1919年,西格里德·温塞特与斯瓦斯塔离婚。

离婚后，她搬入位于挪威利勒哈默尔一栋传统挪威风格的大木屋居住，在这里温塞特重新获得心灵的平静，专注写作。

1919年，西格里德·温塞特开始创作《克丽斯汀》三部曲，这部作品最终成为西格里德·温塞特的代表作。整部巨作气势恢宏，通过描述一个女人由出生到死亡的经历，叙述了中世纪时期斯堪的纳维亚地区普通人的生活。该书对北欧人的生活习俗、风土人情做了大量的、细腻详尽的描写，充分展示出作者温塞特对中世纪北欧生活的渊博知识。她笔下的所有人物，无论卑微与否，其性格的复杂性与多面性，与莎士比亚笔下的人物不相上下。同时，温塞特将她的人物置于一个生命勃发的时代与地域之中，那是她无比熟悉的城市——奥斯陆，她深爱的居尔布兰森山谷，还有她父亲的家乡特伦德拉格郡。整部巨著由《花环》《主妇》《十字架》三卷作品组成，相继在1920—1922年间出版。也正是由于这部作品，西格里德·温塞特获得了1928年诺贝尔文学奖，获奖原因是"她对中世纪北欧生活的强有力的描绘"。

西格里德·温塞特于1907年加入挪威作家协会。1933—1935年负责主持挪威文学理事会工作，并于1936—1940年期间担任挪威文学理事会主席。

在创作的过程中，西格里德·温塞特开始逐渐转向关注和探索人类自身生命的意义，并试图从信仰中寻求答案。1924年，42岁的西格里德·温塞特皈依罗马天主教。这在当时以基督教为主流信仰的挪威属于非常另类的行为。第二次世界大战期间，纳粹德国入侵芬兰，为支持芬兰人民反抗纳粹的斗争，温塞特将其所获得的诺贝尔文学奖奖金悉数捐赠给芬兰政府。1940年纳粹德国占领挪威，由于曾经对纳粹德国公开发表过反对意见，温塞特被迫逃离挪威，前往美国，直至1945年第二次世界大战结束之后，温塞特才得以重返祖国。

1949年，西格里德·温塞特在挪威去世，终年67岁。

在翻译本书的过程中，我得到了中国社会科学院外国文学研究所北欧文学专家石琴娥女士的无私帮助，无论在书目的选择还是针对翻译过程中涉及的北欧文化相关问题，石琴娥老师都毫无保留地给予我及时、有效的帮助与支持。在此深表感谢。

今年秋天，我失去了亲爱的父亲。处理完父亲的后事，我留在桂林陪伴生病的母亲，翻译工作一度中断。在此我要感谢我的妹妹莹琳和她的丈夫，是他们无私地承担起照顾母亲的重任，使我得以拥有一段完整的时间，集中精力完成本书的翻译。这种来自家人的理解、支持与关爱是我永远无法偿还的、不可替代的，因而格外珍贵。

张莹冰
2021年初冬　北京

译者简介：张莹冰，籍贯广东。英国文学学士与管理学硕士。相关译作包括玛格丽特·阿特伍德（加拿大）短篇小说《父母的故事》（*Unearthing Suite*，by Margaret Atwood）以及北欧文学译丛系列作品之《冰宫》（*Is-slottet*, by Tarjei Vesaas）。

第一部分

一

黄昏时分,赫尔格·格拉姆从街角拐入孔多蒂大街。一支军乐队正昂首阔步地行进在街面上。此刻,乐队正在演奏着一曲《风流寡妇》,那急速疯狂的旋律听上去仿佛是一阵粗粝的号角声。冬日的下午,这群身材矮小、肤色黧黑的士兵从他身旁匆匆走过,那架势给人感觉不像是和平时期准备返回营房吃晚饭的队伍,倒像是一队古罗马军团正准备冲进蛮敌阵营与其来一场殊死厮杀。也许正因如此,他们才显得这般匆忙。一想到这,赫尔格不禁微微一笑。他站在街角目送着远去的乐队,将大衣领子竖起以便抵御寒风,感觉浑身被一种独特的历史氛围所裹挟。随后他信步朝科尔索大街的方向走去,下意识地听见自己正在哼着刚才那支曲子。

走到街角处他停下来四下张望,哦,那么这儿就是科尔索大街了——川流不息的马车行驶在拥挤的街面上,狭窄的人行道上挤满了摩肩接踵的人群。

他停在原地,驻足不前。看着如潮水般涌过身旁的人群和车辆,不禁冒出一个令他自己都觉得可笑的想法:他可以每天晚上黄昏的时候随着熙熙攘攘的人群在这条街上漫步,直到对这里的一切了如指掌,如同对他的家乡克里斯蒂安尼亚[①]一样熟悉。他突然有一股冲动,想从这里一直走下去,也许就这样走上整个晚上,把罗马所有的大街小巷都走个遍。他在脑海中想象着这座城市的模样,罗马应该就是刚才落日时分从宾乔公园山上俯瞰到的样子。

西边的天空布满了云层,堆积在一起如同浅灰色的羔羊毛。西沉的落日将云层涂抹成辉煌的琥珀色,城市慵懒地躺在灰色的天空下。赫尔格知道这才是现实中的罗马,与他想象中的梦幻罗马不一样,这是真实的罗马。

这趟旅行沿途所见令他颇为失望。一切都与当初在家中所渴望的那种出门见世面的愿望大相径庭。不过最终有一座城市还是超出了他的想象,那就是罗马。

脚下的山谷里有一大片屋顶,各种样式的新旧房屋高低错落。这些建造于不同年代的房子给人感觉仿佛是在一种很随意的状态下临时搭建起来的,只为应付眼前一时之需。屋顶之间偶尔露出的几块空地就是街道。所有这些不经意的线条,彼此交集,构成错综复杂成百上千的角度,静静地、懒洋洋地横陈在黯淡的天空之下。落日给云层的边界点缀上一抹亮色,空气中飘浮着一层薄薄的白雾,如梦似幻。没有工厂烟囱的痕迹,从下面房屋顶端伸出来一个个小小的烟囱,看不见有烟雾从屋顶排出来,也没有任何烟柱升到空中去破坏这层薄雾。圆形的铁锈色旧屋顶上,长满了褐色的苔藓和杂草,屋檐的泄水槽里开着无名小黄花。观景平台的边缘种了一长溜龙舌兰,直挺挺地立在花盆里。枯萎的藤蔓从屋角垂落。那些建在高处的房屋,比它们的邻居高出一大截,露出黑魆魆的窗洞,要么正对着

---

① 克里斯蒂安尼亚为挪威首都奥斯陆的旧称。

对面房屋灰黄色的墙壁，要么在闭合的百叶窗后昏睡。远处的凉廊，好似古时的瞭望塔，连同那些铺着瓦楞铁皮屋顶的避暑小木屋，一同在薄雾中隐约可见。

飘浮在所有这些之上的是教堂的圆顶。其中有一个特别巨大的灰色圆顶，在赫尔格看来，它应该是位于远处河流对岸的圣彼得大教堂。

山谷远方，鳞次栉比的屋顶下躺卧着静静的城市。今夜的情景恰与它"永恒之都"的绰号相得益彰——远处有一座低矮的山峰，山脊绵延迤逦，伸向地平线的远方。沿着山脊长满了密密匝匝的松林，颀长的树干托着浓密的树冠。在圣彼得大教堂的后方，可以看到另一座山，山上的别墅点缀在松柏之间。那大约是马里奥山。

冬青树暗绿色的叶子在他的头上撑起一顶华盖，水从他身后的喷泉喷涌而出，泉水飞溅到石头台阶上，发出生动的泼水声，再缓缓流入下面的池子里。

赫尔格对着他梦中的城市喃喃自语——虽然这里有他尚未涉足的街道，房子里住着他完全不认识的人："罗马，罗马，永恒的罗马。"他被一阵突袭而至的孤独感捕获，惊异于自己的伤感，虽然明知此刻不会有人注意，他还是急遽地转过身子，匆匆走下西班牙台阶。

此刻，站在孔多蒂大街与科尔索大街的交汇处，赫尔格感到一阵眩晕，同时还有一种夹杂着喜悦的焦虑。他只想融入眼前的车水马龙之中，去探索这座陌生的城市，一直走到圣彼得广场。

过马路的时候，迎面走来两个年轻姑娘。她们看上去像挪威女孩，他自忖道。心里一阵欢喜，其中一个姑娘肤色白皙，穿着一件浅色皮衣。

哪怕只是读读马路边上那些由拉丁文刻写在房角白色大理石上的街牌,他都感觉快乐无比。

他走到桥边的一块空地,桥上的两排路灯在黯淡的天光下发出绿幽幽的光。河流两岸有一长溜低矮的石头栏杆,沿着栏杆种了成排的树木,枝叶枯萎,大块的白色树皮剥落在地上。河对岸的街灯在树丛中闪烁,房屋在天光的衬托下显得黑乎乎的,影影绰绰;但是在河的这边,从玻璃窗上仍可看到夕阳反射出来的光芒。此刻,云层几乎完全消失了,在小山的松树林之上,天空呈现出透明的蛋青色,偶尔可以看见几丝惊艳的殷红色的游云,在天边缓缓移动。

他站在桥上低头看着下面的台伯河。河水波澜不惊,快速地流淌着。河面倒映着傍晚天光的颜色。河水夹带着枯枝败叶和泥沙,在两岸的石坝之间一路冲将而去。桥边有一小段楼梯可以直达河边。原来这么容易就可以走下去,如果哪天有谁不想活了——不知道有没有人这样想过,他寻思着。

他用德语向一个警察问路,去圣彼得大教堂怎么走。那人先用法语回答他,然后再说一遍意大利语,看到赫尔格在反复摇头,他又说一遍法语,用手指着河流上方,于是他转而朝那个方向走去。

眼前矗立着一幢黑色的巨石建筑,直插云天,这是一座有着锯齿状矮墙脊的环形高塔,在塔的顶端有一个乌黑的天使剪影,凭着这轮廓他辨出这里是圣天使城堡,于是径直往前走去。天色还未完全黑透,桥头的几尊雕像在暮色中隐约泛出橘色的光泽,绯红的天光映照在流淌的台伯河水面。圣天使桥远处,一辆电车正驶过一座新建的铁桥,车窗内灯火通明,电车缆线时不时地划擦出白色的电光。

赫尔格摘下礼帽向一个人问路：

"圣彼得大教堂？"

那人用手指了一下，说了几句他听不懂的话。赫尔格拐进一条狭窄昏暗的街道，心里有一种欣喜的感觉，他觉得这条路似曾相识，因为这与他想象中的意大利街道如出一辙。一家又一家的古玩店，他仔细打量着眼前这些光线黯淡的橱窗，大多数东西都是赝品——那些挂在绳子上的脏兮兮且做工粗糙的白色花边显然都不是真正的意大利手工货。灰扑扑的盒盖里摆放着一些陶器碎片、泛着铜锈绿的小雕像、新旧铜制烛台、胸针，还有成堆的石头，一看就不是什么真货。但是他心里还是被一种不切实际的想法所占据，他想走进去买点什么——去询价，讨价还价，然后再买下来。还没等自己反应过来，他已经一脚跨进了一家小店。店里堆满了各式各样的东西：天花板上挂着教堂的吊灯，红绿白各色的绸布，上面用金线绣着花朵，另外还有几件破家具。

柜台后面有个年轻人正在看书。他肤色黝黑，下巴微微发青，没有刮胡子。赫尔格指着店里的东西问："多少钱？"他只听得懂价钱，这些东西还真够贵的。他实在是不应该买什么，尤其当他听不懂人家在说什么也无法讨价还价的时候。

架子上摆着几只洛可可风格的瓷像和饰有玫瑰花枝的花瓶，看上去挺有现代感。赫尔格随手抓起一件拿到柜台上，问道："多少钱？"

"7里拉。"年轻人伸出7根手指头。

"4里拉。"赫尔格从他咖啡色皮质新手套里伸出4根指头，他对自己在外语学习上的飞跃进步感到由衷的高兴。

那人说的一大通话他一句也听不懂，只是每当他停下来，他就伸出4根指头，重复报价，再用一种高高在上的语气补上一句："这不是古董哦！"

店主表示抗议："是真的古董。""就出4里拉。"赫尔格再次重复——那人现在举起的手指只剩下5根了——赫尔格开始朝门口走去。那人把他叫回来，让步了。赫尔格对自己的表现非常满意，最后他拿起那件裹着粉色包装纸的东西走出了店门。

远处，在街道的尽头，天空下那团黑乎乎的建筑应该就是教堂了，他继续朝着那个方向走去。他匆匆穿过广场的前端，两旁是明亮的橱窗，有轨电车朝着两个半圆形的、如同一双张开手臂的环形拱廊驶过去，好似要直接开进那黑暗幽静的教堂里面。蚌壳状的宽大台阶朝着广场的方向延伸出来。

教堂的圆顶以及沿着拱廊的屋顶矗立着成排圣者雕像，在微明的天光衬托之下呈现出黑色的剪影。教堂后面的树木和房屋如同一些不规则的时尚作品，彼此摞叠。街灯昏暗，黑暗弥漫在巨大的圆柱之间，顺着开放式柱廊沿着台阶漫延而下。他缓慢地拾级而上，走近教堂，隔着铁门向内张望，然后再走回广场中央的方尖碑，凝视着眼前这座黑乎乎的巨型建筑。他仰起头，目光由下至上顺着这根修长笔直的石针移动，方尖碑的顶端直插夜空，最后几片薄云悬挂半空，在渐浓的夜色中，星光初现。

他又听见有水流入石槽的声音，水从一处流往另一处，柔声轻拍，水波荡漾。他走近其中一个喷泉，只见粗壮的白色水柱喷涌而出，肆无忌惮地朝着天空喷射，在透明的空气中形成一柱黑色的喷泉，然后重新跌入水池之中，在黑暗里隐约泛出银白的水光。他一动不动地盯着喷泉,看呆了。直到一阵劲风吹过,将空中的水柱改变方向,冰冷的水珠喷了他一脸。他依然待在原地不动,全神贯注,侧耳倾听。他往前走几步,停下来,再慢慢地向前走几步,细听自己内心深处的声音——这么说,他真的是在这儿了,远离所有他曾渴望逃离的一切,蹑手蹑脚地,如同囚犯逃离监狱。

街角有家餐厅。他朝它走过去。途中路过一家香烟店,他停下来买了几包香烟、几张明信片和几枚邮票。等牛排的时候,他一边大口喝着红酒,一边给父母写信。他对父亲写道:"今天我时不时地就会想到您。"真的是这样。然后写给母亲:"我今天给您买了一件小礼物,这是我到罗马之后买的第一件东西。"可怜的母亲,她还好吗?最近这些年,他动不动就对她表示出不耐烦。他打开包装纸,仔细察看这个小玩意儿,它应该是个香水瓶子。他又在信里添了几句话,告诉她,他在这边意大利语还能对付得过去,甚至在商店里与人讨价还价都不在话下。

晚餐很好,就是贵点。不过没关系,一旦他对这边的情况熟悉下来,自然会有办法让自己过得经济实惠的。红酒令他兴奋而满足,走出餐厅他开始朝着另一个方向走去。经过一长排低矮破旧的房子,穿过拱门他来到一座桥上。栅栏那边有人拦住他,让他付一个钢镚儿的门票钱。桥的另一端是一座带圆顶的大教堂。

他走进一片迷宫般又黑又窄的街道——在神秘莫测的黑暗中,根据眼前突起的飞檐和格子窗户他大约能猜出这里是些废弃衰败的宫殿,它们和许多破旧的茅屋密密地挤在一起。小教堂前面的庭院被成片的房子夹在当中。没有路可走，一不小心他的脚踩在排水沟腐烂的垃圾上。亮着灯的小酒馆窄门外，几盏街灯下依稀可辨几个人影。

他半惊半喜，如孩子般激动。有点担心自己待会儿怎样才能走出这迷宫般的街道，如何才能找到回酒店的路。也许得叫辆出租车了，他揣度着。

他走过另一条几乎空无一人的小巷。头顶上方，高耸的房屋之间露出一截晴朗的蓝天。这些房子的窗户都没有窗框，看上去好像在墙上直接挖出一个个的黑洞。一阵轻风吹来，那些散落在石桥上的杂草、纸屑和尘土，在凹凸不平的桥面上随风起舞。

两个女子走在他身后，在一盏路灯下经过他身旁。他愣了一下，即刻认出她们就是今天下午在科尔索大街上他注意到的两位姑娘。他觉得她们是挪威人。他一眼就认出了那位高个子穿浅色皮衣的女子。

突然，他心里生出一种冒险的冲动，他想向她们问路，以此判断这两位姑娘是不是挪威人，或者至少是不是北欧人，她们看上去显然像是外国人。按捺住一颗跳动不安的心，他开始尾随她们。

两位姑娘停在一家商店门口，商店已经打烊了。于是她们继续往前走。赫尔格在心里琢磨着他应该用哪国语言来与她们打招呼，是说"请问"还是"Bitte"或者"Scusi"——抑或就直接用挪威语发问，如果她们真的是挪威人，那就太有意思了。

两位姑娘在街角拐过一个弯，赫尔格紧跟几步，鼓足勇气走上前和她们搭讪。矮个子姑娘怒气冲冲地回过头来，用意大利语嘟囔了几句。他好生失望，打算向她们道歉一声就溜之大吉。就在这时，他听见那位高个子姑娘用挪威语说道:"你不该搭理这种人,塞斯卡。最好的办法就是假装没听见他说话。"

"我实在是气不过这些该死的意大利流氓,他们从来就不会放过任何一个女人。"另外那位姑娘说道。

"对不起。"赫尔格说道,两位姑娘停下来,飞快地转过身。

"请你们原谅我。"他嘟囔着,脸色涨红,而且当他意识到这点,脸红得更加厉害了。"我今天刚从佛罗伦萨到这儿,在这曲里拐弯的地方迷路了。我猜想你们是挪威人,或者至少是北欧人。我不会说意大利语,能不能麻烦你们告诉我在哪里可以找到出租车?我叫格拉姆。"说罢,他把头上的帽子抬一抬。

"你住在哪里?"高个子问道。

"我住在一个叫阿尔伯格·托日诺的地方,离火车站很近。"他解释道。

"他得走到圣卡罗站去搭乘特拉斯泰韦雷电车。"另外那位姑娘说道。

"不,最好是到新科尔索大街坐1路电车。"

"那些车都不到终点站。"小个子姑娘说道。

"不是的,它们到的。站牌上写有圣皮埃托站和火车站。"她转身对赫尔格解释道。

"哦,那趟车啊!它要经过卡珀勒卡斯和路德维西,绕得可远了,搭那趟车至少要花一个多小时才能到火车站。"

"不是的,亲爱的,它走直线——直接沿着主干道走。"

"不对,"另外那位姑娘坚持道,"它先朝拉特兰站的方向开。"

高个子姑娘转向赫尔格:"你在前面右拐走到一个市

场。从那里你沿着左边的坎色拉里大街一直走到新科尔索大街。如果我没记错的话,电车站就在坎色拉里大街——反正离那里不远的地方——你会看到站牌的。但是你要记得选乘标有圣皮埃托站和火车站方向的1路车。"

赫尔格站在那里,觉得有些丧气。听着两位姑娘滚瓜烂熟地说着一长串外国地名,摇头道:"恐怕我一辈子也找不到那里,我还是走走看能不能拦一辆出租车吧。"

"也许我们可以陪你走一小段路到车站。"高个子说道。

小个子姑娘用意大利语在一旁低声抱怨几句,但是显然她的同伴态度坚决。赫尔格听不懂她们在说什么,这一切只是让他更加觉得云里雾里。

"谢谢你们,不用麻烦了,我相信我会找到回酒店的路的。"

"不麻烦,我们顺路。"高个子姑娘一边走一边说。

"那真是太感谢了。我发现在罗马认路还真是件挺困难的事儿,你们觉得呢?"他没话找话,"尤其是天黑的时候。"

"没那么难,你很快就会摸清方向的。"

"我是今天才到的。今早从佛罗伦萨搭火车来的。"小个子在一旁用意大利语小声低语。高个子姑娘问道:"佛罗伦萨那边冷吗?"

"非常冷。这边气候显得要暖和一点,是不是?总之昨天我给我母亲写信,让她给我把冬衣寄过来。"

"这边有时候也挺冷的。你喜欢佛罗伦萨吗?你在那边待了多久?"

"半个多月吧。我觉得我会更喜欢罗马。"

旁边那位姑娘笑了笑——她一直在用意大利语嘟嘟囔

嚷——但是那位高个子姑娘继续用她愉悦平静的声音与赫尔格交谈:

"我也觉得再没有哪座城市能比罗马更让人动心的了。"

"你朋友是意大利人?"赫尔格问道。

"不是。雅赫曼小姐是挪威人。我们在一起说意大利语是因为我想学习,她的意大利语非常好。我叫温格。"她补充道,"到了,前边就是坎色拉里。"她指着前方一座黑乎乎的大宫殿。

"它的庭院真的像报道上说的那样好吗?"

"是的,非常漂亮。我来告诉你该乘哪趟车。"他们正在等车的时候,从对面街上走过来两个男人。

"嘿!你们在这儿呀!"其中一个人喊道。

"晚上好,"另外一个人和她们打招呼,"多巧啊!咱们可以一起走,你们后来买到珊瑚了吗?"

"那家店关门了。"雅赫曼小姐闷闷不乐地答道。

"我们刚才碰到一位老乡,答应给他带路到电车站。"温格小姐一边解释,一边为他们做介绍,"格拉姆先生——这位是艺术家赫根先生;这位是艾林,雕塑家。"

"您还记得我吗?赫根先生,我是格拉姆,三年前咱们在迈索塞斯特见过。"

"哦哦对的,当然记得。这么说您来罗马了?"

艾林和雅赫曼小姐两人站在一旁窃窃私语。然后她走到她朋友身边说:"珍妮,我想回家了。今晚没兴趣和你们到法斯卡迪了。"

"可是亲爱的,是你提议说去的呀。"

"好吧,反正无论如何我不想去法斯卡迪——我的天!坐在那种地方和30多个分不清年龄和性别的丹麦女人挤在一起，想想就可怕。"

"那就去别的地方呗。哦，格拉姆先生，你的车来了。"

"万分感谢。咱们还会再见面吗？也许，在斯堪的纳维亚俱乐部？"

电车停在他们面前。温格小姐说道："不知道呢——也许您愿意加入我们，我们几个正打算找个地方喝一杯，听听音乐。"

"谢谢。"赫尔格犹豫了一下，有点尴尬地看了看旁边几位，"我当然很乐意了。不过——"他转身自信地看着和颜悦色的温格小姐，局促地笑道："你们彼此都是熟人，也许不想让一个陌生人掺和进来？"

"没有的事儿。"她微笑着，"这样最好了。瞧，你的车也走了。再说你和赫根先生之前就认识，现在又认识了我们。待会儿我们把你送回去。如果不觉得累的话，咱就走吧。"

"累？一点儿也不。很高兴能和你们在一起。"赫尔格热切地回答道。

其他几个人开始推荐不同的咖啡馆，赫尔格一个字也听不懂；他父亲从来没和他提起过这里的咖啡馆。雅赫曼把大家的提议全部给否掉了。

"好吧，那我们就去圣·奥古斯提诺。贡纳，你去过那家的，他们提供一流的红酒。"珍妮迈步往前走，赫根走在她身旁。

"那里没有音乐。"雅赫曼小姐反驳道。

"当然有啦，那儿有个斜眼的家伙，还有其他几个乐师，他们几乎每晚都上场。走吧，别浪费时间了。"

赫尔格紧跟在雅赫曼小姐和那位瑞典雕塑家的后面。

"你来罗马多久了,格拉姆先生?"

"不久,今天早上才从佛罗伦萨过来的。"

雅赫曼爆发出一阵大笑。赫尔格感觉自己备受冷落,也许刚才他就该推托自己累了,独自离开。他们走在漆黑狭窄的街道上,雅赫曼小姐一路都在与那位雕塑家聊天,他几次想和她搭讪,她都爱搭不理。正当他下定决心想要离开的时候,他发现这两人在他前面街边的一扇窄门处消失不见了。

二

"今晚塞斯卡又是抽哪门子疯啊?最近咱可是受够了她的坏脾气。珍妮,把你的外套脱下来,不然待会儿出门会着凉的。"赫根把大衣和帽子挂在衣帽钩上,然后自己在一把藤椅上坐下来。

"她最近心情不太好,可怜的小东西。刚才那个叫格拉姆的人,一直跟着我们。他好不容易才鼓起勇气开口向我们问路;所有类似这样的场景总会勾起她的脾气。你懂的,她现在非常脆弱。"

"真替她难过。都怪那个色胆包天的男人。"

"这个人怪可怜的,他漫无目的地到处乱走,找不到回家的路。似乎不常出门。你认识他?"

"一点儿也想不起来了。也许曾经在哪儿见过。喏,他们进来了。"

艾林接过雅赫曼小姐的外套。

"我的老天啊!"赫根喊道,"塞斯卡,你今晚可真漂亮啊,美得简直像一幅画哦。"

塞斯卡冲他笑笑,显然觉得很开心。她一边整理抚平自己的裙摆,一边推搡赫根的肩膀说道:"靠边上去,我想和珍妮坐一起。"

她真美，赫尔格自忖道。她穿着一件亮绿色的天鹅绒连衣裙，裙子的腰线很高，将她那一双托在杯罩里的丰满双乳高高隆起。天鹅绒的裙褶间隐约现出金色的光泽；裙子上身的领口开得很低，露出苍白圆润的颈项。她的肤色偏黑，一头乌黑卷曲的长发从喇叭花状的褐色帽檐儿下披散开来，遮住了她玫瑰色的柔软面颊。她有一张小姑娘似的脸庞、丰满的嘴唇、深棕色的双眸，红润的小嘴一抿，梨涡浅笑。

温格小姐长得也很漂亮，只是不如她的朋友好看。在所有人当中，她的皮肤是最白的。一头金发从她白皙的额头梳向脑后，中间夹杂着几丝金红色。她的肤色白里透粉，眼珠呈灰蓝色，眉毛和眼睫毛也是金棕色的。相比她的小脸而言，嘴略显过大。她有着挺拔短小的鼻梁，太阳穴两边露出几条淡蓝色的青筋。微笑的时候，苍白的嘴唇露出一排珍珠般齐整的牙齿。她身材修长，脖子细细的；一双纤细骨感的手，手臂上覆盖着一层淡金色的柔软汗毛。她长得很高，清瘦单薄，看上去就像一个在生长期窜得过高的男生。她显得很年轻，穿了一件有白色窄边的V形翻领连衣裙，两只短袖的袖口镶着同样的白色绲边。珠灰色柔软质地的真丝连衣裙，让她看上去显得更加纤细瘦弱。她戴着一串粉红色的项珠，将她的肤色映衬出玫瑰般的光泽。

赫尔格·格拉姆安静地坐在桌子旁，听着他们在聊一个生病的朋友。一位年长的意大利侍者走过来问他们要喝点什么，侍者宽松的外套上系着一条肮脏的白布围裙。

"红的白的，甜的干的，你想喝点啥，格拉姆？"赫根转身向他问道。

"格拉姆先生一定得来杯我最爱的红酒，"珍妮·温格说道,"这是全罗马最棒的红酒,绝不只是小赞,你懂的。"

雕塑家把他的香烟盒推向两位女士。雅赫曼小姐取出一支烟,点上。

"哦不。塞斯卡,别抽了!"温格小姐央求道。

"我得抽一支,"雅赫曼小姐说道,"不抽简直就没法活了,今天晚上我很生气。"

"为什么生气?"艾林问道。

"因为没买着珊瑚项链。"

"你本打算今晚戴它来着?"赫根问。

"也不是,我就是打定主意一定要拿下它。"

"哦,我明白了。"赫根大笑道,"明天恐怕你又会改主意想要一条孔雀石项链了。"

"不会的。真是气死人,珍妮和我为了那条项链特意跑到那家店去。"

"不过你很幸运啊,遇到了我们。否则今晚你就不得不去法斯卡迪,去那家让你突然不喜欢的店。"

"我压根儿就没打算去法斯卡迪,这点你肯定清楚,贡纳。而且现在这样恐怕对我更好,你们把我带到这儿,正好可以让我抽烟喝酒,玩个通宵。"

"我怎么记得是你自己提出要来的。"

"我觉得孔雀石项链很好,"艾林打岔道,"而且还便宜。"

"是的,不过在佛罗伦萨孔雀石更加便宜。这玩意儿在罗马值47里拉。在佛罗伦萨珍妮买粉色水晶的那家店,我花35里拉就能把它拿下。珍妮只花了18里拉。不过我打算花90里拉让他卖给我那串珊瑚。"

"我不太明白你这账是怎么算的?"赫根问道。

"我懒得跟你解释,"雅赫曼小姐说道,"我厌倦了和你们闲扯,明天我就去买那串珊瑚项链。"

"花90里拉买串珊瑚岂不是太贵了点?"赫根斗胆发问,穷追不舍。

"要知道这可不是一般的珊瑚。"雅赫曼小姐有点不屑于回答他,"它们是康塔蒂娜珊瑚,一条带金扣的粗链子,每一颗珠子都沉甸甸的,像这样。"

"康塔蒂娜——这是珊瑚品种的名称吗?"赫尔格问道。

"不是,它是康塔蒂娜们喜欢佩戴的珊瑚。"

"康塔蒂娜是谁啊?"

"村姑。难道你没注意到她们戴的那种大颗粒的、暗红色的、打磨过的珊瑚?我看上的那串是典型的铁血红色,中间的珠子有这么大。"——她用拇指和食指比画出一个鸡蛋大小的形状。

"那一定很漂亮,"赫尔格答道,很高兴自己终于能插上话,"我虽然不懂得什么是孔雀石和罗索水晶,但是我相信你说的那种珊瑚一定和你很配。"

"你听见没,艾林?你还想让我买孔雀石。赫根的领带夹就是孔雀石做的——贡纳,你把它取下来——珍妮戴的那串是粉色水晶,不是罗索水晶,是一种红色的水晶石头,你晓得吧。"

她把领带夹和水晶项链递到赫尔格手中。珠子摸上去还是温热的,带着年轻姑娘脖子上的体温。他捧着它们看了好一会儿,每颗珠子都有些小小的瑕疵,由此将光线吸入其中。

"你还真的适合佩戴珊瑚,雅赫曼小姐。戴上去就像个真正的罗马村姑了。"

"真的吗？"她高兴地笑了，"你们听到了吗，各位？"

"而且你还有个意大利名字。"赫尔格热切地说道。

"不是的，其实我用的是我祖母的名字。只是去年我借宿的意大利家庭老是读不准我那难懂的名字，打那之后我只好把它改成意大利语的名字了。"

"弗朗西斯卡。"艾林轻声唤道。

"我会一直把你想成弗朗西斯卡——弗朗西斯卡小姐。"

"为什么不是雅赫曼小姐？很遗憾咱们不能一起说意大利语，因为你不说。"她转身向大家，"珍妮、贡纳——明天我要去买那串珊瑚。"

"嗯，我想我已经听到了。"赫根说道。

"而且我不会为它多付超过90里拉。"

"在这儿还是得学点讨价还价的。"赫尔格说道，俨然像个过来人的样子。"今天下午我在圣皮埃特罗附近的一家小店里给我母亲买了个小玩意儿。那人开价7里拉，我最后砍到4里拉。你们觉得便宜不？"他把东西放在桌上。

弗朗西斯卡轻蔑地瞧了瞧那玩意儿。"在市场上也就值个2.5里拉。去年我买了一对送给家里的女佣。"

"那人说这是古董。"赫尔格反驳道。

"他们都这么说，尤其看到顾客是外行，还听不懂他们的语言。"

"你不觉得它挺可爱的吗？"赫尔格带点沮丧地问道，把他的宝贝用粉色包装纸裹起来。"你觉得我拿它送给我母亲怎样？"

"我觉得它真丑，"弗朗西斯卡说道，"不过呢，话又说回来，我也不了解你母亲的品位。"

"让你这么一说，我究竟该拿这玩意儿怎么办才好呢？"赫尔格叹了一口气。

"把它送给你妈妈，"珍妮说，"她会很高兴你还惦记着她。再说，家里人都喜欢这类东西。咱们在国外久住的人见多了这些东西，已经变得有点挑剔了。"

弗朗西斯卡伸手去取艾林的香烟盒子，艾林故意不让她够着；两人在小声激烈地说话。只见她将香烟盒猛地一扔，高声喊道："朱塞佩！"

赫尔格明白她在叫侍者给她拿包烟来。艾林猛地站起身："我亲爱的雅赫曼小姐，我只不过是想——你知道抽烟太多对你没好处。"

弗朗西斯卡站起身，眼里噙着泪水。

"没事了，我想回家。"

"雅赫曼小姐——塞斯卡。"艾林手里抓着她的外套站在那里，无声地哀求她不要走。她拿手帕按了按眼睛。

"好的，我想回家了——你自己也看到了，今天晚上我是多么无可救药。我自己回去，别，珍妮，你别跟我走。"

赫根也站了起来。就剩下赫尔格一个人呆坐在桌旁。

"你不会以为我们会放你一个人走夜路吧？"赫根说道。

"你这是想阻止我吗？"

"正有此意。"

"别这样，贡纳。"珍妮·温格说道。她把赫根支开，然后大家一言不发地重新坐下。珍妮搂着弗朗西斯卡，把她拉到一旁，轻声安慰她。过了一会儿，她俩重新回到桌旁。

一时间大家都有点不知所措。雅赫曼小姐拿到了她想要的香烟，一边抽烟，一边向艾林摇着头，艾林正试图劝她抽自己的好烟。珍妮点了一杯果汁,吃着橘子,偶尔剥下一两瓣塞进弗朗西斯卡的嘴里。弗朗西斯卡把她那张忧郁的娃娃脸歪在珍妮的肩上,任由珍妮喂她吃,她看上去是如此可爱。艾林坐在对面盯着她看。赫根心不在焉地玩着火柴梗。

"你来城里很久了吗,格拉姆先生?"他问道。

"我之前和她们说过我是今天早晨才坐火车从佛罗伦萨过来的。"

珍妮礼貌地轻轻一笑,弗朗西斯卡笑得有点恍惚。

正在这时,走进来一个没戴帽子的黑发女人,她长着一张肆无忌惮、油腻腻的黄脸,手里拿着一把曼陀林。随她一起进来的还有一个身材矮小的男人,一身破旧的侍者服饰打扮,扛着一把吉他。

"我说对了吧,你瞧,塞斯卡。"珍妮说道,好像在哄孩子。"艾米妮亚来了,我们有音乐听了。"

"太棒了。"赫尔格说道,"这些歌手在罗马也住在他们的大篷车里四处卖唱吗?"

歌手唱了一曲《风流寡妇》,那个女高音的音质清亮,有着金属般的质感。

"哦,太可怕了,"弗朗西斯卡喊道,好像刚睡醒,"我们才不要听这些,来点意大利的东西吧——《月光女神》,或者你们想听点什么?"

她笑着朝歌手走过去,做着手势,像老朋友一样与他们打招呼。然后她接过吉他弹奏起来,哼唱出几首曲子的和弦。

那个意大利女歌手开口唱了起来。优美的旋律伴随着拨弦声,赫尔格的四个新朋友一起加入副歌的和声部分,这是一首关于爱情和接吻的歌曲。

"情歌,对吗?"

"非常好听的一首情歌,"雅赫曼小姐笑着说道,"别让我替你翻译。不过用意大利语唱出来感觉非常美。"

"这支曲子不错。"珍妮说道。她转向赫尔格,露出甜蜜的微笑:"你觉得这个地方怎么样?酒还不错吧?"

"非常的棒。很有特色的一家老店。"

但是他所有的兴致很快就消失了。刚开始温格小姐和赫根还时不时地与他说上两句,就在他以为可以轻易跟上他们谈话内容的时候,他们转而开始讨论起艺术来了。瑞典雕塑家坐在那里盯着雅赫曼小姐看。陌生的旋律在房间里回荡,他感觉所有人都熟悉那些旋律。房间很独特,地面铺着红色石板,屋子中央有一根粗大的柱子支撑着拱形的天花板,一副摇摇欲坠的样子。桌面上光秃秃的,椅子边缘有一圈泛着铜锈的铆钉。空气中充斥着一股浓重的酸腐味,气味是从柜台后面的酒桶里冒出来的。

这就是艺术家们在罗马的生活。他好像在看一幅画,读一本书,只不过他不在其中——恰恰相反,他简直就是被完全排除在外。但凡只要是有关书籍和绘画的问题,他还有可能让自己成为他们当中的一分子,可是最终他明白自己是无论如何也无法融入他们中间的。

搞砸了。不过没关系,他从来就不善于和人打交道,至少不会和这些人打交道。瞧瞧那个珍妮·温格吧,手里举着一个沾满污渍的红酒杯而全然不觉。这不禁让他联想起在哥本哈根博物馆,有一幅来自罗马画家巴斯淳的作品,父亲曾经引导他仔细观察画面中女孩手里的酒杯。珍妮·温格小姐大概觉得这幅画不怎么样。这些年轻的姑娘也许从未欣赏过布拉曼特的杰作——坎色拉瑞的庭院——文艺复兴建筑史上的一颗明珠。也许有一天当她们外出买珠子的时候会与它擦肩而过，抑或是带着朋友去参观这处新辟的观光点，这么多年她们也没想起来要去看一看。她们从未在书里读过关于这里的一砖一瓦，除非在她们的脑海中已然有一幅图画，否则她们是无论如何也不能体会这些建筑之美。她们注视着深蓝天空衬托之下的白色柱子，心里从未涌起任何学术性的好奇，根本不懂它们究竟属于哪类庙宇，又是为何方神明而建。

他曾博览群书，也曾满怀梦想。现在他明白现实中的一切往往与期待中的南辕北辙。在明亮的太阳光下，满目所见皆是灰色而生硬的东西。幻想帮助他给想象中的画面做了些明暗处理，使得眼前所有的景色笼罩在一种柔和的色调里，连同废墟也覆盖上一层微妙的绿色。现在他只需四处走走，确认书上读过的东西确实存在，然后就可以回到学校给年轻的小姐们授课了，告诉她们这是他亲眼所见。他不需要告诉她们任何关于他内心的顿悟，再说，他也不了解他所不知道的东西。每当遇见现实中的人，他脑海中就会浮现出他所熟知的那些过时的诗歌格式，想看看这些人是否与其中一款相吻合。他完全不了解生活，也没有真正地生活过。他猜想眼前这位有着性感嘴唇的赫根，即使哪天晚上在罗马街头与某位姑娘邂逅，也不会幻想自己即将陷入一段浪漫艳情，一如通俗小说里常常描写的那样。

他开始意识到自己一直在喝酒。

"你要是这么走回去，明早准会头疼的。"他们站在马路边，温格小姐对他说道。其他三人走在前面，他跟着她走。

"你有没有觉得今天晚上我实在是一个无聊透顶的

家伙。"

"没有的事儿,主要是因为你还不太了解我们,我们也不了解你。"

"我是个慢热的人。实际上,我根本就不了解别人。今天晚上我实在是不应该来的,虽然你这么好心地邀请我。也许有时候人需要学会自娱自乐。"他自嘲道。

"确实是这样。"从她的话语中他能听出她的笑意。

"我从25岁就开始独立生活,这方面你尽可以问我,一开始并不是那么容易的。"

"你吗?我还以为你们艺术家都喜欢……说到年龄,看不出来你有25岁了。"

"早就是了,谢天谢地,而且是老大不小啦。"

"你还为此感谢上苍?瞧瞧我吧,作为一个男人,随着日子一天天流逝,生活没有给我带来任何改变,除了让我羞愧地意识到我这个人对世界没有任何作用,我——"他突然停了下来,一阵恐惧漫过全身。他听见自己的声音在颤抖,估计是酒精在作怪,否则他怎么可能对一个素不相识的女人如此调侃。他强压住内心的羞赧,继续说道:"一切都是那么地无可救药。我父亲曾经和我说起他们那个时代的年轻人,那时候的人对一切充满热情,满怀抱负。这些年来我从未有过哪怕半点儿值得一提的梦想,现在一切都过去了,一去不复返了。"

"你可没资格这么说,格拉姆先生。对任何人而言,生命中的每一刻都不会虚度浪费,除非你自认为没有达到自己期待的某种高度,非得用自杀来解决问题。我不相信那些怀着崇高志向的旧时代的人们会比我们现在活得更好。为了实现年轻时的梦想,他们被生活剥夺了一切。再看看现在的年轻人,大多数我认识的人都没有什么理想,他们过着更为现实的生活。我们还来不及长大成人,就开始为生存而挣扎,当我们第一次睁眼看这个世界的时候,已经在心里做好了最坏的打算。终于有那么一天,当我们发现可以凭着一己之力从生活中收获些许美好,情况才开始发生改变,于是你开始琢磨:既然你能够承受眼前的苦难,生活中就再没有其他的什么事情可以难倒你了。一旦你因此变得独立而自信,任何人、任何事都不能将你的梦想从你手中夺去。"

"但是机遇与实际情况有时候超过人所能承受的,以至于人的自信最终被碾压。"

"没错,"她说,"船一旦扬帆启航,任何情况都有可能导致其倾覆——无论是碰撞还是建造过程中的一个疏忽——但是它还是启程了,并不因为有这样或那样的假设而裹足不前。再说,人也要努力尝试掌控情势,最终总会找到一条生路的。"

"你非常乐观,温格小姐。"

"是的,"停了一会儿,她继续说道,"我之所以成为一个乐观主义者,是因为我看到人在面对逆境的时候具有多么大的忍耐力,人类在不失去其勇气和尊严的情况下,始终砥砺前行。"

"我得出的结论恰恰相反——他们只会因此而失去自身的价值。"

"不是的。哪怕只是看到人类不向生活低头,拒绝卑躬屈膝地活着,也足以让你成为一个乐天派。我们进这家店。"

"这里挺像蒙马特区的咖啡馆,你觉得呢?"赫尔格环顾四周说道。

咖啡馆的墙壁上贴着精美的墙纸,里面摆着几张大理石台面的小铁桌子,柜台上的两只镍锅炉正吱吱地往外冒出蒸汽。

"这种地方在哪儿都一样。你去过巴黎?"

"没有,我只是这么觉得而已……"他突然有点迁怒于眼前这位年轻的女艺术家——她可以随心所欲地去看世界,天知道她从哪儿弄来的钱。在她看来,他就应该和她一样去过巴黎,就好像看见他坐在克里斯蒂安尼亚的一家餐厅里用餐那样简单自然。像她这种站着说话不腰疼的人,说什么自力更生当然容易啦。在巴黎的一段伤心情史,到了罗马转眼就会被她遗忘,这恐怕就是她所经历过的最大磨难吧,于是她就觉得自己充满信心和勇气,可以应付生活中的各种难题。

她看上去几乎是瘦骨嶙峋,但是气色很好,整个人焕发出美丽的光泽。

他想和雅赫曼小姐聊聊天,这会儿她已经彻底从酒精中醒过来了。可是她正与艾林和赫根说话。温格小姐坐在一旁吃她的水煮蛋和面包,喝热牛奶。

"这家店的顾客看上去神秘兮兮的,"他转向她,"在我看来,都长着一副典型的犯罪嘴脸。"

"也许吧,咱们那儿和这里很不一样,不过你别忘了罗马是一座现代都市,很多人都上夜班。有好些个地方晚上开门营业到这个时间点。你饿吗?我得来点苦咖啡。"

"你们平时也熬到这么晚吗?"赫尔格看了看表,已经是凌晨4点了。

"噢不是的,"她大笑起来,"偶尔才这样。我们待会儿要去看日出,然后吃早餐。雅赫曼小姐今晚不想回家。"

赫尔格自己也不知道为什么要留下来。他们喝了点绿色的酒精饮料,一阵困意袭来,其他人还在那里有说有笑的,聊着一些他不知道的人和地方。

"再不要和我提起那个道格拉斯——还有他的那些说教——我和他已经完了。去年6月,他和芬恩,你还记得吧,林德贝里?我们仨在人体写生课上,芬恩和我出去买咖啡,回来时看见模特坐在道格拉斯的腿上,我俩假装没看见,后来他再也没约我出去喝茶。"

"我的天啊,"珍妮说,"没出大事吧?"

"有一年春天,在巴黎,"赫根微笑着说道,"也是这个诺尔曼·道格拉斯,我告诉你,塞斯卡,这家伙简直了不得——你无法否认——而且他还很聪明。他给我看了一些从城防工事里挖出来的漂亮玩意儿。"

"是的,你还记得那件从拉雪兹神父公墓弄来的东西吗?左边挂着一串紫色念珠的那个?"珍妮说道。

"那是!绝对是件珍品;还有那个站在钢琴旁的小姑娘。"

"没错。可是想想那个恶心的模特吧,"雅赫曼小姐说道——"那个肥胖惨白的中年妇女,你懂的。而且他一直标榜自己是个正人君子。"

"他确实是。"赫根说。

"呸!我还差点儿一度为此爱上他呢。"

"哦,那又另当别论了。"

"他向我求过好多次婚,"弗朗西斯卡闷闷不乐地说道,"我本来打算就答应他了,幸好还没有。"

"如果你答应了,"赫根说,"恐怕就不会看到那个模特坐他腿上了。"

弗朗西斯卡脸上的表情出现180度的大转变；有那么一瞬间，一抹忧郁的阴影笼罩在她柔和的面容上。

"瞎说！你们都是一丘之貉。我再也不相信你们了。天哪！"

"你可不能这样说，弗朗西斯卡。"艾林说道，把头从手上抬起一会儿。

她又笑了。"再给我来点儿酒。"

黎明时分，赫尔格走在珍妮·温格身旁，他们穿过黑暗无人的街道。这时，走在前面的三个人停了下来；有两个少年坐在一幢房子前面的台阶上。弗朗西斯卡和珍妮停下来与他们交谈，然后给他们一点钱。

"乞丐？"赫尔格问道。

"不知道，那个大点儿的男孩说他曾经是个报童。"

"我怀疑这个国家的乞丐都是些骗子。"

"大多数是这样的，但是他们很多人都睡在大街上，冬天也不例外。还有很多瘸腿的。"

"我在佛罗伦萨也注意到了。你不觉得让身体带伤或是有残疾的人到处行乞是件很过分的事吗？政府当局应该想法子照顾一下这些不幸的人。"

"我不知道，在这边情况就是这样。外国人无从判断。我觉得他们愿意乞讨，他们通过这种方式来挣钱。"

"在米开朗基罗广场上有一个缺胳膊的乞丐，他的两只手直接从肩膀上长出来。和我住一起的一个德国医生说那人在费尔索有一栋别墅。"

"这倒是不赖！"

"在咱们国家，残疾人必须有一技之长，以便日后可以体面地维持生活。"

"那也买不起别墅呀。"珍妮笑道。

"你还能想得出有什么比通过暴露自己的身体缺陷来谋生更糟糕的事吗?"

"无论是哪方面的残疾都足以令人沮丧。"

"靠博取别人的同情而活着。"

"残疾人知道无论如何他都会被人同情,迟早都要接受别人的帮助——不然就是上帝的帮助。"

珍妮迈上几级台阶,掀起幔子的一角,那幔子看上去像一张薄草席。他们进入一座小教堂。蜡烛在圣坛上燃烧,烛光照在神龛上,折射出美丽的光晕,在蜡烛和黄铜饰品的表面翕动,将圣坛花瓶里的纸玫瑰映成红色和黄色。一位神父背对他们,静静地站立在那里,手里捧着一本书;两个侍僧正在那儿忙前忙后,鞠躬,画十字,做着一些在赫尔格看来毫无意义的事情。

教堂里光线昏暗,两旁的小礼拜堂里,夜间烛火闪烁不定,烛火后面的圣像黑黢黢的,看上去比夜色更黑。

珍妮·温格跪在一块软垫子上,将双手交握搁在祷告扶栏上。她仰着头,柔和的烛光将她的侧影清晰地衬托出来,在她波浪般的金发上微微颤抖,悄悄探入她曲线优美的光洁颈项。

赫根和艾林从柱子旁边取来两把椅子,安静地坐下。

黎明前这场古雅而安静的礼拜令人印象深刻,格拉姆专注地盯着神父的每一个动作。侍僧身着白袍,胸前挂着一个金十字架。他轻轻挪动圣像,将它移至光亮的地方。男童在空中舞动焚香,一阵浓烈而甜蜜的气味飘到赫尔格站立的地方。他徒然地等待着音乐或赞美诗的歌声响起。

从温格小姐的跪姿来看,她显然不是正经的天主教徒。赫根目视前方,望着前面的圣坛。他的一只手搁在弗朗西斯卡的肩膀上,后者正靠在他身上熟睡。艾林坐在柱子后面,也许他也睡着了,他看不见他。

和一群陌生人坐在这里,让赫尔格感觉非常惬意;他觉得孤独,但是不再情绪低落。昨天晚上那种自由自在的快乐感觉又重新回来了。他看着周围的人,还有那两位年轻姑娘,珍妮和弗朗西斯卡,现在他知道她们的名字了,而且知道的比这还多一点点。谁也不了解坐在这里对他意味着什么,他为此又抛弃了什么,他所经历的痛苦与挣扎,他为此克服的障碍,挣脱的束缚。他心里有一种说不清道不明的快乐,几乎要为自己的所作所为而骄傲。他看一眼那两位姑娘,心底涌起一阵轻微的怜悯。瞧瞧塞斯卡这个小东西,还有珍妮——年纪轻轻,情绪高昂,在她白皙的额头后面,小脑袋瓜里装满了自信。两位年轻姑娘走在并不平坦的生活道路上,偶尔有一些需要她们克服的小困难,但是她们哪里知道他曾走过的路。如果让她们经历一下他所经历过的,她们又会做何感想?突然,他猛地一惊,赫根碰了碰他的肩膀,他的脸蓦地红了,他刚才打了一个盹儿。

"我看你也小睡了一会儿。"赫根说道。

街上,高低错落的房子在百叶窗后面安静沉睡。一辆电车从街上驶过,出租车正缓慢地从桥面上开过,人行道上走着几个缩头缩脑、困乏不堪的流浪汉。

他们转到另一条街上,从那里可以望见圣三一教堂前面的方尖碑。方尖碑在宾乔山冬青树的衬托下,显得高大洁白。四处静悄悄的,只听见他们一行人踏在铁桥上的脚步声和附近院子里喷泉激起的水花声。从远处传来宾乔山上呢喃的水声,打破了周遭的静谧。赫尔格侧耳倾听,朝着水声的方向走过去,一阵渐渐涌上心头的快感充满了他的心房,就好像昨晚那种愉悦的感觉正在冬青树下的喷泉旁等待着他。

他转向珍妮·温格,并未意识到此刻他的眼神和声音正在出卖他的情绪。

"昨天傍晚我就站在这里看落日。当时那种感觉真是好奇怪。我为此拼命工作了许多年才得以站在这里。我是为了我的课题而来的,我想成为一名建筑师。毕业后我不得不在学校教了几年书,我一直盼着这一天,也一直在为这一刻做准备。可是昨天当我突然站在这里的时候,我却有一种浑然不觉的感觉。"

"我非常理解你的心情。"珍妮说道。

"昨天一出火车站我就看见对面的古罗马大浴场——它被包围在众多的现代建筑和咖啡馆电影院之中,金色的阳光照在它恢宏的废墟上,我心里好生喜欢。还有广场上的电车、绿树、水量充沛的硕大喷泉;古老的城墙矗立在熙熙攘攘的交通干道上,挤在一堆现代建筑之间,看上去真是可爱极了。"

她愉快地点头表示赞同。"是的,"她说,"我也喜欢。"

"然后我朝城里走去;一路所见令人愉悦,现代与古典交织;泉水喷涌,水花四溅。我一直走到圣彼得大教堂。等我走到那儿的时候天已经擦黑了,我站了一会儿,看了看喷泉。这座城市的喷泉总是这样整日整夜没完没了地喷个不停吗?"

"是的,整夜不停。在城里到处都可以看到和听见喷泉。晚上这里的街面非常安静。在我和雅赫曼小姐住的地方,院子当中就有一个喷泉,天气暖和的时候,晚上我们会坐在阳台上听喷泉的声音,一直待到半夜。"

她侧身坐在石头栏杆上。赫尔格站在他之前站立的地方,凝视着脚下的城市。晴朗的天空衬托着远处的群山,让人不禁联想起故乡的山地风光,他往肺里深深地吸入几口清冷纯净的空气。

"在这个世界上的任何地方,你再也遇不到像罗马这样的清晨,"珍妮说道,"我的意思是说当这座城市渐渐沉入梦乡,变得越来越轻盈的时候,它会在某个瞬间突然醒来,满血复活。赫根说这是因为百叶窗的缘故;由于没有玻璃的反射,于是晨光直接照在人的脸上。"

他们背对日出方向而坐。此刻,他们身后的天空呈现出金色的光泽,美第奇花园的松树、小教堂的塔楼、亭台的尖顶在晨曦的衬托下露出清晰洗练的轮廓。太阳还要过一会儿才出来,脚下灰蒙蒙的一片房屋正在慢慢地现出色彩,光线来自那些似乎透明的墙壁;有些房子看上去是红色的,有些则是黄色和白色的。马里奥山上的别墅在黑色柏树以及河畔褐色草坪的衬托下显得格外引人注目。

突然,在远处山峦的某个山头,天空出现一束亮光,耀眼如同闪耀的星辰——终于有一扇窗子捕捉到了早晨的第一缕阳光,于是树叶变成金橄榄的颜色。城市上空传来一阵钟声。

雅赫曼小姐走到珍妮身边,睡眼惺忪地斜靠在她身上。

"快看,太阳出来了。"

赫尔格抬头望着透亮的蓝天。此刻,一抹阳光正好照在喷泉的顶部,水花反射出金色和碧蓝的光芒。

"祝福你们,我困得要死。"弗朗西斯卡说道,无所顾虑地打了一个哈欠。"天哪，真冷啊！不明白你怎么能在这么冷的石头上坐下来。珍妮，我想回家睡觉了，马上！"

"我也困了。"赫根打了一个哈欠。"咱们得回去了。不过我打算先去我的奶牛场喝杯热牛奶，你们来吗？"

他们走下西班牙台阶。赫尔格注意到有许多细小的绿叶从台阶的石缝里探出来。

"真有意思，每天有这么多人在这儿上上下下，居然还能长出草来。"

"哪儿都一样，只要石缝里有一丁点儿土，就能长出东西。你还没见过我们前面房子的屋顶呢，去年春天从瓦片缝里居然长出一棵无花果树，塞斯卡一直担心它扛不过冬天，怕它长大后没有足够的养料。为此还给它画了一幅素描。"

"你的朋友也是个画家，对吗？"

"是的，她很有天赋。"

"去年秋天在国内的一个画展上我见过您的一幅作品，"赫尔格说道，"盛在铜制器皿中的玫瑰。"

"那是去年春天我在这儿画的。但是现在我对它不是很满意。夏天的时候我在巴黎待了两个多月，学到了不少东西。不过后来我把它卖了，卖了300克朗，价格是我自己定的，这幅画还是有它值钱的地方。"

"您是现代派画家，你们都是？"

珍妮轻轻一笑，不置可否。

其他人站在阶梯下面等他们。珍妮与两位男士握手道早安。

"你什么意思啊？"赫根问道，"你不会是现在就去工作吧？"

"没错，正有此意。"

"你太了不起了！"

"哎呀，别呀珍妮，咱们回家吧。"弗朗西斯卡冻得瑟瑟发抖。

"为什么不可以去工作？我一点儿也不累。格拉姆先生，你要不要从这儿叫辆出租车回去？"

"好的。邮局这会儿开门了吗？我知道它离西班牙广场不远。"

"我正要路过那里，你跟我走吧。"她再次和大家点头道别。其他人往家的方向走，弗朗西斯卡睡意蒙眬地挽着艾林的胳膊。

三

"怎么样,有你的信吗?"看见赫尔格从邮局大门里走出来,珍妮问道。她一直站在外面等他。

"现在让我来告诉你该坐哪趟车回家。"

"谢谢,您真是好心。"

广场在阳光下呈现出耀眼的白色,早晨的空气清新透明。马车和行人在便道上从他们身旁匆匆而过。

"您知道吗,温格小姐,我现在又不想回酒店了。我一点儿也不困,清醒得很,我想在外面走走。如果我陪您走上一小段路,您不会觉得我很冒犯吧?"

"我的天,当然不会了。不过你自己可以找到回酒店的路吗?"

"哦没问题的,大白天我肯定行的。"

"现在到处都叫得到出租车。"

他们来到科尔索大街,她给他指点出各个宫殿的名字。她走在前头,比他快出一两步,自如地穿梭在熙熙攘攘的人行道上。

"你喜欢苦艾酒吗?"她问道。"我打算进去喝一杯。"

她站在大理石台面的吧台旁,一口喝完杯中的酒。他不习惯这种苦中带甜的酒,这味道对他而言还很陌生,但是他喜欢站在吧台边往里面看。

珍妮带他拐进一条狭窄的小巷,这里空气阴冷潮湿,太阳只能照到巷子两侧房屋的顶部。赫尔格饶有兴致地看着所有这一切:漆成蓝色的马车,骡子身上配着黄铜铆钉装饰的马具和红色流苏;不戴帽子的女人,深肤色的孩童,廉价商品杂货铺,门廊下面摆满蔬菜的小摊子。有个男人在火炉上做甜甜圈。珍妮买了几个,递给他一个,他礼貌地拒绝了。这真是个奇怪的女孩,她似乎非常享受这种吃吃喝喝的感觉,一想到这些油腻腻的圆面包塞在齿缝间,压在昨晚灌下去的一肚子各色饮料之上,他就觉得恶心,刚才苦艾酒的味道还留在嘴里。再说,那个卖甜甜圈的男人看上去脏兮兮的。

晾衣竿从老房子里面伸出来,架在断了骨架的软百叶之间。灰扑扑的衣服搭在杆子上晾晒。带飞檐和格子窗户的大理石宫殿紧挨着这些破旧的房屋。有一回珍妮猛地一把拽住他的胳膊,只见一辆红色轿车鸣着喇叭,从一扇巴洛克风格的大门里驶出,吃力地转弯,然后在狭窄的巷道里提速往前冲去,道路两旁的排水沟里满是菜叶和垃圾。

他喜欢眼前的一切——奇特而充满南欧风情。过去那些年他在脑海中堆积起来的关于这座城市的所有想象统统被眼前现实中的日常琐碎所淹没,最终他学会了自嘲,出于自卫,人总是会主动去修正自己的梦想。现在他正在努力说服自己,在这座浪漫之都住着一群和其他大城市一样的人——这里有女店员和工厂工人,有印刷工人和发报员,还有那些在办公室里和机器旁边工作的雇员,他们与世界上任何其他地方的人别无两样。一想到这些房子和街道,他就觉得心情愉悦,这些东西曾经一度存在于他的幻想之中,这么说,它们显然是真实存在的。

穿过几条狭窄潮湿满是异味的小巷,他们来到阳光下一处开阔地。地面被人随意地扒拉清扫了几下,成堆的垃圾和下脚料堆放在碎石之间;几栋破旧的房子,有些已经坍塌掉一半,露出里面的屋子,矗立在古迹废墟之中。

经过几幢似乎被人遗忘的独栋房屋,他们来到灶神庙广场。在新建的大型蒸汽磨坊和带廊柱的漂亮小教堂后面,阿文丁山在阳光下突兀地隆起。山上有座修道院,山坡上的花园里躺着久经蒙尘的无名废墟。

然而,实际情形总是令人震惊——无论是在德国还是佛罗伦萨——他从书本上读到的废墟和他想象中的废墟都属于那种非常浪漫的样式——四周被绿色植物所环绕,有野花从废墟的裂缝里长出来,如同老式蚀刻版画所表现的样子,或者就是剧院场景里应有的样子。然而现实中的废墟却是肮脏而破败不堪的,地面随处扔满了纸屑,垃圾和踩扁的空罐头盒。南方最具代表性的植被在这儿成了蒙尘的灰黑色常绿植物,此外还有光秃秃带刺的荆条以及褪色的黄色灯芯草。

在这个阳光灿烂的早晨,他突然悟到,即便在这样的情形下,罗马仍然拥有其美丽的一面。

珍妮·温格走在教堂花园围墙的后面,围墙上爬满了常青藤,松树的树冠从墙后探出来。她停下脚步,给自己点上一支烟。

"你发现了吧,我的烟瘾不小。"她说,"但是和塞斯卡在一起的时候,我不得不控制自己,她见不得我抽烟;在这里我可以抽得跟个烟囱似的。我们到了。"

一幢小巧的黄房子出现在树篱后面,花园里有一株高大的榆树,树干光秃秃的,树下面摆着几张桌子,还有一间用灯芯草梗搭成的凉棚。珍妮和门口的老妇人打声招呼。

"好了,格拉姆先生,早餐想来点什么?"

"这可真是个不错的主意。我要一杯浓咖啡、一份面包卷,还有黄油。"

"听听!咖啡和黄油。不,咱们还是来份煎蛋、面包和红酒吧,还要些生菜,兴许再来点奶酪。没错,她说过她有奶酪。你要几份煎蛋?"

趁着老妇人摆桌子的工夫,温格小姐将她的画架和颜料搬到花园里,然后脱下她那条长长的蓝色晚装披肩,换上一件沾满颜料的工作服。

"可以看看你的画吗?"赫尔格问道。

"可以。我打算把那块绿色的亮度稍微调低一点儿,否则显得太生硬了。里面缺少光的感觉,但是背景还是画得不错的,我觉得。"

赫尔格看了看画,那些树看上去就像一大摊油腻腻的油墨。他看不出个所以然。

"我们的早餐来了。如果鸡蛋煎得太硬,咱们就把它扔回她的脸上。哇,真是恰到好处!一点儿也不硬。"

赫尔格不觉得饿。酸酸的白葡萄酒有点烧心的感觉,干巴巴的无盐面包令他难以下咽。珍妮用她那洁白的门牙咬着面包,时不时掰下一小块帕玛森干酪,扔进嘴里,再喝上一口白葡萄酒。一眨眼工夫,三只煎蛋就被她干掉了。

"你怎么可以不用黄油就能咽下那么难吃的面包?"赫尔格说道。

"我喜欢。自打离开克里斯蒂安尼亚以后,我就再也没碰过黄油。塞斯卡和我只有在开派对的时候才买些。要知道,我们过的是精打细算的日子。"

他大笑道:"你的精打细算指的是什么——比如买珠子和珊瑚?"

"哦,那个属于奢侈品,不过我觉得它也应该属于必需品——从某种程度而言。我们在生活上和饮食上非常节俭,每周有两到三个晚上只喝茶,吃干面包和小萝卜沙拉,用省下来的钱买丝巾。"

她吃完早餐,点上一支烟,坐在椅子上,眼睛直视前方,下巴支在手上。

"至于说到挨饿,格拉姆先生,我当然还没有过这样的经历,不过也许有一天我也不得不经历。赫根有过类似的经历,在这个问题上他与我持相同的观点——无论是饥饿还是所谓的食不果腹,都比不上手头拮据的那种感觉。财富自由是人们为之工作的动力。当我和母亲一起生活的时候,家里的生活必需品总是紧巴巴的,除此之外,其他东西想都不用想。让孩子吃饱饭才是重中之重。"

"我想象不出来你也有为钱发愁的时候。"

"为什么不呢?"

"因为你看上去非常独立而有勇气,对一切事情似乎很有自己的主见。如果一个人从小成长在捉襟见肘的环境下,生活随时在提醒着她物质的短缺,这人自然也就不敢有什么主见了。总的来说,兜里的银子决定了一个人的生活质量,这确实是很无奈的。"

珍妮若有所思地点点头。"有道理。不过,当一个人拥有健康、青春和学识的时候,就不必太在意这些。"

"就拿我自己来说吧。我一直自认为有理科天赋,而且把它当成我的唯一爱好。我出过几本书,就是很普通的那种，你懂的。目前我正在撰写一篇关于南欧青铜时代的论文。可是我却是个老师，有着不错的职位，在一家私立学校担任校监。"

"那么，你来这里是为了工作，做研究？我记得你早上说起过。"

他没有回答她，径自说道："我父亲也有类似的经历，他渴望成为一名艺术家，这种想法超过了他任何其他的梦想。他曾经在这里停留了一年的时间。然后他结婚了，现在经营着一家平版印刷出版社，到目前为止已经艰难地维持了26个年头。我不相信父亲觉得他曾经被生活善待。"

珍妮·温格一动不动地坐在原处，若有所思地凝视着前方。房子下面的园子里长着一畦畦的蔬菜，一簇簇幼嫩的绿苗从地里冒出来。草地的尽头，在深绿色树叶的背景下，是黄褐色的帕拉丁废墟。今天的天气看起来会很暖和。松树林和花园别墅的远处是阿尔班山，在柔和蓝天的衬托下，阿尔班山显得雾蒙蒙的。

珍妮喝了几口酒，目光依然直视前方。赫尔格顺着缭绕的烟雾往上看，一阵若有若无的轻风飘过来，将烟雾带入阳光之中。珍妮两腿交叉，她有一对纤细的脚踝。她的脚上穿着紫色薄丝袜，晚宴鞋面上绣着几粒珠子。夹克外套披在那件带白色翻领的珠灰色连衣裙外面，脖子上的项链在她乳白色的颈项上投下一粒粒粉红色的圆点。外套的毛皮帽滑落到她的脑后，露出金色蓬松的长发。

"我猜你是得到你父亲的支持吧，格拉姆先生。我的意思是说他非常理解你，对吗？显然他知道当你心中存着另一份梦想的时候，不太可能在学校的工作上有多大长进。"

"我不知道。他自然是很高兴我能来国外，不过，"他犹豫片刻，接着说道，"我和父亲并不亲近。至于我母亲嘛，她只是担心我工作太辛苦，会不会缺钱，或者拿自己的前途冒险，等等。父亲和母亲两人的性格非常不一样——她从来就没有完全了解我父亲，她把更多的心思放在了孩子们身上。我小的时候非常依恋母亲，但即使这样她还要嫉妒父亲，担心父亲对我的影响力会大过她的。她甚至嫉妒我的工作，偶尔有些晚上我把自己关在房间里看书的时候，她会担心我的身体，害怕我会放弃自己的工作。"

珍妮静静地听着，若有所思地点点头。

"我从邮局取出来的信就是他们寄来的。"他从口袋里拿出信来看看，没有打开。"今天是我的生日。"他说道，勉强笑了一下。"我今天26岁。"

"长命百岁。"温格小姐与他握握手，她注视着他的那种表情就和她看着雅赫曼小姐趴在她臂弯里的一样。

之前她都没有仔细瞧过他，只是有印象他是个瘦高个儿，肤色较暗。总的来说，他的五官还算端正，高高的额头略显狭窄，有一双如同琥珀般透明的浅棕色眼睛，胡髭下面薄薄的嘴唇露出一副疲倦悲伤的表情。

"我特别理解你，"她突然说道，"你说的这些我深有同感，去年圣诞节之前我一直在学校当老师。一开始我给人家做家庭教师，后来年纪够大我就进了神学院。"她羞涩地笑笑。"再后来我的姑妈给我留下一笔钱，于是我从学校辞职出国。我想这笔钱大约可以够我生活三年，也许还会更长一点。最近我开始给报社投稿，我还可以卖几幅画。母亲不赞成我把钱全部花光，也不同意我就这样轻易放弃好不容易才谋到的学校职位，尤其是我当了这么多年的家庭教师，在学校做了许多杂七杂八的活儿之后。我猜想做母亲的总是希望孩子有一份稳定的工作和收入……"

"若是我处在你的位置，可能不会去冒这个险，不给自己留后路。我知道各人受家庭的影响不同，我只是会忍不住担心钱花光的那一天。"

"没关系啦，"珍妮·温格说道，"我的身体健康，而且会的东西也不少；我可以缝纫、做饭、洗衣和熨烫。我还会说好几种语言，我随时可以在英国和美国找到工作。弗朗西斯卡，"她大笑着说道，"想让我和她去南非当挤奶工，她说她最擅长干这个。然后我们可以给祖鲁人画像，据说他们都是些特别好的模特。"

"这可不是件轻松的活儿——似乎距离对你也不成问题。"

"对我一点儿也不成问题。当然啦，我只是随便说说。这么多年来，我一直觉得离开家是不可能的，哪怕只是去哥本哈根待上一段时间学习和作画。当我最终下定决心放弃所有开始上路的时候，实话和你说，我有过许多艰难的时刻。家里人觉得这事太不靠谱，给了我不少压力，但这也更加促使我下决心坚持下去。绘画是我的挚爱，我知道在家里我是不可能专心学习的，家里有太多事让人分心。母亲意识不到我的年龄在一天天地变大，如果真想认真学点什么，是时候马上开始了。母亲只比我大19岁，我11岁的时候，她再婚了。婚姻使她变得愈加年轻。

"奇怪的是，当你离开家的时候，那些因为偶然概率与你共同生活的人不再对你有任何影响力。你学会了用自己的眼睛来看这个世界，学会独立思考，你明白接下来旅途中所有的事情将全靠你一人解决：你想看什么，想学什么，如何安排自己的生活，你的选择会给你带来怎样的影响。

渐渐地，你明白了你从生活中获得的一切将完全取决于你自己。当然啦，就像你刚才所说的，外部客观情况会给人带来影响，但是你也学会了如何避开不利因素或是通过克服外界障碍以至最终为自己争取最大便利，其实最糟糕的事情往往是自己一手造成的。你在家里从来不觉得寂寞，对吧？对我而言，旅行最大的好处就是让人学会独处，没有人帮你，或是给你提出任何忠告。你只有离开了家，才会从心底感激家为你提供的一切，才知道你对家人的亏欠。于是你知道自己再也不会依赖他们，你已经是自己的主人了。直到这时你才算是懂得真正爱你的家人——人不会真正爱上一样东西，如果只是一味依赖它的话。"

"我不知道。我们岂不是一直都在依靠着我们爱的人和事吗？比方说，你和你的工作。有一天如果你真正喜欢上什么人，"他静静地说道，"你也会彻底地依赖他们。"

"好——吧，"她思忖片刻，突然说，"但那是你自己的选择。你不是一个奴隶；你之所以心甘情愿地为什么人或事服务，那是因为在你心中对它的评价甚高。难道你不觉得高兴吗？有整整一年完全自由的独处时间，做自己喜欢的事？"

赫尔格想起了前一晚在圣皮埃特罗广场欣赏到的城市美景，太阳用它的柔光给城市披上一层彩色的面纱。他低头看着身边这位年轻美丽的姑娘。

"高兴。"他说道。

"好吧——"她站起身，扣上外衣的扣子，打开颜料盒——"我得开始工作了。"

"你大概希望我走开吧？"

珍妮笑了笑。"我猜你也累了。"

"不是很累。这次必须让我来结账。"

她把侍者叫过来,一面帮他结账,一面把颜料挤进颜料盘里。

"你能自己找到回酒店的路吧?"

"没问题,我记得来时的路。我想我会很快叫到一辆出租车的。你去俱乐部吗?"

"偶尔。"

"真希望能再次见到你。"

"我想会的。"她犹豫了一会儿,说道,"哪天过来看我们吧,一起喝个茶,如果你愿意的话。维塔乔路111号,塞斯卡和我一般下午都在家。"

"谢谢,乐意之至。那么就再见了,多谢你。"

她向他伸出手:"再见。"

走到大门口他回过头,见她正用一把调色刀在画布上刮擦,嘴里哼着他们在咖啡馆听过的歌。他还记得那旋律,于是一边走一边径自哼唱起来。

四

珍妮从毯子下面伸出胳膊,垫在自己的脖子后面。房间里黑乎乎的,很冷。百叶窗拉得严丝合缝,一丝光线也透不进来。她擦亮一根火柴,看了看表——快晚上7点了。还可以再睡一小会儿,于是她又重新钻回毯子里,把头深深地埋进枕头里面。

"珍妮,你还在睡吗?"弗朗西斯卡没敲门径自走进来。她来到床边,在黑暗中摸索,轻柔地抚摸着朋友的脸。"累吗?"

"不累。我正打算起床。"

"你几点回来的?"

"大约下午3点吧。午餐前我到普拉蒂泡了一个澡,然后在瑞佩塔吃的饭,回到家就马上睡了。现在已经完全缓过来了。我这就起床。"

"稍等。房间里冷得很,我先把火生起来。"弗朗西斯卡拧亮桌上的台灯。

"干吗不让房东太太来做这些事?噢,塞斯卡,你过来,让我看看你。"珍妮从床上坐起来。

弗朗西斯卡把台灯移到床头柜上,慢慢地转过身子,整个人沐浴在亮光之中。她在绿裙子上面加了一件白色罩衣,用一块带条纹图案的披肩裹住双肩。一串深红色珊瑚项链在脖子上绕了两圈。她开心地将耳边的头发撩起,露出一对系在羊毛绳上的抛光珊瑚耳坠。

"真没想到,我只花68里拉就把它拿下了,很值吧?是不是?你觉得好看吗?"

"真是绝妙之至,而且这身衣服也搭配得非常好。我想给你画幅像。"

"行呀。我就坐在这里让你画——反正这些日子我也是无心工作。唉,我的天啊!"她叹息着坐到床上。"我还是出去取些木炭来吧。"

不一会儿,她端着一盆燃烧的炭火走了进来,俯身在小火炉前忙碌着。"亲爱的,你待在床上别动,等房间暖和些再起来。我来铺桌子,准备茶。我看见你把画作带回家了,让我瞧瞧。"说着她把画板搁在椅子上,举起台灯。

"天哪!我的天哪!"

"我感觉画得还不错,你觉得怎样?我打算去那边再画几张素描。我正在构思一幅大作品——这个题材还不错吧,再配上那些发掘现场的工人和骡马车?"

"我觉得非常好。你肯定能画出点什么。我要把它拿给贡纳和艾林看。噢!你这就要起床吗,我来替你梳头吧,瞧这一头的乱发。咱们来弄个时髦的发型如何?就是带卷儿的那种,你知道的。"弗朗西斯卡的手指顺着她金色的长发滑过。"坐着别动。今早有一封你的信。我拿上来了,你看了吗?是不是你弟弟寄来的?"

"是的。"珍妮说。

"还好吗?你开心吗?"

"非常好。塞斯卡,你知道,有时候——偶尔在某个周日的早晨，我真希望可以飞回家，和卡尔法特斯一起到诺玛肯散步。他真是个淘气的小家伙。"

弗朗西斯卡看着镜中笑意盈盈的珍妮，把她的头发放下来，开始给她梳头。

"别麻烦了，塞斯卡，咱们没时间了。"

"没事的。如果他们来得早，就让他们去我的房间里待会儿。我的房间乱得像猪窝，不过没关系。他们不会早到的，至少贡纳不会来得这么早。再说我也无所谓让他和艾林看到。艾林早上已经见过我了，他坐在床边和我聊天。我穿衣服的时候就把他关到阳台外面，然后我们去特里酒店吃了顿好吃的，整个下午我都和他待在一起。"

珍妮没吭声。

"我们在国家画廊遇到格拉姆了。他是不是挺可怕的？你从来没见过这样的人吧？"

"我不觉得他有什么问题。他只是有点尴尬而已，可怜的小伙子，就和我当初刚到这儿的时候一样。他是那种愿意享受旅行但是又不知从何下手的人。"

"我今天刚从佛罗伦萨来。"弗朗西斯卡模仿着格拉姆的腔调，大笑起来。"哎哟，要是他坐飞机来也就罢了。"

"你真是无礼，亲爱的。这样不好。我本来想请他今晚过来的，但是一想到你，我就不敢请了。我不能拿我的客人来冒险，任由你对他非礼。"

"不必害怕，你心里自然是知道的。"弗朗西斯卡有点委屈地说道。

"你还记得道格拉斯来我这里喝茶的那次吗？"

"记得。在模特事件之后。但那是另外一回事。"

"胡说。人家与你毫无关系。"

"真的与我无关吗？他还向我求过婚哩，我差点儿就答应他了。"

"他又怎么能知道呢？"珍妮问道。

"反正，我并没有完全拒绝他，在那之前我还和他去了一趟凡尔赛。在凡尔赛他吻了我好几次，还把头枕在我的腿上，我跟他说我不是很在乎他，他还不相信。"

"塞斯卡，这就是你的不对了。"珍妮看着镜中塞斯卡的眼睛。"只要你肯动动脑筋，你就会是这个世界上最可爱的姑娘。可是有时候你让人觉得你似乎并未意识到你是在和人打交道，他们都是些有血有肉、值得尊重的人。你若不是这样漫不经心，肯定会懂得如何尊重他们。我知道你是个本性善良的人。"

"哎哟！先别急着下结论。不过我要给你看一些玫瑰，今天下午艾林在西班牙广场给我买了一大捧玫瑰。"塞斯卡挑衅似的笑了。

"我觉得你该收敛一点了，要知道他并不富裕。"

"我才不管呢。如果他爱我，我猜他就喜欢这么做。"

"我先不说这些事情对你的名声会有什么影响。"

"别，最好别和我谈什么名声。你说得很对，在国内，在克里斯蒂安尼亚，我已经没啥好名声了，一劳永逸地丧失殆尽。"她歇斯底里般地大笑起来。"去他妈的，我才不在乎呢。"

"我不明白，塞斯卡亲爱的，既然你不在乎那些男人，为什么还要……至于说艾林，你没见他陷得有多深吗？还有诺尔曼·道格拉斯。你不知道自己在做什么。宝贝，我相信你压根儿都没有一丁点儿的直觉。"

弗朗西斯卡将梳子和毛刷放在一旁，从镜子里审视着珍妮的发型。试图努力维持嘴角那一缕淡淡的挑衅似的微笑,可是最终她还是笑不起来,泪水突然注满了她的眼眶。

"我今天早上也收到了一封信,"她颤声说道,"是波尔吉德从柏林寄来的。"珍妮从梳妆台前站起身:"好的,你准备好了吗?你帮我把烧水壶放到炉子上吧,或者咱们先来煮洋蓟?"

她开始整理床铺。"我们也可以叫玛丽达来帮忙,你觉不觉得还是咱们自己弄比较好?"

"波尔吉德在信里说汉斯·赫尔曼上礼拜结婚了,他的妻子已经怀有身孕了。"

珍妮把火柴盒放到桌上,瞥了一眼弗朗西斯卡那张愁云密布的惨淡小脸儿,无声地走到她身旁。

"和他结婚的姑娘,是那个叫贝瑞·艾可儿的歌手,你认识的。"弗朗西斯卡用近乎耳语般的声音说道,她靠在朋友身上,依偎片刻,然后用发抖的手开始整理床铺。

"可你是知道的,他们一年前就订婚了。"

"是的——这个让我来做吧,你去摆桌子。我知道,当然。你也了解所有细节。"

珍妮摆上四人的餐具。弗朗西斯卡盖上床罩,拿来玫瑰。她站在原地开始往衣服口袋里掏。良久,终于掏出一封信,攥在手里绞来绞去。

"波尔吉德在信里说她在蒂埃尔大街遇到他们。她还说——唉,你知道有时候波尔吉德说话也是挺刻薄的。"弗朗西斯卡快速穿过房间,拉开火炉门,一把将信投了进去。然后一屁股跌坐到扶手椅里,放声大哭。

珍妮走近她,用一只胳膊搂住弗朗西斯卡的脖子。

"塞斯卡,亲爱的。"

弗朗西斯卡将自己的脸紧紧贴在珍妮的胳膊上。

"贝瑞·艾可儿看上去很痛苦的样子，可怜的东西。她挽着他的胳膊，他显得非常不开心，一脸愠怒。我都能想象得出当时的情景。我真替她难过——你是不是觉得奇怪，她居然让自己如此依恋他？我敢肯定，她已经被那个人控制得服服帖帖了。她怎么这么傻，尤其是当她已经了解这个人之后。可是珍妮，你就想想吧，他居然要和别人生孩子了——哦，我的上帝！"

珍妮坐在椅子的扶手上，塞斯卡依偎在她身旁。

"我想你是对的，我确实没啥直觉。也许我从来就没有真正爱过他，可是我真想和他生个孩子。虽然我迟迟下不了决心。有时候他当场就要我答应嫁给他，立刻和他去市政厅登记结婚，可是我又不想答应。如果真的这样做了，家里人会很不高兴的，他们会以为我们是奉子成婚。其实我也不想那么做。虽然大家早就不把我当好人看了，不过我也无所谓的。我知道因为他，我已经把自己的名声给毁了，但是我不在乎。我可以告诉你，就算是到现在我还是不在乎。"

"他认为我之所以拒绝他，是因为害怕他日后不会娶我。'那咱们现在就去市政厅登记吧，你这个傻丫头。'但我还是不肯答应。于是他觉得我在骗他。'你真狠心！'他说，'你自己都不知道你有多么的冷酷。'我不觉得自己是这样，我只不过是出于害怕。他简直就是个暴君，有时候他还打我，几乎要撕烂我的衣服，出于自卫，我只好对他又抓又咬，哭天抢地的。"

"可是最终你还是回到他身边。"

"是的，没错。门房的老婆不想帮他打扫房间了。我有他房间的钥匙，于是我就过去帮他打扫，替他擦地板、铺床——天知道还有谁在那上面躺过。"

珍妮摇了摇头。

"波尔吉德知道了，很生气。她确信他肯定养了情妇。我也知道，只不过不想去印证罢了。她说汉斯之所以把钥匙给我，就是希望我去抓他们的现场，好让我吃醋，这样可以让我屈从于他。反正我一直都是在妥协。但是有一点波尔吉德说得不对，汉斯是爱我的，以他自己的方式，比爱任何人都要多一些。"

"波尔吉德非常生气，因为我把奶奶给我的钻石戒指当掉了，我一直没告诉你。因为汉斯说他缺钱——他需要100克朗，我答应帮他去弄。其实我也不知道该到哪儿去弄钱。也不敢给爸爸写信，我已经花超了。于是我只好把我的手表、手链和那只戒指当掉。就是那种老款式的钻戒，在戒面周围有一圈小碎钻的那种。波尔吉德生气奶奶没有把钻戒留给她，因为她是老大。可是奶奶说了，因为我与她同名，所以要给我。有天早上，当铺一开门我就去了，这自然是件令人可恼的事情，可是好歹我终于拿到钱了，于是我转手就把钱交给汉斯。他问我从哪儿弄来的钱，我如实告诉他。他亲了亲我，然后说：'把当票和钱给我，我的小猫咪。'他总喜欢这么叫我，我按他的要求把当票给他，我以为他想把我的东西赎回来，于是告诉他说不必了。你知道当时我挺感动的。'让我来想想其他办法。'汉斯说道，然后出门去了。我待在他的房间里等他，心里激动得很。我知道他缺钱，还打算第二天再去当掉一些其他东西。有过第一次，第二次再做这种事儿就不那么害怕了。我可以把我的所有东西都给他。然后他回来了，你猜他干什么去了?"她大笑起来,眼里噙着泪水,"他把我的东西从当铺里赎出来,然后再去找他的私人理财师(他是这么说的)当出了一个更高的价格。"

"我们一整天腻在一起,喝香槟,四处闲逛。晚上我跟他去他的住处。他开始弹琴给我听——我的天,他的那种演奏方式!我躺在地上,哭了。什么都不重要,我只要他为我一个人演奏就行。你没听过他的演奏,你要是在场也会理解我的。但是接下来的事情就变得很可怕了,我俩像疯子一样地互相扭打起来。最后我还是跑了出来,回家的时候把波尔吉德吵醒了,我的裙子被他撕得破破烂烂的,'你看起来就像个街边女。'她说道。我大笑,这时已经是早上5点钟了。"

"要不是后来听他提起一件事,我想我最终也就依他了。有时候他会说:'你是我遇到的唯一一体面的姑娘。没有男人能降服得了你。我敬重你,我的小猫咪。'真没想到,他尊敬我的原因居然是我不愿意和他做那件他一直乞求我做的事情,还让我一直为此烦心。我很想顺服于他,只要能让他开心,我愿意为他做任何事情。可是我心里怕得很。他是那么的粗暴,而且我知道他还有其他女人。要不是他一个劲儿地这么威胁我,我倒是可以依着他的。不过这样一来,我也就失去了他对我的尊重。这也是为什么最终我和他分手了——他想让我和他做这件事,这样一来我就会被他轻看了。"

珍妮安抚着她,她朝着她的怀里挤过去。

"珍妮,你有那么一丁点儿地爱我吗?"

"你知道我是爱你的,亲爱的。"

"你真好,再亲亲我吧。贡纳对我也很好,还有艾林。

我会当心的，小心不让艾林受到伤害。再说，指不定将来我会嫁给他呢，他对我那么好。艾林不会对我动粗，这点我是知道的。你说他会娶我吗？他会为那种事情来烦我吗？估计不会那么厉害吧。我以后也许会有孩子，总有一天我也会为钱的事情伤脑筋，他是真穷。到时候我们可以去国外生活，两人都工作。你有没有注意到，他的作品总有那么一股精美的韵味，比如那尊阿尔姆奎斯特青铜铸件。从作品本身来看可能不是很新颖，但是整体人物造型显得如此高贵、自如，充满了美感和立体感。"

珍妮微微一笑，用手拂了拂塞斯卡额前被泪水打湿的几绺头发。

"我希望我的作品也能达到那般水平。可是我满脑子和心里一直有种说不出的痛，我的眼睛也刺痛火辣，一直以来我都累极了。"

"你知道医生是怎么说你的——神经质——从头到脚都是这么回事，但凡你能理智一点就好了。"

"我知道，所有人都这么说。我只是害怕。你说我没有直觉——那只是你们以为。在其他方面我的感觉还是很对的。这整个礼拜我的表现都很糟，我自己心里非常清楚。因为我有种预感，一直在等着最坏的事情发生。你瞧，我的感觉是对的。"

珍妮又亲了亲她。

"今天傍晚的时候我去了圣·奥古斯提诺大教堂，你还记得那尊行神迹的抹大拉雕像吧，我跪在她面前向圣母祷告，我觉得如果我皈依天主教可能会更快乐一点。像圣母玛利亚这样的女人能够理解我。我这种人其实就不应该结婚，应该进修道院，去一个诸如锡耶纳之类的地方。我可以临摹美术馆的作品,为修道院挣钱。我在佛罗伦萨临摹梅洛左·达·福尔利的天使,有个嬷嬷每天都去那儿画画,这个主意倒是不赖。"她笑道,"我的意思是我画得糟糕极了,可是她们都说我画得很好,她们画得也挺棒的。我觉得在那里生活我会快乐的。噢珍妮,但凡能让我的脑子平静下来,身心获得安宁。可是现在的我却是如此的困惑,时时被恐惧攫取。如果我能好起来,我是可以一直不停地工作的,我可以变得很好的——你想象不出来我可以变得有多好。我知道自己有时候不是那么讨人喜欢,我放任自己的情绪,就像现在这样。不过我打算有所改变,只要你还喜欢我,你们所有人,尤其是你。咱们把那个格拉姆叫出来吧,下回再见到他,我一定会对他好的,你懂的。咱们请他过来,带他出去,我会尽我所能地让他开心。你在听我说吗,珍妮?现在你对我还满意吗?"

"是的,亲爱的。"

"贡纳不相信我可以变得认真起来。"塞斯卡略带焦虑地说道。

"哦,他相信的。他只是觉得你有时候挺显孩子气的。你是知道他曾经怎样夸赞你的作品的。难道你不记得在巴黎的时候他是怎样赞赏你的创作力和才华啦?他用了'新颖而了不起'这种说法。那时候他可一点也没有轻看你哦。"

"贡纳是个好人,因为道格拉斯的事情,他生我的气了。"

"任何人都会生你的气,换了我也会。"

弗朗西斯卡叹了一口气,默默地坐了一会儿。"后来你是如何把格拉姆打发掉的?我以为你再也甩不掉他了。我以为他会一路跟着你回家,最后睡在这儿的沙发上。"

珍妮笑起来:"没有的事。他跟我去了一趟阿文丁山,在那里吃完早餐就回家了。说真的我还挺喜欢他的。"

"我的天,你有点好心得过分了吧?和我们在一起的时候你还没当够妈呀?你不会是爱上他了吧?"

珍妮再次开怀大笑:"我没觉得我有什么机会,我倒是觉得他会爱上你哩,就像其他人一样,你可得当心点啦。"

"确实,他们都喜欢我——天知道这是怎么回事。但是他们很快就会自愈的,然后转而开始恨我。"她叹口气。

她们听到楼梯上响起的脚步声。

"贡纳来了。我得回自己房间一下,擦擦我的眼睛。"

她在门口遇到赫根,匆忙和他打声招呼就逃掉了。

他走进房间,关上门:"看得出来你已经没事了,一如既往。你真够棒的,珍妮。我猜你在熬个通宵之后又工作了整个早上,她怎么样啊?"他冲着塞斯卡的房间指指。

"情绪不佳呗,可怜的小东西。"

"我在俱乐部的报纸上看到那条消息了。你的作品完成了吗?给我看看。嗯,真不错。"赫根举着画板冲着光亮的地方看了好一会儿。"这部分画得相当的棒,很有力度的一件作品。她这会儿还躺在床上哭吗?"

"不知道呢,刚才在这儿哭来着。她收到她姐姐的一封信。"

"别让我遇见那家伙,否则我会找碴儿给他一顿好揍。"

五

一天下午,赫尔格·格拉姆独自一人待在俱乐部里翻阅挪威报纸。雅赫曼小姐走了进来。他站起身,向她鞠了一躬。不料她径自走向他,伸出手与他握手,微微一笑道:"最近还好吗?我和珍妮还纳闷怎么好长时间没见到你了,我们还商量着这个周六过来看看能否遇上你,然后约你出去玩呢。你找到房子了吗?"

"没呢,真不好意思,我还住在旅馆里。所有的房子我都看了一遍,最后还是觉得太贵了。"

"可是住旅馆里也不便宜呀。我估计你的房费每天至少得3里拉,我没说错吧?你知道罗马的生活费可不便宜呢。找房子的时候最好是找那种朝南向的房间,尤其是在冬天的时候。当然啦,你不会说意大利语,可是你怎么不来找我们帮忙呢,珍妮和我会很愿意陪你一起看房子的。"

"非常感谢,我哪里敢奢望拿这种事情来麻烦你们。"

"一点也不麻烦。你现在进行到什么地步了,都见过谁了?"

"还没。我周六到的,还没来得及和任何人提起。然后开始在报纸上找。前天我在科尔索大街的一家咖啡馆遇到赫根,和他聊了几句。在这儿我遇到了在佛罗伦萨结识的两位德国医生,和他们去了一趟阿皮亚大街。"

"呃,德国医生不怎么样吧?"

赫尔格尴尬地笑笑。

"也不全是吧,我们还是有些共同语言的,尤其是身边没什么人可聊的时候……"

"看来你得下决心学习意大利语了。你对这门语言还是有点儿了解的,对吧?没事就过来和我一起散步,咱们一路可以用意大利语聊天,你会发现我是个非常严格的老师哦。"

"非常感谢,雅赫曼小姐。不过你会发现我是个非常乏味的人——尤其是在不经意之间。"

"瞎说!瞧,我有个主意:前天有两个丹麦老太太去卡普里岛了,我敢肯定她们退出来的房间没准还空着。那是一间价格便宜、结构紧凑的房间,我记不清那条街的名字了,但是我知道怎么走,要不我现在就带你过去看看?走吧!"

上楼的时候她扭过头来,略显尴尬地冲他一笑。

"那天晚上我对您非常粗鲁,格拉姆先生,请您接受我的道歉。"

"我亲爱的雅赫曼小姐!"

"我那天心情不好。你不知道事后珍妮怎样狠狠地训了我一顿,我是罪有应得。"

"没关系的,要怪也只能怪我,是我强迫你们接受我。当时一听到你们说挪威语,我实在忍不住就想上去搭讪。"

"理解。那种冒险体验还是相当有趣的,很抱歉是我的坏脾气毁了那天晚上的一切。你知道吗,我最近身体不太好,一直以来神经衰弱困扰着我,让我无法入睡,也无法正常工作,时不时地就会做出让人讨厌的事情。"

"现在感觉好点了吗？"

"还是不怎么样。珍妮和贡纳都在拼命工作——每个人都很忙，就我不行。你的工作还顺利吗？还算满意吗？每天下午我端坐在椅子上让珍妮给我画像。今天放假一天。珍妮这么做也是怕我一个人待着胡思乱想，有时候她带我到城墙外面去骑马——她就像我亲爱的妈妈。"

"看得出来你很喜欢你的朋友？"

"嗯。她对我非常好。我天生敏感，被宠坏了，除了珍妮谁也不能长期忍受我的坏毛病。她聪慧活泼，还很可爱——你有没有觉得她非常招人喜欢？你没见过她把头发放下来的样子吧，我表现好的时候，她会让我给她梳头。咱们到了。"

他们爬上一段漆黑的楼梯。

"别介意楼梯的状况，我们住的地方更糟。等你去我们那里看看就知道了。哪天晚上过来吧，咱们把其他几个人叫上，找个像样的地方疯一下，上回大家的乐子被我搞砸了。"

她摁响顶层的门铃。开门的妇人看上去和蔼可亲，衣着整洁。她带他们参观了一间摆有两张床的房间。从房间窗户往下看，可以看到灰色的后院，玻璃窗里晾着洗过的衣服，阳台上摆着各种花草植物，灰色屋顶的天台上种着各种绿植。

弗朗西斯卡继续与妇人闲聊，她一面检查房间里的床铺和炉灶，一面向赫尔格解释道：

"这里整个上午都有阳光，挪走一张床，房间的空间会显得更大一点，炉子还好。房租40里拉不含电费和燃料，加2里拉可以包服务费。算是便宜了。我要不要和她说你接受了？如果你愿意明天就可以搬进来。"

"别谢我，我就是愿意帮帮你而已。"下楼的时候她说道，"希望你喜欢这里，我知道帕皮夫人挺爱干净的。"

"我感觉这里的人似乎普遍都不是很讲卫生？"

"确实。但是即使是在克里斯蒂安尼亚的出租屋子，也不过如此。有一次我和姐姐住在霍伯斯格的一间出租房里，我在床底下放了一双手工定制的皮鞋，一直就没敢碰它。偶尔我朝床底下瞄上一眼，总会看见两只毛茸茸、灰扑扑的小白羊躺在那儿。"

"我倒是没有这种经历，我一直住在家里。"

弗朗西斯卡突然爆发出一阵大笑："刚才帕皮太太把我当成你的女朋友了，她以为咱俩要住在这里呢。我和她说我是你的表妹，她似乎并未领会。表兄妹这种称谓在全世界似乎都行不通。"

两人相视一笑。

"想不想出去走走？"雅赫曼小姐突然问道，"咱们去莫列桥吧？你去过吗？不会觉得太远吧？回来可以坐电车。"

"会不会对你来说有点远？你不是说身体不舒服吗？"

"走路对我有好处。'你得多走走。'贡纳老是这么和我说，赫尔格先生。"

一路上她叽叽喳喳地说个不停，时不时地抬头看看他，以确定他是否觉得开心。他们沿着台伯河旁的一条新路走。黄褐色的河水在两岸青翠的河畔间奔涌流淌，银白色的小云朵从马里奥山顶飘过，一幢又一幢的别墅点缀在四季常青的山林之间。

弗朗西斯卡和路上的一个警察打招呼，对赫尔格笑道：

"你知道吗，那个警察曾经向我求婚来着。我以前经常一个人来这儿散步，偶尔也和他说几句话，然后有一天他突然就向我求婚了。烟草商的儿子也曾向我求婚来着，珍妮说是我的错。大概她说得对。"

"温格小姐似乎经常在教训你呀，看得出来她是个非常严厉的妈妈。"

"其实不是的，她只是在我确实需要被教训的时候才那样，我倒希望早点有人对我这样。"她叹口气，"可惜没有。"

走在她身边，赫尔格·格拉姆感觉浑身舒坦自在。她身上有种让他觉得很柔软的东西——她那轻快的步伐、说话的声音，还有藏在那顶大蘑菇帽子下面的小脸蛋。现在再想起珍妮·温格，他发现自己已经不是那么喜欢她了。珍妮有一双意志坚定的灰色眸子，胃口很好。而塞斯卡刚才说她几乎是吃不下什么东西的。

"我觉得，温格小姐是个很有主见的女子。"

"绝对的。她的性格很强势。其实她一直喜欢的是绘画，可是却不得不没完没了地教书。可怜的珍妮，看她现在的样子你绝对想不到她曾经也有过很困难的时候。她是如此顽强，不肯轻易屈服。我第一次在艺术学校见到她的时候，以为她是个性格保守且硬心肠的人——用贡纳的话来说，把自己用盔甲武装起来。她非常腼腆；直到我们搬到这里之前，我对她都不是很了解。她母亲两次丧夫——现在是伯纳太太，除了珍妮，她还有另外三个孩子。家里只有几间小房子，珍妮只好挤在以前佣人住的小屋子里，就这样她完成了她的工作和学业。除此之外，她还要帮她妈妈做家务，挣钱养家。他们雇不起佣人，她几乎谁也不认识，也没有朋友。事情不顺利的时候，她将自己封闭起来，从不开口抱怨。情况好转的时候，她张开双臂给他人以安慰和支持。"

弗朗西斯卡两颊涨得绯红，一双大眼睛看着他。

"我之前的不走运，都源于我的自作自受。我有点歇斯底里，任自己情绪泛滥。珍妮告诫过我，如果有任何不可挽回的事情发生，应当首先从自身寻找问题的答案。一个人如果不能训练自己学会控制自己的情绪，必然也无法控制自己的行为，这无异于自杀。"

赫尔格微笑着看着她。一口一个"珍妮说的"和"贡纳说的"，她是多么年轻单纯，容易相信别人啊。

"你有没有想过也许温格小姐的处世原则并不一定适合你？你们两个人的性格截然不同，再说任何人对生活的态度都是不一样的。"

"你说得对。"她静静地答道，"可是我是那么喜欢珍妮，我实在是需要她。"

他们来到桥上。弗朗西斯卡趴在栏杆上俯身往下看。河流尽头有一座工厂，高耸的烟囱倒映在湍急的河水里。远方起伏的平原后面是黄褐色、光秃秃的萨宾山，更远处可以看到高耸的、白雪皑皑的群峰。

"珍妮曾经来过这里写生，工厂的烟囱在傍晚夕阳的映衬下呈现出艳丽的红色。当时是夏天，天气很热，远山显得雾蒙蒙的，可以看见远处的几座雪峰矗立在钢蓝色的天空下，云层缭绕其间，非常漂亮。回去我让她拿给你看。"

"要不要来点儿喝的？"

"咱们可以坐一会儿，待会儿气温就降了。"

她在前面带路。他们穿过桥尽头后面的一个圆形广场，找到一家带花园的小酒馆。光秃秃的榆树下，摆放着几张桌椅，花园的后面是一片草坪。河对岸是暗绿色的河堤，与清澈的天空形成鲜明的明暗对比。弗朗西斯卡随手从栅栏上折下一根树枝，枝条上有几枚新吐出的嫩芽，枝条的顶端被严寒天气冻得发黑。

"整个冬天它们都是这样，在寒风中瑟瑟发抖，可是春天一到，它们又活了过来。"

她随手扔掉枝条。他俯身拾起，把它收起来。

他们点了白葡萄酒。弗朗西斯卡往自己的杯里掺水，几乎就没怎么碰它。她微笑着恳求道：

"能给我一支烟吗？"

"没问题，只要你能受得了。"

"我已经很少抽烟了，珍妮为了我几乎把烟都戒了。不过我猜她今晚会好好给自己弥补一下的，因为她和贡纳在一起。"她大笑道，"你不可以告诉珍妮说我抽烟了。你要向我保证。"

"我保证。"他大笑道。

她静静地抽了一会儿烟。"我希望她和贡纳能结婚，不过我怀疑他们不会走到一起。他俩一直是很好的朋友，一般说来人都不会轻易爱上自己的好朋友，你会吗？爱上那种知根知底、性格相仿的朋友。人家说，只有性格不同的人才会对你有吸引力。我觉得这种说法好傻，能够爱上一个自己的同类多好啊，可以省去许多的烦恼和痛苦，你说是不是？"

"贡纳出生在乡下的一个小农场。因为家里太穷，他9岁的时候来到克里斯蒂安尼亚投奔他的婶婶。他婶婶在城里开了一家洗衣店，于是他小小年纪就得帮店里干活。后来他进了工厂，凭着极度的勤奋开始自学。他读过很多书，对所有事物充满兴趣，遇事喜欢打破砂锅问到底。珍妮说他忙得几乎都快忘记绘画这回事了。在这里他全面地学习了意大利语，可以阅读包括诗歌在内的各种意大利语书籍。

"珍妮也是这样，她学习各种各样的东西，因为这些都让她感兴趣。我不喜欢读书，读书让我头疼。可是如果是贡纳和珍妮告诉我的事情，我都能记住。你也很聪明，多告诉我一些你知道的学问，我最喜欢这样了，我会好好记住你们教给我的所有知识。

"贡纳教我绘画，我一直就喜欢在画纸上涂抹，天性如此。三年前我在挪威遇到他，当时我正在山里写生。我可以画得非常准确和漂亮，但是与艺术没有半毛钱关系。我自己都看得出来，但就是搞不明白为什么会这样。我觉得我的画里缺少了一点什么，一些我想加以表现的东西——具体是什么我又说不上来，也不知从何下手。

"我和他说起我的困惑，把我的画拿给他看。他知道的绘画技巧还不如我多，虽然他只比我大一岁，但是他非常善于充分利用他所学过的知识。后来我学着用明暗对比法画了两张夏夜的场景，色彩浓重，却能表现出强烈的光的效果。虽然不是很好，可是却有我一直想要表达的东西在里面。我可以把它当成我的画作，而不是一个初学绘画的小姑娘的作品。你明白我的意思吧？

"我想到一个主题——咱们找时间可以去城市的另一边。那儿有一条位于两块葡萄园之间的狭窄小道，其中一处可以看到两扇巴洛克时代的大门，用铁算子围了起来。每扇大门旁各有一株柏树。我曾在那儿画过几幅水彩：深蓝色的天空、翠柏、星辰、纯净的空气，还有远处依稀可见的圆顶和房屋。我想让我的画给人一种震慑的感觉。"

暮色降临,她的脸庞在帽檐儿下呈现出苍白的颜色。

"难道你不觉得我可以好起来吗?重新开始工作?"

"可以的,"他低声说道,"亲爱的……"

他听见她急促的呼吸声。两人都不作声,过了一会儿他继续说道:

"你很喜欢你的朋友,雅赫曼小姐?"

"你知道的,我喜欢每一个人。"她静静地说道,深吸一口气。

赫尔格·格拉姆突然俯身,亲吻那只搁在桌上的白皙小手。

"谢谢。"弗朗西斯卡低声说道。停了一会儿,她说:

"咱们回去吧,有点冷了。"

第二天他就搬进了新居。房间里洒满阳光,桌上摆着一个锡釉陶罐,里面插着盛开的鸢尾兰。房东太太解释说是他的表妹送来的。等房间里只剩他一人的时候,他俯身逐一亲吻每一朵兰花。

六

赫尔格·格拉姆很喜欢这间位于里佩塔的出租屋。从窗边的小书桌望出去,可以看到下面院子里晾晒的衣物以及邻居阳台上的花草,在这里他可以专心工作。对面那户人家有两个孩子,一个大约6岁的男孩和一个7岁的女孩,每当孩子们来到阳台的时候,都会和他点头挥手打招呼,他也挥挥手以示回礼。最近他开始和孩子的妈妈打招呼,与邻居们的点头之交让他有一种家的归属感。塞斯卡送的花瓶一直摆在桌上;他始终没让它空着,时时确保里面盛满鲜花。帕皮太太很快就听懂了他的意大利语。她之前的房客是丹麦人,用塞斯卡的话来说,丹麦人不屑于学习别国语言。

每当房东太太有事需要到他房间的时候,总会站在门口和他闲聊上一阵子,多半是聊他的"表妹",她真美,房东太太说。雅赫曼小姐自己来过一次,还有一次是和温格小姐一起来的。两次都是来找他出去喝茶。有时候房东太太意识到自己已经打扰到他的工作了,便匆匆结束话题赶紧离去。赫尔格靠在椅背上,双手枕在脑后,他想起了在家里他的那间紧挨着厨房的屋子,他经常可以听到母亲和妹妹在厨房里议论他。要么是替他担忧,要么是不赞成他的一些做法,诸如此类的话题。每句话他都听得清清楚楚,或者说她们就是故意要让他听见。相比之下,在这里的每一天都是如此宝贵,他终于获得了宁静,可以一直工作,工作,再工作。

下午时间他一般去图书馆和博物馆。晚些时候他会去两位艺术家女友位于维塔乔大街的家里喝茶,他尽量不去打扰她们的生活。按照惯例,下午她俩都会在家,在那里他经常能见到赫根和艾林。只有两次是温格小姐独自一人在家,还有一次只有弗朗西斯卡一个人。大家总是喜欢待在珍妮的房间里,虽然窗户一直敞开(为的是能充分接收每天直至最后一刻的阳光),房间里依然舒适而温暖。炉火在熊熊燃烧,水壶在酒精炉上吱吱地唱着歌儿。现在他已经熟悉房间里的每一件物品——墙上挂着的照片和油画,桌上摆放的花瓶和蓝色茶具,床边的书架、画架以及一幅尚未完工的弗朗西斯卡的肖像。房间里总是显得有点凌乱,窗旁的书桌上散落着颜料盒、素描本和画纸。珍妮布置茶点的时候,偶尔会踢到桌子下面的画笔和绘画工具之类的东西。沙发上经常随处扔着针线盒或是补了一半的袜子,在大家坐下来吃点心抹黄油之前需要把它们清理到一旁。地上的酒精灯和卫生间用品也经常碍事,需要挪走。

当大家忙着收拾房间的时候,格拉姆坐在一旁和弗朗西斯卡聊天。有时候塞斯卡也会主动请缨,以便让珍妮在一旁歇着。遇到这种时候珍妮往往会请她省省吧,可是塞斯卡不听,她一阵风似的在屋子里忙来忙去,末了珍妮经常会找不到自己的茶杯,或是发现她把墙上的画挂歪了,再不就是拿了她的一只鞋子当锤子使,把钉子弯曲着敲进了墙里。

格拉姆不是很懂雅赫曼小姐，虽然她对他一直很好，但是似乎不再有那天他们在莫利桥上那种亲密无间的感觉。有时候她甚至还有点儿心不在焉，经常没听懂他在说什么。她对他还是很和气。有那么一两次他觉得自己是不是惹她烦了。问她好不好，她也爱搭不理的。如果他主动提起她的那幅柏树作品，她会柔声说道："格拉姆先生，我没有冒犯您的意思，只是我的画没有完成之前我是不想说什么的，至少现在不会。"

他意识到艾林不喜欢自己，这倒有点刺激他。这么说，这个瑞典人把他当成对手了？他隐约觉得弗朗西斯卡最近对艾林不是很友好。

当他一个人独处的时候，他在心里翻来覆去地琢磨着应该和弗朗西斯卡说些什么——在他的想象中，他已经与她有过长时间的对话交流，他渴望能像上次在莫利桥那样再次与她促膝交谈。他想告诉她关于自己的所有事情，可是一旦见到她，他又变得笨口拙舌起来，紧张得很。他不知道怎样才能把谈话引向自己希望的方向，担心自己给她带来压力，或是显得毫无策略；担心做错什么事情使得她不再喜欢自己。她注意到他的拘谨，于是主动找话题和他聊天，替他解围，让他能够放松地和她一起谈天说地。他打心底里感激她，她经常站出来替他打圆场，避免谈话过程中的冷场，让他顺利发起话题。可是等他回到家中冷静地回顾白天的一切，心里又觉得挺失望的。她和他谈话的内容现在变得就只剩下插科打诨，除此之外，再没有其他的意义。

倒是和珍妮·温格待在一起的时候，他们经常讨论一些严肃的话题——可以说都是些有意义的话题。有时候他觉得这些抽象的话题未免有点乏味，但是更多的时候他还是挺享受与她聊天的，因为最终这些谈话都会指向与他息息相关的事情。慢慢地，他开始向她敞开心扉，他谈起自己的工作、生活中遇到的难处与困惑。他发现珍妮很少向他提起雅赫曼·弗朗西斯卡，当然她也很少说起自己的事情。

他没有意识到他之所以与弗朗西斯卡不能像与珍妮那样敞开心扉地畅所欲言，主要原因是他总想在弗朗西斯卡面前逞能逞强，总想表现得超出自己的实际能力。

圣诞夜，他们一起去了俱乐部。子夜时分，他们在圣·路易吉·德弗朗西教堂望弥撒。赫尔格觉得场面很震撼。教堂的光线半明半暗，虽然枝形吊灯全部都点亮了，但是由于挂得太高，失去了大部分的亮度。千百支燃烧的蜡烛，将圣坛照得明晃晃的，形成一堵金色耀眼的明亮墙体。低沉柔和的管风琴声以及唱诗班的合唱声，在空旷的教堂内部回荡。他的邻座是一位面容姣好的意大利年轻女子，只见她从天鹅绒盒子里取出一串天青石念珠，在一旁热切地祷告。弗朗西斯卡与珍妮并排坐在他前面。渐渐地，弗朗西斯卡的喃喃细语变得清晰可辨。

"咱们走吧，珍妮。这种场合不会让你有真正的圣诞节感觉吧？这反倒像是一场普通的音乐会，而且属于比较糟糕的那种。听听正在唱歌的那位，简直是毫无表情，音色也太差了，我的天啊！"

"嘘，塞斯卡！别忘了你这是在教堂。"

"教堂？音乐会还差不多，我告诉你吧——咱们不是还得买门票吗？而且还有一份节目单。我真受不了了，我的暴脾气马上就要发作了。"

"你要是想走,也得等咱们听完了这曲再走。但是只要我们还在教堂,拜托请安静。"

"去年的新年之夜就非常不一样。我去了一个基督教堂,他们的唱诗班歌声优美。有一对从坎帕尼亚大区来的乡下父女,我跪在他们旁边,那个女孩好像病了,可是她长得真美啊。所有人都开口大声诵唱赞美诗,那位老父亲可以背出赞美诗的所有歌词,场面非常庄重。"

当他们慢慢沿着走道离开的时候,教堂里响起了《万福玛利亚》的歌声。

"《万福玛利亚》,"弗朗西斯卡倒抽一口气,"你听听她那满不在乎的声音,让人以为是从留声机里放出来的,真受不了这么庄重的歌曲被人如此轻慢地对待。"

"《万福玛利亚》,"一个丹麦人走近她——"我记得有位年轻的挪威歌手把这支曲子唱得美极了——是一位叫艾可儿的歌手。"

"贝瑞·艾可儿,您认识她吗,杰瑞德先生?"

"两年前她在哥本哈根,师从艾伦·贝克。我和她很熟,您认识她?"

"我姐姐认识她,"弗朗西斯卡说道,"我想您在柏林大约见过我姐姐波尔吉德?您喜欢艾可儿小姐的歌?或者现在应该称她为赫尔曼夫人?"

"她人很不错——是一位非常漂亮的姑娘,而且极有天赋。"

弗朗西斯卡和杰瑞德一直走在后面。

赫根、艾林和格拉姆送女士们回家,陪她们一起吃晚餐。弗朗西斯卡收到家里寄来的一个大包裹,桌上堆满了来自挪威的圣诞节食品,餐桌上摆放着一副七头枝形烛台,还有从坎帕尼亚大区采集来的雏菊。

弗朗西斯卡最后一个进来,身后跟着那个丹麦人。

"珍妮,杰瑞德先生答应加入我们一起吃晚餐,你说是不是太好了?"

桌上摆满了黄油、奶酪、冷冻野味、腌野猪肉和火腿,还有供男士们喝的酒精饮料。

弗朗西斯卡和杰瑞德坐在一处,待大家谈话的气氛变得活跃正常之后,她转身向他问道:

"您认识那个和艾可儿小姐结婚的钢琴家赫尔曼先生吗?"

"哦,我和他挺熟的,在哥本哈根我们住在同一幢公寓,从柏林来这儿的路上我还遇见他了。"

"您觉得他怎么样啊?"

"是个才华横溢的帅小伙,他给我看过他新近完成的几首曲子——相当有创意,我是这么认为的。总之,我很喜欢他。"

"你随身带着这些谱子吗?我倒是很想看看,我想在俱乐部的钢琴上试弹一下。我们几年前认识。"

"哦!我想起来了,他有一张你的照片,就是不肯说照片上的人是谁。"

赫根被他俩的谈话吸引住了。

"是的,"弗朗西斯卡用微弱得几乎听不见的声音说道,"我给过他一张照片。"

"尽管如此,在我看来他还是太霸道了点,"杰瑞德说,"不可原谅的粗鲁。也许正因如此他才对女人有着难以抗拒的吸引力。我个人觉得他还是太粗俗了些。"

"那也正是我之所以——"她试图想找出一个恰当的词

来表达自己的意思："我佩服他能够一路从社会底层走到今天的位置——在我看来，人们在拼搏的过程中势必需要变得残忍一点。鉴于此，您不觉得大多数的事情，几乎可以说所有类似的情况都变得情有可原？"

"胡说，塞斯卡。"赫根突然插嘴道，"汉斯·赫尔曼在13岁的时候因其出类拔萃的才华被人发掘，自那以后他一直得到各方面的帮助。"

"没错，但是也因此必须一直小心翼翼看人眼色，对人心怀感激，生怕被人忽视和遗忘，或是不断地被人提醒自己的阶级背景。"

"我可能也会对自己说同样的话——我是说，最后一句。"

"你才不会呢，贡纳。我相信你一直以来都是自我感觉良好的，而且在心态上高人一等。当你身处比你原生阶级更高级的环境，你甚至表现得比他们还要有优越感。你比他们聪明，学识丰富，思维更缜密。你因自我成就而内心强大。对那些由于你卑微出身而看低你的人，你从来不会委曲求全以博取他们的欢心。那些高高在上的势力群体，资助出身贫寒的天才，实际上却对他们一无所知。你没必要感谢一个你无须感激的人。贡纳，你无法替另一类人发声，因为你不是他们，你不了解他们。"

"在我看来，一个人如果接受了如你所说的那种来自他人的帮助而不知感恩，绝对就是个下等人。"

"啊，你怎么会不理解呢？有人之所以这样，是因为他了解自己的才能——或者说具备某种天赋，渴望获得出人头地的机会。在我看来，你这个自诩为社会民主人士的家伙，实在不应该如此评论无产阶级。"

"一个珍惜自己天赋的人是不愿意看见自己的天赋被糟蹋的。说到民主——社会民主是追求正义的代名词,正义呼吁对他那类人予以征服和镇压,将他们打倒在地,给他们戴上枷锁,将他们打至社会的底层,直至被人遗忘。真正法律意义上的下层阶级就应该被彻底征服。"

"这真是我听到过的最奇特的社会主义言论。"杰瑞德大笑道。

"对成年人而言再没有别的选择了。在这里我且不谈论那些出身高贵,内心幼稚,认为人本为善,所有罪恶只来源于社会的人群。如果人天性善良,我们的社会就是天堂,可惜它被丑陋的灵魂毁了。这种人存在于社会的各个阶层。如果他们是主子,那也是残暴冷酷的主子;如果他们是仆人,则充满奴性与畏缩,外加愚蠢。我在社会主义阵营里也发现有类似的人。就这而言,好吧,赫尔曼自诩社会主义者。这类人我了解,如果他发现有人伸手提挈他,他会一把拽住那人不松手——等他上去之后,再把帮助他的人踩在脚下。如果他们看见迎面走来一支队伍,他们会闪身加入其中,以期瓜分战利品。对他们来说没有忠诚可言。他们在背后窃笑所谓的主义、理想和目标,他们痛恨正义,深知一旦正义胜出,他们的结局将会很悲惨。

"所有畏惧正义的人,我将其称为合法的下层阶级。对这类人要毫不留情地打击。但凡他们手中有一点权力,便会颐指气使地对待贫苦百姓,对其多方恐吓欺压,直至穷人也变成他们的同类。如果他们本身贫穷,困顿不堪,那么他们中的大多数通常都会放弃挣扎,转而卑躬屈膝地活着,要么就是一旦获得某个机会而选择孤注一掷。

"所以,一个理想的社会应该是由一群上流社会的精英人士来管理。这些人不会为自己而战,他们知道自己手中有足够的资源,愿意敞开双臂资助苦难中的人们。他们给这个社会带来光明与空气,尽一切可能给穷人的心灵带来善与美。那些两头不站队的人,如同墙上芦苇,见风使舵,立场不坚定。权力应当掌握在这样一些人的手里——每当他们看见美好的东西被扼杀,自觉有义务挺身而出。"

"你误会汉斯·赫尔曼了,"塞斯卡轻声说道,"他不是为他自己在抵制社会的不公,他同时也在为所有被践踏的美好事物而战。当我们走进东区看见那些拥挤在简陋棚屋中面黄肌瘦的儿童,他说他真想放把火把这些悲哀而丑陋的棚屋统统付之一炬。"

"他不过是说说罢了,如果那里的租金都归他的话……"

"你也太过分了,贡纳!"塞斯卡激动地说。

"同样地,如果他出身富贵,他也不会是个社会主义者。但他会是个真正的无产者。"

"你觉得如果你一出生就拥有爵位,比如说是个伯爵,你还会是个社会主义者吗?"塞斯卡反驳道。

"赫根先生他就是个伯爵,"杰瑞德笑道,"他有许多的空中楼阁。"

赫根静静地坐了一会儿,说道:"我从来不以为我出身卑贱。"似乎在自言自语。

"至于说到赫尔曼有多么地爱孩子,"杰瑞德说道,"我倒是看不出来他有多爱自己的孩子。他对待他妻子的方式实在令人不齿。百般追求终于把她搞到手之后,就让她怀孕了,这时候反过来她得求他赶紧娶了她。"

"他们后来生了一个男孩?"弗朗西斯卡轻声问道。

"是的,结婚刚六周孩子就出生了,就在我离开柏林的前一天。结婚一个月的时候赫尔曼离开了她,独自跑到德累斯顿去了。我闹不明白他们干吗不早点结婚,反正他们之间已经有协议准备离婚的,是她主动提出来的。"

"真无耻。"珍妮一直在一旁听他们的谈话,"结婚是为了离婚。"

"呃,"杰瑞德微笑着答道,"如果两个人彻底看透对方,知道彼此再也走不下去了,除了离婚还能做什么呢?"

"那就干脆别结婚好了。"

"那是自然,能自由恋爱再好不过了。可是她又不得不结婚。今年秋天她计划在克里斯蒂安尼亚举办几场音乐会,还打算招几名学生。拖着一个没有名分的孩子,她无法对外界解释,除非是已婚身份。"

"也许不一定非得如此。无论如何这真够让人恶心的。我不赞成什么自由恋爱,如果这代表两人明知迟早会分手却还要在一起。在我看来,即使是一场柏拉图式的感情遭遇破裂,造成错误的一方还是会留下些许污点。如果有谁不幸在一段关系当中失足,为了世人的缘故而继续步入婚姻,哪怕双方事先承诺不会维持这段婚姻,这种人站在圣坛前面无疑也是对婚姻的亵渎。"

黎明时分,宾客都走了。赫根等大家走后又留下来多坐了一会儿。珍妮打开阳台的门,让屋子里的烟味散出去。天空呈浅灰色,屋顶上方的天空开始出现一抹淡红色的晨曦。赫根走近她:

"非常感谢,让我们在这里度过了一个非常愉快的圣诞节。你在想什么?"

"现在是圣诞节的早晨,不知道家里人有没有按时收到我寄出的包裹。"

"我敢保证他们已经收到了,你是11号寄出的吧?"

"是的。能在圣诞节的早晨爬起来看看大白天圣诞树下的礼物,总是一件让人非常开心的事儿——那时候我还是个小孩子。"她微笑着补充道,"他们说今年的雪下得很大。我猜弟弟妹妹们今天都去山里玩滑雪橇了。"

"嗯,估计是的。你冷了吧?晚安,再次感谢!"

"晚安!圣诞快乐,贡纳。"

他们握手道别。他离开后,她独自站在窗边发了一小会儿呆。

七

圣诞节假期的一天，赫尔格走进一家咖啡馆，看见赫根和珍妮坐在桌子旁，两人都没有注意到他。正脱外套的时候他听见赫根在说：

"我不喜欢那个男的。"

"嗯，挺恶心的。"珍妮叹口气，附和道。

"这种焚风，吹多了对她不好。明天她准会累瘫。我怀疑她根本就是无心工作，只是每天陪在他身旁。"

"工作吗？别提了。我没法劝她。她跟着那人从这里一直走到维特尔博，脚上穿着一双薄拖鞋。天气又冷，还刮着焚风。一切都因为他能向她透露些汉斯·赫尔曼的消息。"

经过他们身旁的时候他和他们打了个招呼，两人动了一下，示意他坐过来，他假装没看到，独自坐到房间的另一个角落，背对他们。他知道他们在议论弗朗西斯卡。

现在他几乎成了维塔乔大街的常客，每天必来一趟，情不自禁。温格小姐经常是一个人坐在那里看书或是做针线活儿，她似乎很高兴看见他。他觉得最近她有点变了，变得不像以前那样富有主见、咄咄逼人，不再引经据典时刻准备反击，她看上去甚至有点儿忧伤。有一次他忍不住问她是否一切安好。

"我很好呀,谢谢你的关心。为什么这样问?"

"不知道,你最近好像变得安静了。"

她正在点灯,他注意到她的脸蓦地红了。

"我很快就要回家了。我妹妹得了肺炎,妈妈忙不过来,真遗憾就要离开这里了。"停了一下,她补充道,"不过我至少会在这里待到春天。"

她坐下来继续做她的针线活儿。他在心里思忖着是不是因为赫根。他一直弄不清楚他俩之间是否已达成了某种默契。目前,赫根正在热烈追求一位住在罗马的丹麦小护士,这位年轻的护士和一位年长妇人住在一起,总的来说赫根属于那种心思细腻敏感的人。而她居然还会脸红,这让他觉得挺奇怪的,这可真不像她。

那天晚上,他还来不及离开,弗朗西斯卡就来了。自从圣诞夜之后,他几乎就没怎么见过她,不过这也足以让他明白自己对她也不是那么在乎。她从不对他发脾气,也没有孩子气的冲动。她只是在房间里走来走去,眼睛似乎看不见任何人,整个人的情绪完全被其他事情所控制,走路的样子时不时地让人觉得她有点恍惚。

他和珍妮常常见面。他去她经常吃饭的地方用餐,也去她的房间。他几乎不明白自己为什么会这样,只是想见她。

一天下午,珍妮去弗朗西斯卡的房间找松节油——弗朗西斯卡常常随手拿起珍妮的东西来用,用完也不记得放回原处。一进门就看见塞斯卡趴在床上抽泣,她把头埋在枕头里面,没听见珍妮的脚步声。

"亲爱的,你怎么了?是生病了吗?"

"我没生病,请你走开吧,珍妮!求你了。我不想告诉你,知道了你只会说这是我的错。"

珍妮知道在这种情况下不适合说什么。到了喝下午茶的时候,她过去敲门,弗朗西斯卡谢过她,还是什么也不想要。

晚上,珍妮正在床上看书,塞斯卡穿着睡袍突然走了进来,两眼哭得又红又肿。

"今天晚上我可以和你一起睡吗?我不想一个人。"

珍妮给她腾地儿,她不喜欢和人挤在一起睡觉,可是每当塞斯卡不开心的时候,她总是跑过来恳求和她一起睡。

"接着看你的书,我不会打扰你的。我就乖乖地贴着墙躺着。"

珍妮假装看了一会儿书。时不时地听见弗朗西斯卡发出一声叹息。

"需要我把灯熄掉吗?还是让它一直亮着?"

"不用,请把灯灭了吧。谢谢。"

黑暗中,她转过身搂住珍妮,抽泣着说她和杰瑞德去了一趟坎帕尼亚,在那里他吻了她。刚开始她只是责备他一下,以为他在开玩笑,可是接下来发生的事情就变得让她恶心和生气了。"他居然让我今天晚上和他去酒店开房,说话时的那种语气就好像只是想和我去趟糖果店,我生气极了。他也怒不可遏,对我说了好些难听的话。"她像高烧病人似的打了一个寒战。"他提到汉斯——他说汉斯把我的照片拿给他看,还用那种口气说起我来,让他以为我们已经——你知道我的意思吧?"她往珍妮身上挤了挤。"你明白吗,其实我根本就没有——而我居然还一直在心里惦记着那个混蛋。汉斯没和他提起我的名字,当然他也没料到杰瑞德会遇见我,并且通过照片认出了我。那是我18岁时候拍的一张照片。"

珍妮的生日是1月17日。她和弗朗西斯卡计划在坎帕尼亚位于阿皮亚大道的一家小客栈里举行一场生日晚会。艾林、赫根,还有那位丹麦护士帕姆小姐正在筹划这场晚会。

他们从电车终点站出来,成双成对地走在洒满阳光的路上。空气中已经可以嗅到春天的气息,土褐色的坎帕尼亚大区隐隐透出一丝灰绿。整个冬天,雏菊一直在断断续续地盛开,此刻它们如同银白色的斑点铺满大地,正在尽情绽放。路旁栅栏的老树上,新鲜的嫩芽正迫不及待地从树枝上冒出来。

云雀颤悠悠地飞悬于蓝天白云之间。一层薄雾笼罩城市上空,平原上点缀着一栋栋丑陋的红砖房子,透过古水道巨大的拱门可以望见阿尔班山脉,白色的小村庄隐约显现在薄雾之中。

珍妮和格拉姆走在前面,格拉姆手里拿着她的灰色风衣。珍妮穿了一件黑色真丝连衣裙,整个人看上去光彩照人。他还从未见她穿过灰色之外其他颜色的衣裙,感觉好像走在一个全新的陌生女人身旁。她那特别纤细的腰肢在裙子下隐约可见,这条用黑色丝光面料做成的裙子让她的上半身显得丰满充盈。方形的领口开得很低,将她雪白的肌肤和一头金发衬托得耀眼无比。她戴着一顶黑色阔边帽,他以前见过这顶帽子,只是没太注意,甚至那条粉色项链在这身黑色连衣裙的衬托下也显得别具一格。

他们在室外的葡萄树下用餐。阳光透过树枝,在桌布上投下一道道精致的淡蓝色阴影。帕姆小姐和赫根建议用雏菊来装点餐桌。通心粉早就做好了，不过大家还得等他们把装饰用的鲜花采摘回来再开始用餐。食物非常可口，酒水也很棒。塞斯卡带来了水果和咖啡，她要亲自动手制作，以确保品质。饭后，帕姆小姐和赫根打算仔细勘察一下周边的大理石浮雕和石刻，把它们捡一些回来放在石头建筑的各个角落。不一会儿，这两人就在转角处消失不见了。艾林依旧坐在餐桌旁抽烟。阳光下的他半眯着双眼。

这家客栈位于一座小山脚下，格拉姆和珍妮漫无目标地朝山坡上走去。一路上，珍妮偶尔停下来，采摘地里长出来的小野花。

"在泰斯塔乔山区有好多这样的野花，你去过那边吗，格拉姆先生？"

"去过的，我去过好几次。昨天我到那边考察一块基督徒墓地。山茶花开得正艳，在老墓区我还发现草地上有好些银莲花。"

"是的，现在正是花期。在莫利桥以远的卡西亚大街那边，也有好多银莲花。贡纳今天早上摘来一些杏花送给我，在西班牙台阶那边也有不少，不过我敢打赌那些都是人工栽培的。"

他们爬到高处，在山顶漫步。珍妮的眼睛紧盯着路面：随处可见冒出来的小草，还有各色蓟菜，其中有一类属于银灰色大叶蓟，叶面舒展，沐浴在阳光下。他们朝着一堵孤零零的废墟断墙走过去，这堵墙立在一堆碎石之上。从他们站立的地方看过去，坎帕尼亚向四面八方延伸。明朗的春日晴空下是灰绿色的田野，云雀舒展出它那颤悠悠的歌喉。远处的原野消失在阳光的迷雾中，地平线尽头的城市仿佛是一座海市蜃楼，山峦与云海融为一体。古水道的黄色拱门隐约可见，转眼又消失在薄雾之中。在这个美妙的早春时节，数不清的废墟缩成一堵又一堵矮小发亮的城墙，散落在绿色的田野上，矗立在松林和桉树之间，紧挨着一栋栋孤独而阴郁的赭石红农舍。

"温格小姐，你还记得我第一次来这里的情景吗？当时我是挺失望的，我曾为这个时刻祈盼了很久，有过太多的梦想。之所以失望是因为它与我想象中废墟的形象相去甚远，看上去完全是一堆没有色彩的破烂。你有没有意识到，夏天如果你躺在草地上闭上眼睛片刻，当你再次睁开眼睛的瞬间，你看见的东西都是灰暗褪色的？这是因为在你停止用眼的这一小段时间内，视觉功能变弱，突然再次睁开双眼，眼睛一时还不能充分适应和分辨物体复杂的色彩结构。由此可见，人们最初对物体的印象是不完整的，是有缺失的。你理解我说的意思吗？"

珍妮点点头。

"刚到这里的时候我就有这种感觉。感觉整个人完全被罗马征服了，然后我看见你从我身旁走过，高挑白皙的一个陌生人儿。那时我还没注意到弗朗西斯卡——直到那天晚上在酒吧我才开始注意她。我坐在你身边，一切对于我都是那样陌生，有生以来第一次有这样的经历。在那之前，我与陌生人之间的交往仅限于从学校到家的路上。我有些困惑，似乎很难开口和陌生人说话，我几乎就要害思乡病了，我想念家以及家所代表的一切——与此同时，我渴望接近罗马，我对她的了解完全是通过道听途说以及从别人作品里得到的，我对这座城市满怀憧憬。但是，我以为自己无法在此长住，最终恐怕只能通过欣赏别人的艺术作品和书本阅读来让自己活在一个虚幻的世界里。和你们在一起的时候，我感到孤独透顶。你曾经提到过孤独，现在我明白你的意思了。

"你看见那边那座塔了吗？昨天我去到那边。这里曾经是中世纪遗留下来的一座要塞废墟，城市周围有很多类似的古迹。有时候你看见街上两栋房子之间立着一堵几乎没有窗户的墙，那些都是古罗马强盗大亨们留下的遗迹，人们对这段历史知之甚少，但是目前我对它很感兴趣。我查阅了一些资料，里面记录有一些死去的人的名字，这些人除了有姓名记载册上，其余情况一无所知，我想了解得更多一些。我在梦中遇见中世纪的罗马，人们在街头巷尾鏖战，到处可以听见号哭和尖叫声。城里全是被强盗洗劫占领的城堡，他们的女眷被关押其中，这些人是蛮族的后裔，在他们的血管里流淌着野性的鲜血。他们当中的一部分人后来冲破层层枷锁，成功越狱混入市井人群之中，住进红黑色的砖墙之内。我们对这段历史知之甚少，德国教授对此也不是很感兴趣，因为它们不可能被重塑用于表达任何抽象的思想。这些都是赤裸裸的事实。

"生活的洪流给这座城市带来了多么巨大的改变啊！它不断地冲刷着这座城市，汹涌的巨浪淹没其间的每一处乡村和城堡。然而，山峦依旧孤傲地耸立其间。且设想一下那些散落在坎帕尼亚为数众多的废墟，想想所有那些记载着意大利历史的书籍——它在世界历史长河中所占的地位及其影响力——再想想那些我们已知的逝去的伟人。尽管如此，在这后浪推前浪的历史进程中，它给生活带来的影响却又是如此微不足道。这一切简直是太美妙啦！

"咱俩之间可没少聊，但是我对你还是非常不了解。对我来说，你就像远处的那座塔一样，神秘得很。真希望你现在能看见自己的样子，此刻你的头发闪闪发亮，真是美极了。

"你有没有想过你从来没见过自己的脸？除了从镜中窥视，我们还从未见过自己睡觉或是闭眼的模样，很奇怪吧？我遇见你那天正好是我的生日；今天又是你的生日，你开心吗？28岁了，有没有觉得每长一岁都是件很赚的事？

"呃，我不是那个意思，我是说你在前25年经历过那么多的事情，你现在是不是很高兴终于可以迈入一个崭新的篇章？"

"那么，现在有什么打算吗？"

"现在……"

"是的，你知道自己明年的目标是什么？你打算怎样利用这一整年的时间？对我而言，生活充满太多令人震撼的可能性，哪怕你拼尽全力也只够饮取一瓢。难道你从来没有想过吗？你会因此觉得忧愁吗，珍妮？"

她笑而不语，眼帘低垂，将烟头扔在地上，再踩上一脚。她雪白的膝盖从薄薄的黑丝袜里隐约透出来，她的眼睛追随着对面山坡上走下来的一群羊。

"我们忘了喝咖啡了，格拉姆先生，他们一定在等着咱们呢。"

两人一声不吭地往回走。站在山坡上，从那里可以一路下到他们午餐的地方，他们看见艾林正趴在桌子上，头伏在手臂上。弗朗西斯卡穿着一条绿色长裙，正俯身在艾林上面，她的双臂环绕着他的脖子，尝试着把他的头扶起来。

"噢，别呀，伦纳特，你别哭啊。我会爱你的，我会嫁给你的——你听见了吗？但是你不许哭了。我会嫁给你的，我想我也会喜欢上你的，只是别再这么愁眉苦脸的了，好吗？"

艾林抽噎着说道："别，千万别，塞斯卡，如果你不爱我，我可不想让你……"

珍妮转身朝山坡上走去，格拉姆注意到她的颈窝处泛起一片深红。一条小道将他们引向房子后面的一片果园，赫根和帕姆小姐正围着一个喷泉互相追逐嬉戏，朝对方泼水玩，帕姆小姐开心地尖声大笑。格拉姆走在珍妮身后，他们穿过一片菜地，此刻他又注意到珍妮的脸和脖子涨得绯红。显然，赫根与帕姆小姐再次和好如初了。

"还是老样子，"赫尔格说道，"带上你的同伴。"

珍妮点点头，微微含笑。

喝咖啡的时候，桌上的气氛有点紧张。只有帕姆小姐一个人兴致高昂。弗朗西斯卡努力在没话找话。最后她提议大家一起到附近走走。

三对年轻人朝坎帕尼亚的方向走去，他们之间的距离越拉越大，最后大家走进山里，彼此都看不见了。珍妮和格拉姆走在一起。

"我们这是要往哪去？"她说。

"或者，我们不妨去埃格里拉石窟看看？"他们翻过灼热的山坡朝着博斯科洛花园的方向走去，古老的软木树在骄阳下舒展出暗绿色的枝叶。

"其实我应该戴顶帽子来的。"珍妮说完，用一只手遮在头顶。树林的地面上到处扔着纸屑和垃圾；有两位女士坐在林地边缘的一棵树根上，用钩针在做着编织活儿；几个英国小男孩躲在树干后面玩捉迷藏。珍妮和格拉姆穿过林地，走下山坡，朝着废墟的方向走去。

"还值得一直往下走吗？"珍妮说道，不等他回答，一下子就坐在了坡地上。

"没关系，咱们就在这里好了。"赫尔格躺在她脚下的草地上，摘下帽子，支着胳膊肘静静地望着坐在他上方的珍妮。

"她多大了？"他突然发问，"我是说塞斯卡。"

"26岁。"她端坐原地，眺望着眼前的风景。

"我不觉得有什么遗憾的。"他静静地说道，"我相信你大概也注意到了，一个月前我几乎就要……她曾经一度对我那么好，充满信任，之前还没有人对我这么好过，我想当然地把这种好当成了，唔——与其共舞，你懂吧，结果呢……虽然现在我仍然觉得她很美，但是我已经不介意她和其他人跳舞了。"

他躺在草地上盯着她："我相信，珍妮，我爱上的人是你。"他突然说道。

她半转过身子，淡淡一笑，摇摇头。

"是的，"赫尔格坚定地说道，"我相信是这样的。虽然我不是很确定，因为我从未谈过恋爱——但是现在我明白了——之前我虽然有过一次订婚，"他自嘲道，"但那是在我迷糊的日子里做的其中一件荒唐事儿。"

"这次，我非常肯定，这就是爱。那天晚上，我第一眼见到的人是你——不是她。那天下午你走在科尔索大街上的时候，我就已经注意到你了。我站在街角，正在感叹即将到来的崭新而充满冒险的生活，你就这样突然经过我身旁：一个肤色白皙、身材修长、全然陌生的人儿。后来，当我独自漫步在这座陌生的城市，再次遇见你，同时还注意到了塞斯卡，不奇怪有那么一瞬间我还有点怦然心动，但是我最初注意到的人是你。现在你瞧，我们坐在这儿，只有咱们俩。"

她一只手斜斜地撑着身体，离他很近。突然，他抬起手抚摸她的手，她把手抽了回去。

"你没生我的气吧？其实这也没什么好生气的，我为什么要对你隐瞒我的感情呢？我忍不住想摸你的手——我想感觉它的真实存在。看见你坐在这儿的样子，真是妙不可言。我其实一点儿也不了解你，虽然我们聊得不少。我知道你聪明，有头脑，充满活力，善良而真诚。但这些都是在我见到你第一眼听你说话的时候就感觉到的。除此之外我对你一无所知，可是你一定还有很多其他可以让我了解你的地方——只不过也许你永远不会告诉我罢了。可是我知道，比方说现在，你的身子在裙子下面发烫，此刻如果我把脸贴在你的腿上我会把自己灼伤的。"

她下意识地做了一个动作，将手放在腿上。

"你的头发在太阳底下闪闪发亮。阳光照进你的眼睛，晶莹剔透。你的嘴唇看上去也是透明的，仿佛阳光下的一颗树莓。"

她笑了，显得有点局促。

"我可以吻你一下吗？"他突然问道。

"与君共舞？"她浅笑道。

"我不知道。但是你不许因此生我的气，就因为在这样美好的一天我请求吻你一下。我只是告诉你我内心所渴慕的，再说，你又有什么不可以的呢？"

她一动不动。

"有什么原因不可以吗？也许我不应该吻你，可是我想不明白你坐在上面怎么就不可以弯下身子用你那被阳光抚慰的嘴唇给我一个小小的吻？这对你而言不过就是拍拍小孩子脑袋递给他一枚硬币那么简单的事情，珍妮，对你来说不算什么。于我，却是我唯一的愿望——我祈盼这个时刻已经好久了。"他微笑着说道。

她突然俯身轻吻他一下，只有那么一瞬间，他感觉到她的头发和嘴唇在他的脸颊上轻轻地擦了一下。在她弯腰起身的刹那，他瞥见黑色真丝连衣裙下她那起伏的身段。当她吻他的时候，她的表情宁静，脸上挂着微笑，但是此刻却显得有点尴尬甚至害怕的样子。他躺在草地上一动不动，沐浴在阳光下，陷入惬意的冥想。渐渐地，她又恢复了常态。

"你瞧，"他最后笑道，"你的嘴唇和之前一模一样，没有任何改变。阳光依旧灿烂，直接照在你的身体上。对于你而言这不过就是件小事——于我却是如此快乐。你可能不相信，我希望你能时刻想到我。当你坐在那儿若有所思的时候，我只有一个愿望，希望你能允许我思念你。换了别人，可能会高兴得跳起来，而我更愿意就这么待着，只要能让我一直看着你。"

两人静静地坐在原地，默不作声。珍妮扭过头，凝视着阳光下的坎帕尼亚。

他们朝着客栈的方向往回走，一路上赫尔格欢快地聊着各种事情，他和珍妮说起他在工作中遇到的几个博学的德国人。珍妮时不时地瞟上他一眼，平日里他可不是这样的，现在的他变得平和自如。瞧他昂首挺胸朝前走的样子还挺帅气的，浅棕色的眼睛在阳光下如同琥珀一般闪闪发亮。

八

进屋的时候珍妮没有点灯,黑暗中她摸索着披上一件睡袍,来到阳台坐下。夜凉如水,头顶的天空宛如一幅缀满星辰的黑色天鹅绒,笼罩在屋顶之上。分手的时候他说:"明天我也许会过来找你,到时候咱们一块去坎帕尼亚乡下玩吧?"

好吧,其实什么也没有发生——不过就是给他一个吻。可这是她的初吻啊,而且完全不是她想象的样子。在那样的情况下接吻,简直就是个玩笑。她不爱他,却吻了他。刚开始她也曾迟疑地想过:我还从未和人接过吻呢。可是吻过之后,一种奇怪的淡然与柔软的倦怠漫过全身。为什么要如此可笑地把它当真呢?不就是个吻嘛,现在她已经吻过他了,不可以吗?没什么要紧的,他诚恳地向她索求这个吻,因为当时阳光正好,他认为自己已经坠入对她的爱恋之中。他没有要求她必须爱他,也没有继续做出什么不妥的举动,更没有向她宣示什么主权,只不过就是向她索取一个小小的吻,她一声不吭地给了他。总的来说还是很美好的,她没有做什么出格的事儿。

她已经28岁了。她不否认自己渴望爱与被爱,渴望拥有一个年轻健康的男人,一个可以全然接受她的男人,任由她依偎在他的怀抱中。然而，纵使情思泛滥，内心充满渴望，她却有着一双充满辨识力的慧眼，她不会骗自己。偶尔遇到其他的男人，她扪心自问：是他吗？有那么一两个男人，如果她稍微努力一下，或许就会爱上他们，只要她能对一些小事情睁只眼闭只眼，不要在心里和这些问题过不去。时至今日，她还没有遇到一个能让她感觉非得爱上不可的男人，所以她倒也没有冲动行事。塞斯卡喜欢任由一个又一个的男人吻她、爱抚她，其实这也没什么区别，不过就是让人碰碰她的嘴唇和皮肤而已。就算是之前的汉斯·赫尔曼，那个让她爱之入骨的男人，也无法温暖她那颗捉摸不透的、薄凉的心。

至于她可就不一样了，她的血是鲜红炙热的，她内心渴慕的激情与欢愉必须是热烈而令人震撼的，同时又是纯洁无瑕的。她会一辈子忠实于被她以身相许的男人，而他也必须懂得如何才能完全拥有她，那是一种身心灵的全部拥有，她灵魂的任何一个角落都不允许被忽视，不可以任由它衰竭枯萎。对此，她不敢也不会掉以轻心，那不是她的性格。当然啦，她也能理解那些在这种事情上不愿费脑筋的人；有些人不想压抑自己的本能，他们不觉得这是"不好"，于是让自己屈从于另一种被他们称为"好"的感觉；抑或摈弃生活中所有微不足道的小欢喜，等待着一场也许永远不会降临的狂欢。她不确定未来的道路将把她引向何方，这种不确定性使她不得不注意到周围某些玩世不恭的人，这种人承认他们的人生无所谓目标与方向，而那些追求理想与信念的人在他们看来不过是水中捞月。

很多年前的一个晚上，有个男人想约她去他的房间，说话的语气就好像要带她出去喝茶一样的随意。但这对她构成不了试探,她心里很明白。再说,母亲还在家里等着她,所以这种事情也不太可能发生。她和那个男人不熟,也不喜欢他,让她生气的是他居然还想到她家里来看她;后来,她在脑海中反复思考——倒不是因为这件事在她心里掀起了什么涟漪,只是纯属好奇:若是那天晚上她跟他出去了,又会怎样?如果她将所有持守的信念与节制全然抛至脑后呢?想到这里,一种放纵的激情令她浑身战栗。那样的生活是不是比她现在的日子要有趣得多?那天晚上,她对自己的现状非常不满意。她再次坐在那里看着别人跳舞,独自喝酒,听音乐。小时候曾经经历过的那种熟悉而可怕的孤独感再次涌上心头。她不会跳舞,也不懂得怎样与同龄人聊天交往,亦不会分享他们的玩笑。她努力装出一副很享受的样子,东张西望,和大家谈天说地。寒冷的春夜,走在回家的路上,心里惦记着第二天早上8点她还得去学校顶替一位请假的老师上课。那时候她已经开始着手画一幅大作品,可是所有事情都让她觉得索然寡味,毫无意义。晚上6点,她准时回家,给上私教课的学生辅导数学。她努力工作,有时候觉得自己的神经已经绷到了极限,不知道自己这个样子还能坚持多久,直到她开启了一段长假。

有那么一瞬间,她觉得自己似乎被那个男人的玩世不恭所吸引——或者她本身就是这种人——她微笑着用同样干巴巴而直截了当的方式回敬他一个"不"字。说到底,他就是个傻瓜。于是他开始向她灌输各种理论——先是一番恭维的套话,接着是一堆煽情的废话:诸如青春与活力,正义和自由与激情,再是关于肉体的福音。最后她冲着他一阵大笑,抬手叫停一辆出租车。

现在她的心智已经足够成熟，终于能够看懂所谓无情的自我否定，不过都是人们放任自我、随波逐流的借口；而那些不谙世事的愣头青，在随心所欲享受生活的同时，总要夸口谎称自己正在完成一项重大的人生使命；还有那些历经物竞天择之后人类的佼佼者，私底下不过都是些不喜欢刷牙、不剪指甲的懒人——所有这些把戏都骗不了她了。

她会一直忠实于自己的道德准则：真实、自律。所有这些都源于最初在学校接受的教育。她和其他孩子不一样，甚至穿着打扮也不一样，她那幼小的心灵也极其与众不同。她和母亲住在一起，母亲20岁开始守寡，母女俩在这个世界上相依为命。从她尚未记事的时候父亲就离开了她。他躺在坟墓里，人在天国。可是在现实生活中，他却一直活在母女俩中间。他的照片挂在钢琴上方，每天注视着母女俩的一举一动，倾听她们说的每一句话。母亲每天不停地与父亲交谈，告诉珍妮她的爸爸对每件事情的看法，什么事情她可以做，什么不可以做。珍妮也和他说话，仿佛与他认识似的。晚上睡觉的时候，她在床上和爸爸说话，也和上帝说话，就是那个与爸爸在一起，任何时候与爸爸保持一致观点的上帝。

她微笑着回忆起上学第一天的情景。8岁之前她一直在家里接受母亲的家庭教育，母亲习惯用对比的方式来教育珍妮；比如海岬，就是紧挨着城市的一个边边角，这个珍妮可以理解得很好。因此，当老师在地理课上请她说出几个挪威的岬湾，她毫不犹豫地回答："Naesodden。"[①] 老师微

---

① 此处为奥斯陆附近的一处伸向内海的陆地尖角——纳索德登半岛，距奥斯陆20分钟航程。从地理位置的重要性以及地理意义来解释，此处与老师提出的"挪威著名海岬"不是一回事。珍妮误解了"海岬"这一概念。

微一笑,全班同学哄堂大笑。"西格纳。"老师点名。一个女生飞快地站起来答道:"北角、林德思纳、斯塔特。"珍妮并不理会大家的哄笑,兀自超然地微笑着。她没有什么孩提时代的玩伴,一直也没有交任何朋友。

她对大家的冷嘲热讽报以满不在乎的一笑。但是一种难以释怀的怨恨从她心底深处悄然滋生,在她的脑海中形成一个如同多头怪兽般的死结。这种怨恨持续折磨着她,尤其是当她看见藏在他们嘴角下那抹冷漠轻蔑的微笑。有一次,由于悲愤过度,她差点儿把眼珠子哭出来,还有几次她几乎就要情绪失控。他们胜利了。她只能装出一副平静、惹人生气的冷漠表情来与之抗衡。

后来,她和一两个女孩子交上了朋友,当时她正处于极度需要被认可的年龄段,她竭力模仿朋友们的一切行为举止。但是这些友谊,似乎也没给她带来多少欢乐。她还记得当她们发现她居然还在玩布娃娃的时候,纷纷拿她来取笑。她只好矢口否认,忍痛放弃了她的娃娃,告诉她们说这是她妹妹的娃娃。

有一段时间她特别想朝着舞台表演方向发展。她和朋友们都是戏迷,她们卖掉学校课本和坚信礼的胸针,拿这钱来买戏票,夜复一夜地流连于各家剧院的大厅。有一天,她对朋友说总有一天她要出演一个让她们感兴趣的角色,话音刚落,大家爆发出一阵哄笑。所有人早就知道她有点自以为是,但是没料到她还是一个自大狂。难不成,她还当真以为自己可以成为一名艺术家?她甚至连舞都不会跳呢,一想到她支棱起那副僵硬如同骷髅般的身板在舞台上上下下,实在是令人忍俊不禁。

没错,她确实不擅长舞蹈。小时候,母亲和她玩耍,她扭来扭去、翻滚自如，母亲管她叫"小雀儿"。她想起自己的第一场舞会。那时候她满怀期待，穿着母亲模仿英国旧画报上的样式缝制的白裙。然而整场舞会从始至终，她都跳得那么僵硬，而这种僵硬自始至终就再没离开过她。只要一开始跳舞，她那柔软纤细的身子立刻就变得像根竹竿一样硬邦邦的，显然她不擅长舞蹈。于是她万分焦虑地报了一门舞蹈课，但结果也无济于事。

她开心地忆起学生时代的发小。记得在国内一次艺术展览会上，她遇到几个同学，那次她的一幅画作首次参展并在报刊上获得媒体的几句好评。他们走上前来向她表示祝贺，当时她正与其他几位艺术家站在一起，赫根也在其中。"记得我们之前怎么说来着？你早晚会成为一名艺术家的，就知道迟早会听到你的好消息。"

她微笑道："是的，艾拉，我也是这么说的。"

孤独！自从母亲遇到她的同事伯纳先生之后，她开始感觉到孤独。那时她只有10岁，可是她几乎是立刻就明白了她那死去的父亲从此离开了她们的家。虽然他的照片依旧挂在那里，但是他已经消失了。也就是打那时候开始，她隐约明白了死亡的真正含义。死去的人仅仅存在于人们的记忆之中，活着的人有权自行决定何时终结这些可怜的隐形生命——于是他们终于彻底地死去了。

她明白为何母亲会再次变得年轻可爱、活泼快乐。每当伯纳摁响她家门铃的时候，她注意到母亲脸上的表情。母亲允许她留在房内，听他们聊天，谈话内容没有什么儿童不宜的，而且他们在母亲房间的时候也没有要赶她出去的意思。尽管她的心被嫉妒充斥，她明白有许多事情是作为成年人的母亲无法与一个小姑娘沟通的。她不想对母亲生气，可是无论如何她还是被深深地伤害了。

她的自尊心不允许她流露出半点痕迹。偶尔母亲会因突然的自责而表现出母爱泛滥的情绪，狂轰滥炸般向她倾注一番柔情与关怀。每当这时候，她总是显得冷漠与被动。当母亲告诉她伯纳有多么喜欢她，让她叫他爸爸的时候，她一声不吭。夜里，她热切地尝试着和自己的父亲沟通，希望通过这种方式能让他一直在这个家里活下去。然而，她发觉这事儿不是凭她一己之力就能成的，她不过是通过母亲才知道父亲的存在。久而久之，约翰·温格这个人也就渐渐地在她心里死去了。既然他一度是她心目中的神，是天堂与永生的代名词，自然所有这一切也都随着他照片的消失而消逝了。她清楚地记得，13岁的时候，她已经完全不相信在学校里听到和学到的那些经文，又因世人在笃信上帝惧怕魔鬼的同时所表现出来的懦弱、残忍、刻薄与庸俗——至少在她看来是这样的——于是宗教在她眼里也连带成了一件卑鄙、懦弱，与世人息息相关的东西。

她不由自主地喜欢上了尼尔斯·伯纳；在他与母亲刚结婚那阵子，她喜欢他的程度甚至一度超过了喜欢自己的妈妈。对于这个继女，伯纳没有向她表现出继父的权威，只是用他的智慧、善良与坦诚来赢得她的心。她是他所爱女人的女儿——单凭这点就足以让他喜欢珍妮。

她知道自己有许多地方需要感激继父，究竟有多少，到现在她也说不清。他曾费力纠正她内心的扭曲和病态的性格。当她与母亲独自生活的时候，她是个活在温室里被过度呵护的孩子，生活中充满了柔情与梦想。同时她又是个有点神经质的孩子，害怕狗，害怕电车和火柴——抵触所有外来的东西——对身体的疼痛过于敏感。母亲甚至不敢让她独自上学。

伯纳做的第一件事就是带她去森林里。每个周末他们去往诺玛肯山区，无论烈日骄阳还是大雨倾盆，风雨无阻。在冰雪消融的春日，或是冬日的滑雪山道上都可以见到父女俩的身影。珍妮之前一直是个习惯隐藏自身情绪的孩子，从不流露出内心的紧张和疲惫，但是过了一段时间，这种不适的感觉消失了。

伯纳教会她使用地图和指南针，和她像朋友一样地交谈，教她观测风云动态以及它们给天气带来的影响，根据太阳的运行轨迹推测时间和距离。他带她熟悉各种动物和植物——包括植物的根、茎、叶，还有花苞、花朵以及果实。走在户外，他们的背包里总是装着珍妮的素描本和伯纳的相机。

过了这么长的时间，她才第一次想起来她要感激她的继父，感激他在教育她的过程中所给予的慈爱与付出。继父当年曾经是尤通黑门和挪威北部山区著名的越野滑雪健将和登山家。

他答应有一天要带她去他曾经涉足过的地方。当她满15岁的那年夏天，继父带她去森林里捕捉松鸡，母亲无法与他们同行，当时她正准备生小弟弟。

他们宿营在龙达纳区萨特山的山脚下。早晨她在她的小床上醒来，兴奋不已，她从来都没有这样开心过。她匆匆钻出自己的帐篷，为继父准备咖啡，今天他要带她去攀登斯蒂格山脉的龙达峰，还要去钓鱼。他们一起下到山谷里采买供给品。每当他外出打猎的时候，她就在冰凉的山泉里沐浴，在荒野中长时间地独自徒步，或者就坐在门廊下做她的针线活儿，再做个白日梦——编织一个关于美丽的萨特山少女和她年轻猎手的浪漫故事，那猎手长得和伯纳很像，只是比他更加年轻英俊。和伯纳一样，年轻的猎人也会在夜间的篝火旁给她讲述自己的狩猎经历和登山故事。他会许诺给她一支枪，带她登上未知的高山之巅。

她还记得当她得知母亲就要生宝宝的时候，她内心感受到的那种折磨、羞愤和不爽。她试图尽量把这种情绪隐藏起来，但是知道自己还是忍不住流露出来了。随着母亲生产日期的临近，伯纳的焦虑与日俱增，这也改变了她对他的看法。他和她说："我心里好担心、好害怕，珍妮，因为我太爱她了。"他还告诉她，母亲生她的时候曾经病得很厉害。听见他这样说的时候，她心里原来对母亲的种种不洁和不自然的感觉消失了；与此同时，她与母亲之间那种超自然的神秘纽带关系也随之终结，取而代之只剩下日常最普通的母女关系。母亲把她生下来，并为此受苦；孩子年幼，需要母亲的照顾，也正因如此母亲爱她。现在另一个孩子马上要来了，他更需要母亲的关爱，于是突然之间，她觉得自己长大了。她同情母亲，也同情伯纳，她以一种少年老成的口吻安慰他道："不会有事的，你知道的。总是这样的，很少有人因为生孩子死的。"

当她见到母亲和她怀里的新生儿，看见母亲日夜不停地关注照顾这个婴儿，感觉自己备受冷落，忍不住哭了。可是没过多久，她就渐渐地喜欢上了这个小弟弟。英格伯格刚满一岁的时候，小模样简直就像个黑不溜秋的吉卜赛小娃娃。接下来，母亲又生了一个孩子。

她从未把伯纳的孩子当成自己的兄弟姐妹，他们和继父长得很像，她觉得自己倒像是他们的姨妈——对于母亲和她的孩子们，她觉得自己更像是他们的一位隐身年长的姨妈。

事故发生的时候，母亲显得比她还幼稚脆弱。温格太太在她的第二段幸福婚姻生活中，重新焕发出青春的活力。由于短时间内密集的三次生育，她看上去略显疲惫。当尼尔斯五个月大的时候，他的爸爸去世了。

伯纳在一次夏天外出登山的时候从山上摔下来，当场殒命。母亲的哀恸没有尽头。她爱她的丈夫，他是如此宠爱她。珍妮想尽办法帮助母亲，她从未告诉过任何人自己在心中是如何深切哀悼这位继父的，她知道她已经失去了有生以来最好的一位挚友。

学校学业结束之后她开始上绘画课，同时在家里帮母亲做一些家务。伯纳过去一直鼓励她学习绘画，他也是第一个教她透视法的老师，尽他所能地把自己所了解的知识传授给她，他相信她具备某些绘画的天赋。

她们养不起狗了，两只小狗被迫卖给人家。伯纳太太觉得莱迪吃得太多了，也得卖掉。珍妮表示坚决反对。谁也不能拥有这只狗，此刻它正在哀悼它的主人。如果实在养不起，她自有解决的办法。一天晚上，她把莱迪带去伯纳的朋友伊维斯纳先生家中，他们将它射杀埋葬。

伯纳之于珍妮，是一种亦师亦友的关系。当然她也非常希望能成为他的女儿。随着两个小妹妹日渐长大，她与她们之间不再像以前那么亲密了，虽然关系仍然很好，只是年龄差距带来的鸿沟令她不愿跨越。

两个小姑娘现在正处于青春期，有点儿贫血，整天忙着交朋友，和男生打情骂俏，参加聚会，除了有点懒散之外，倒是一对快乐的玩伴。她与尼尔斯的友谊随着时间的推移与日俱增。他父亲之前管他叫卡尔法特斯，她也跟着这么叫他，于是他就叫她英迪安娜。

回望过去那段令人伤感的岁月，她和卡尔法特斯在诺玛肯山里自在漫游的时光才是她心灵仅有的得以释放的片刻。她尤爱春秋两季，山里人烟稀少的时候，她和卡尔法特斯点燃一堆篝火，两人坐在火边静静地凝视着熊熊的火焰，或是躺在草地上用只有他俩才能听得懂的俚语交谈，在家里他们不敢这样说话，害怕惹母亲不高兴。她为卡尔法特斯画的画像是第一幅让她自己满意的作品。

贡纳曾责怪她没有把这幅画拿出来参展，他相信国内画廊一定会将它收购的。从那以后，她再也没有画出比它更好的作品。

她本想为伯纳爸爸画像。当伯纳的孩子们开始牙牙学语的时候，她也跟着他们一起叫他"爹地"，叫母亲"妈咪"，这种变化在她内心标志着她与孩提时代母亲之间的关系发生了质的改变。

当她终于挣脱故乡的那种持续紧张的生活来到这里，初来乍到，并不是很愉快。她心里一直很紧张，每根神经都绷得紧紧的，一度以为自己再也无法重享青春时光。住在佛罗伦萨的那些日子，记忆里只有寒冷与孤独，根本无法融入周围的新环境。渐渐地，属于这座城市的那种稀有的永恒之美开始一点点向她显露出来。她有一种强烈的冲动，她想抓住它，想让自己再次变得充满活力，她要活在它里面，她渴望爱与被爱的滋味。她记得到这儿的第一个春天，贡纳和塞斯卡带上她，一起去了维特尔博。太阳照在光秃秃的树枝上，枯黄的草地上盛开着一簇簇的银莲花、紫罗兰和牛舌草。城外如阶梯般展开的平原上，翻滚沸腾的温泉冒出一阵又一阵浓烈刺鼻的硫黄味,浓烟袅袅升空。泉眼周围的地面结了厚厚一层乳凝石灰。成千上万条绿蜥蜴在城墙的缝隙中飞快地爬来爬去。绿草坪上种着橄榄树,白蝴蝶在树丛间飞来飞去。吟唱的喷泉和中世纪的黑石屋在古城里随处可见,月光洒在城墙内的高塔上,泛出凛凛的光。那些产自火山土壤的淡黄色起泡酒,在口中留下强劲的余味。

对这些新朋友,她直呼其名。晚上,弗朗西斯卡向她坦白了自己少女时期的所有风流史,然后钻进她的被窝里求安慰,一遍又一遍地叹道:"真没想到!你居然是这样的人,在学校的时候我一直很怕你,没想到你这么好。"

贡纳喜欢这两个姑娘。他热情似火,如同春天里半人半羊的农牧神,塞斯卡任他亲吻,大笑着说他是个傻男孩。

珍妮有点胆怯,倒不是因为怕他。她不敢吻他那火热滚烫的红唇,不能仅仅出于某种无形的、令人陶醉的、轻佻而不负责任的情愫,一种只有当他们独坐在太阳底下和银莲花丛中才会有的感觉,就由着自己任意妄为。她不敢把那个"旧我"搁在一旁置之不理,她做不到轻松自如地与人调情,他也不是那种人。看多了贡纳·赫根与其他女人的风流韵事,他似乎与她们是一类人,但又不完全是——从本质上来说,他是个善良的人,比许多女人都好。渐渐地,他对她们的迷恋转变成了友谊,在巴黎的那些日子,平静而美好,他们努力工作,然后一起来到这边,他们之间的友谊愈久弥坚。

至于说到格拉姆那又是另一回事了,他无法在她心里掀起任何狂野的幻想。其实他一点也不傻,并不是她一开始以为的那样。刚到这儿的时候,他只是让人感觉他脑子不太灵光，至少她应该看得出来。在他身上有一种柔和、年轻而完美的东西，是她所喜欢的。他至少比她小两岁。当他说起他爱她的时候，无非是一种因为在新生活环境中感受到自由的欢愉而喜悦满溢的表现。不管对他还是她都没有什么危险。在家里大家都喜欢她，在这里塞斯卡和贡纳也喜欢她。可是有谁今晚会想到她？若是真有这么一个人存在，她倒是觉得挺开心的。

九

早上醒来的时候,她对自己说很可能他根本就不会来了,这样更好——可是当她听见敲门声的时候,心里还是很高兴。

"我早晨什么都没吃呢,温格小姐,能给我来杯茶和几片面包吗?"

珍妮环顾四周:"可以的,只是我还没整理房间呢。"

"那我闭上眼睛,你把我领到阳台上吧,我就是特别想喝杯茶。"他站在门外说。

"好的,给我半分钟时间。"她飞快地用床罩把床铺盖上,整理好梳妆台,然后穿上一件居家和服。

"进来吧,请坐到阳台上,我给你准备茶。"她搬来一张凳子,摆上面包和奶酪。

格拉姆注视着她那光滑白皙的手臂从一件深蓝色和服宽大的袖口里伸出来,和服上印有黄色和紫色鸢尾兰图案,袖口宽松飘逸。

"这件衣服很漂亮,像是一件真正的艺妓和服。"

"这就是真的,塞斯卡和我在巴黎买的,我拿它当晨服穿。"

"绝妙的主意。独自一人的时候穿着它走来走去,挺好看的，我喜欢。"

他点燃一支烟，凝视着升入空中的烟雾。

"呃——在家的时候，女眷们早上起来的样子真是形态各具。我总觉得女人应该尽量把自己打扮得可爱一点。"

"没错的。可是当家务缠身的时候也就无暇顾及了。"

"也许吧，不过至少早餐前总可以把头发梳好吧？再配上个什么饰物之类的，你觉得呢？"

正说着，她那宽大的袖子拂过桌面，他赶紧伸手救下一只茶杯。

"瞧见它的实用性啦？好吧，喝茶吧，你不是说渴了吗？"

她突然发现塞斯卡的全套各色长筒丝袜正晾在阳台上，她神情紧张地把它们收下来。

他一边喝茶，一边解释道：

"昨晚我几乎一夜没睡，醒到天亮，脑子里想个不停，到了快天亮的时候又睡过头了。这样一来就没时间去拉提亚用早餐了。我觉得咱们今天可以去卡吉亚大道，就是你的那块银莲花领地。"

"银莲花领地，"珍妮笑了起来，"你小时候有没有过类似的秘密地方，那种只有你一人知道的长满了紫罗兰和风信子的地方，一年到头随时可以跑过去视察的地方。"

"当然有啦，我有一片属于自己的山毛榉小树林，就在去往霍尔门科伦的旧公路旁，在那儿还能找到可以发出香气的紫罗兰。"

"我也知道那个地方，"她胜利似的打断他，"就在主路分岔即将拐往邵科戴尔的马路右手边。"

"对。我还有其他一些地方，就在腓特烈堡和……"

"我得进去换衣服了。"珍妮说道。

"穿昨天那条裙子吧,好吗?"他在她身后追上一句。

"会给弄脏的——"不过她随即就改变了主意。为什么不可以把自己打扮得漂亮一点呢?这么多年来,这条黑色真丝旧裙子一直是她最好的一条裙子,现在真没必要再如此小心翼翼地穿它了。

"穿就穿,我不在乎。不过它是从后面系扣的,这会儿塞斯卡又不在。"

"过来,我帮你系。我是这方面的老手了,这辈子好像没做什么事,净帮我妈妈和索菲系扣儿了。"

她尽量系上她够得着的扣儿,除了有两颗必须让格拉姆帮忙。阳光下,她站在他身旁,系扣儿的时候他嗅到从她头发和身体里散发出来的隐约的体香。他注意到丝绸裙子上有一两处磨损的地方,已经被她精心修补过了,他的心里无端涌起一股无尽的柔情。

"你觉得赫尔格这个名字怎样?"中午他们在坎帕尼亚一处位置偏僻的餐厅用餐,他问道。

"挺好的,我喜欢。"

"你知道我的教名吗?"

"知道。你在俱乐部访客签名簿上签字的时候我看到过。"她的脸微微红了一下,他不会以为她是刻意偷窥吧。

"我也觉得不错。很少有难听的名字,其实很大程度上取决于这个人是否招人喜欢。小时候,我家有个保姆叫珍妮,我真受不了她,在那之后一想到这个名字,就觉得它庸俗丑陋不堪。在我看来最荒谬不过的就是你居然也叫珍妮,但是现在我觉得这个名字好美,给人一种飘飘欲仙的感觉,难道你听不出它给人带来的那种精致美妙的感觉？——珍妮——肤色黝黑的女人不适合起这个名字，比如雅赫曼小姐，弗朗西斯卡对她是再合适不过了，你觉得呢？听上去就给人一种任性的感觉，珍妮则是美好而光明的。"

"这是我父亲家族里一直使用的名字。"她说道，算是对他的回答。

"你觉得丽贝卡怎样？"

"我不知道，听起来感觉也许有点生硬、严厉、絮叨。但还是挺可爱的。"

"我妈妈的名字就叫丽贝卡，"赫尔格说道，"我也觉得有点生硬，我妹妹叫索菲，她结婚的目的就是离开家，给自己找个去处。我怀疑妈妈很高兴把她嫁出去，想想她和我父亲一直过着那种吵吵闹闹的生活。可是当妹妹和阿纳森牧师订婚的时候，大家对他的评价褒贬不一，反正我是受不了他，父亲也是，可是妈妈……

"至于我的未婚妻——你是知道的，我曾经订过婚，她叫凯瑟琳，只是大家都管她叫娣娣，后来她和别人结婚的时候，我在报纸上也看到这个名字。

"这件事情从头到尾都很蠢。事情发生在三年前，她在我教书的那所学校给人上课。她相貌平平，但是喜欢和所有人调情。那时候还没有什么女人会注意到我——这个你应该可以理解吧，就像我刚到这儿的时候一样。她嘲笑所有她看不惯的人和事，那时候她才19岁，天知道为什么她会看上我。

"我嫉妒其他人，这让她觉得很好玩。她越是让我嫉妒，我就陷得越深。现在想起来，与其说是爱情，不如说是男性的虚荣心在作祟。那时候我还很年轻，我想成为她的唯一，以当时的我来说，这个要求比较苛刻。我时常在想，她找我的目的究竟是什么。

"家里人希望我们的订婚暂时不要公开，因为我俩的年纪都还太小。娣娣则希望把它公之于众。当我责备她和其他男人交往甚密的时候，她说既然我们的订婚需要保密，她就不可能和我过一辈子。

"我把她带回家，可是她和妈妈无法相处，她俩一直在吵架，最后娣娣简直就是恨她了。也许即便我和其他女人订婚，结局没准儿也是一样的。一想到我要结婚这件事，就足以让妈妈抵触所有的女人。最后，还是娣娣主动解除了婚约。"

"这件事对你伤害很大吗？"珍妮轻声问道。

"至少在当时是这样的。直到我来这之前都无法摆脱这种感觉。我想主要是因为自尊心受到了伤害。难道你不觉得如果我真心爱她，听到她和别人结婚的消息我应该希望她快乐才对？可是我没有。"

"这样的人未免也太无私高尚了吧。"珍妮微笑着说道。

"我不知道。可是如果你真爱一个人应该是可以做到的。你不觉得做母亲的几乎都看不上儿子的恋人，从来如此。"

"那是因为当妈的觉得没有一个女孩能配得上她的儿子。"

"可是当女儿订婚的时候，情况就不一样了。我妹妹和那个红头发的胖牧师结婚的时候，我就深有体会。其实我和妹妹之间并没有多少好感，可是一想到她要和那样一个人做爱，唉……"

"有时候我觉得女人婚后比男人更容易变得玩世不恭，

虽然她们不会很明显地表现出来,但你还是可以看得出来。婚姻于她们就像例行公事,女儿出嫁的时候,母亲很高兴终于可以把她卸给一个能管她吃饭穿衣的人,哪怕知道从今往后她必须忍受婚姻中所有的阴暗面,那也没什么好大惊小怪的。反过来,如果做儿子的需要承担这些重担,她们就不那么起劲了。你不觉得这里面有点什么问题吗?"

"有时候是这样的。"珍妮说道。

晚上回家的时候,她在灯下给母亲写信,感谢她的生日祝福,告诉她自己这一天是怎样度过的。

她笑自己昨天晚上还表现得那么严肃。天知道,她确实曾经有过一些艰难和孤独的时刻,但是周围其他的同龄人不也一样吗?有些甚至比她过得还糟。她回忆起她所有的朋友,包括昔日在学校教书的好友。现在几乎所有人都在替家里的老母亲贴补家用,不然就是有弟弟妹妹需要扶持。贡纳、格拉姆,不也是这样吗?甚至像塞斯卡这样出身优渥被家庭娇宠的女孩,自打21岁离开家之后,靠着母亲留下的菲薄遗产,也同样在自我奋斗。

至于说到孤独,那是她的自我选择。以她之前的行事为人,她也许还不甚清楚自己的真正实力,但是她坚信自己与众不同。于是她掐灭心中的疑虑,直至将它们彻底碾碎。自那之后,她看到自己取得了一些进步,证明她终究是可以成就一些事情的,于是整个人也变得比以前更加友善开朗。不得不承认,她从小就没有对人主动过,也许是内心太骄傲的缘故,总是不肯迈出第一步。她所有的朋友——从继父到贡纳和塞斯卡,都是他们主动向她伸出友谊之手。那为什么她还以为自己是个充满热情的人?真是可笑!活到28岁她还从未有过任何恋爱经历,她相信一旦让自己爱上某个男人，她就不会是个失败的女人。因为她拥有健康、美貌，还有清醒的头脑，这些都是日常工作和户外生活给她带来的益处。她当然渴望爱与被爱——渴望生活。可是设想一下，如果她不顾理智地投入任何一个碰巧在这个节骨眼上接近她的男人的怀抱，那就实在是太荒谬了。她不肯承认自己有时候其实是很乏味的，好胜心强，也希望能像其他女孩子那样与人调调情——这要是放在过去，她是绝对不会赞成的——她宁愿把这种想法解释为对生活的渴望与激情。这种唱高调的辞藻多半都是由男人发明出来的。可怜的男人，他们哪里懂得女人大多是些头脑简单、爱慕虚荣的东西，有时候无聊到非要找一两个男人来供她们取乐。这也正是那些风流女子的故事起源——这等女子如同黑天鹅一般稀罕，与她们同样稀罕的还有那些自律、知性的女孩。

珍妮把弗朗西斯卡的肖像移到画架上，白衬衫和绿裙子的颜色看上去过于生硬，难看得很。调子得再暗点，脸部已经画好了，坐姿不错。

与格拉姆的这段插曲实在不必太过当真。该回归理智了。她必须让自己摆脱这样一种念头——那就是害怕她遇见的每一个男人。就像刚认识贡纳的时候，担心自己会爱上他，甚至超过了担心他会爱上自己的程度。这种感觉让她难以适应，一度令她觉得很迷惑。

为什么不能与男人维持友谊？如果不能，这个世界岂不是一片混乱吗？她与贡纳就是朋友关系——那种感情牢靠，彼此觉得舒服的朋友。

与格拉姆之间，他们有很多空间可以发展成为朋友关系。他们有相似的生活经历，他年轻，对她充满信心，她喜欢听他说"是不是这样的""难道你不认为是这样吗"诸如此类的话。昨天他说他已经爱上了她——至少他自己认为是这样，他是这么说的。她暗自发笑。一般男人如果真正爱上一个女人而且还想得到这个女人，是不会那样说话的。

"他就是个可爱的大男孩，仅此而已。"

今天他不再挑起这个话题。她欣赏他说过的那句话。如果他真心爱一个女孩，他会在她与其他男人结婚的时候为她送上祝福。

十

珍妮和格拉姆手牵手跑下帝国广场大道，这条大道实际上就是一长串台阶，直达图拉真广场。站在最后一级台阶上，他将她拉近身旁，吻她。

"你疯了吗？你不可以在街上这么随便亲吻人的。"

两人都笑了起来。有一天晚上，他俩在拉特兰广场的城墙下走来走去，站在松树下接吻，引来了两名警察的盘问。

最后一抹夕阳落在花园的树梢上，照在石柱顶端的铜像上，将城墙映得通红。此刻，下沉式广场躺在阴影之中。街道下方，破旧的房屋环绕着正在挖掘中的废墟广场。

珍妮和赫尔格倚在栏杆上，数着一只只散落在倒伏石柱上的肥猫，这些又懒又肥的野猫把草地上的残垣断壁当成它们的栖息地。随着夜幕降临，这些小东西渐渐变得活跃起来。一只肥硕的红毛猫刚才一直躺在图拉真石柱的基座上，此刻它伸个懒腰，把爪子放在石头上磨了磨，一跃到草地上，转眼不见了。

"一共23只。"赫尔格说道。

"我数的是25只。"珍妮转身把一个兜售明信片的小贩打发掉，那人正绞尽脑汁用各种语言结结巴巴地试图推销他的东西。

她靠在栏杆上，茫然地盯着眼前的草坪。经历过阳光灿烂的漫漫长日以及坎帕尼亚绿色乡间的无数个亲吻，此刻她正享受着它们带来的那种慵懒愉悦的感觉。他握住她的一只手，把它搁在自己的手臂上轻轻拍打。她挪开那只手，顺着他的衣袖往上爬，最后停留在他两臂之间。他开心地笑了。

"怎么了，亲爱的？"

"我在想着早上见到的那些德国人。"她恬静而漫不经心地笑道，就像所有幸福的人儿那样，他们往往忽略眼前的小事。早晨他俩经过广场，在福克斯石柱高高的台基上坐了一小会儿，轻声细语地闲聊。他们的脚下是一片断壁残垣，阳光为废墟镀上一层金边。一个个如同小黑点的游客，徜徉于废墟之间；一对德国新婚夫妇走在游客中间，想找一块清静的地方。男的金发碧眼，面色红润，背着一台柯达相机，正拿着手中的旅游指南大声念给他的妻子听；女的非常年轻，体态丰满，肤色黝黑，她那面粉团似的光滑脸庞上有一种与生俱来的、家庭主妇的印记。女的坐在一截倒下的石柱上，摆好姿势让丈夫拍照。此刻，坐在福克斯石柱上方的两个人正在喁喁私语，时不时地爆发出一阵欢快的笑声，全然不顾身处庄严的古罗马广场之上。

"你饿吗？"赫尔格问道。

"不饿，你呢？"

"我也不饿，不过你知道我想干吗。"

"干什么？"

"我想和你回家吃晚餐，你觉得这个主意怎么样？"

"好呀。"

他们手拉着手走在僻静的小路上。爬上黑乎乎的楼梯，突然，他将她一把拽入怀中，充满激情地使劲吻她，她的心开始狂跳。她好害怕，但是很快她就在心里生自己的气。她轻叹一声"亲爱的"，只为了说服自己内心其实波澜不惊。

"等等，"她刚想点灯，就被他轻声止住，他继续吻她。"穿上你的艺妓服，你穿它真好看。我到阳台去，等你换衣服。"

珍妮在黑暗中换上衣服，把水壶放到炉子上，将桌上的银莲花和杏花枝条插入瓶中，然后把他叫进屋内，点亮灯。

他再次将她拥入怀中，说道：

"哦，珍妮，你真是太美了，你身上的每一样东西都是如此美妙，和你在一起简直就像是在天堂，我想永远和你在一起。"

她伸出双手捧住他的脸。

"珍妮，你想不想——我们一直在一起？"

她盯着那双美丽的褐色眼睛。

"是的，赫尔格，我愿意。"

"你是不是希望这个春天——我们的春天——永无止境？"

"哦，是的，我当然希望是这样的。"她突然将自己整个投入他的怀抱中，吻他。她那微启的嘴唇和紧闭的双眼似乎在向他乞求更多的吻。他说的那些关于春天永不止息的话，勾起了她内心的焦虑与痛苦，这些话无一不在提醒着她，他们的春天与美梦很快就要结束了。当他问她是否愿意与他永远在一起的时候，她明白藏在这话语背后可怕而真实的现实,只是她不愿意向自己解释。

"真希望我可以不用回家。"赫尔格伤心地说道。

"可是我马上就要回去了,"她温柔地说,"也许我们可以一起回来。"

"你下决心要走吗?有没有因为我打乱你的计划而生我的气?"

她匆匆给他一个吻,奔向火炉边,壶里的水已经沸腾了。

"不是的,你这个傻孩子。我其实早就决定要走了,妈妈在家里急需帮手,"她短促地笑了笑,"我真为自己感到不好意思——妈妈听到我要回去的消息,高兴极了,而实际上我却只想和我爱的人在一起。不过没关系的,即使我帮不上她什么忙,也会尽量让自己过得节俭一点。或许我还可以挣点钱,我在这边攒下来的钱,日后没准也会派上用场。"

他接过她递来的杯子,顺势握住她的手:

"下次你再回来,就是和我一起回来了。我想你应该会——我的意思是说,咱们会结婚吧?"

他的脸看上去显得如此年轻却又充满疑虑,她不得不俯身给他几个吻,她忘记了自己一直害怕触及的那个词,他们之间还没有提起过。

"我想这应该是最现实的计划了,既然我们想一直待在一起,我亲爱的孩子。"

他吻她的手,静静地问道:"什么时候?"

"等你想结婚的时候。"她平静而坚定地答道。

他再吻她的手。

"真遗憾我们不能在这儿结婚。"片刻之后,他换了一种声调说道。

她不语。只是温柔地用手抚弄着他的头发,赫尔格叹口气:

"也许不在这里也好。反正咱们很快就要回家了。这么匆匆忙忙地结婚,你妈妈心里会难过的,你说是不是?"

珍妮沉默了。她还从未想过自己做什么事情需要得到母亲的首肯。再说,母亲再婚的时候也没有征求过她的意见。

"我知道我家里人会觉得为难的,虽然我不愿意承认,但事实就是这样。我宁愿通过写信的方式来通知他们我订婚的消息。既然你比我先回去,正好可以去我家里看望他们。"

珍妮低下头,仿佛想甩掉什么不快的感觉,但是她马上说:

"好的,亲爱的,如果你希望我去,我当然会去的。"

"我实在是不想回去。这里的一切都是那么美好——只有你和我,整个世界不再有别人。可是如果不回去,我妈妈又会很不高兴的,家里的事情已经够她烦的了,我不想再给他们火上浇油。虽然我已经不在乎妈妈的感受了——她心里也明白,她为此难过得很。我知道这不过是一种形式。可是如果我把她晾在一旁,她心里会很难受的,她会以为我是在拿过去的事情报复她,你懂吧。等我们把这些走过场的事情完成了,我们就可以结婚了。谁也不能再对我们指手画脚。我希望这一天早点到来,你呢?"

她给他一个吻,作为回答。

"我想要你。"他低语道。她任他抚摸,不做反抗。突然,他松开她,开始往饼干上抹黄油,自顾吃了起来。

他们坐在炉火边抽烟。她坐在一把摇椅上,他斜躺在地板上,头靠着她的大腿。

"塞斯卡今晚还回来吗?"他突然问道。

"不回,她要在蒂沃利一直待到周末才回。"她有点紧张地答道。

"你有一双纤细漂亮的脚。"

"哦,你是这么可爱,我真是太爱你了。珍妮,你不知道我有多爱你,我愿意躺卧在你的足下。"

"赫尔格!赫尔格!"他瞬间的冲动与鲁莽吓了她一跳,但是随即她就告诉自己:他不过就是我心爱的男孩,我为什么要怕他。

"不要,赫尔格!别碰我的鞋,它在脏兮兮的街面上走来走去的。"

赫尔格坐起身,清醒而卑微。她试图一笑了之:"鞋面上说不定有好多细菌呢。"

"哎呀,你真是个迂腐的书呆子,还假装自己是个艺术家。"他大笑起来,以期掩盖内心的尴尬。然后他继续吵吵嚷嚷地说道:"你真是个小甜心,快让我闻闻,嗯——你身上有股松节油和颜料的味道。"

"胡说,我已经有三个星期没碰画笔了。赶紧去洗手,这位先生。"

"请问您这儿有苯酚吗?万一我感染了呢?"他一边洗手一边说,"我父亲说女人绝对就是一种让人扫兴的东西,毫无诗情画意。"

"我觉得你父亲说得很对。"

"一般说来,她们通过泼冷水的方式治愈人。"他边说边笑起来。

珍妮突然变得严肃起来。她走近他,双手搂住他的肩膀,吻他:"我不要你跪在我的脚下,赫尔格。"

等他离开后,她为自己觉得羞愧。他说得对,她确实想给他泼冷水,不过以后她再也不会这样做了,因为她爱他。今天晚上她扮演了一个很糟糕的角色。她想到了罗萨夫人,如果真发生什么事,她又会怎么说?一想到害怕面对怒气冲冲的夫人,同时又想到要放弃对自己爱人的承诺,她为自己感到耻辱。在接受他的爱情和热吻的时候,实际上她已经陷入一种必须满足他所有要求的境地。以她的为人,她最不愿意做那种只求索取、不肯付出的人。然而,她也要给自己留点余地,这样一旦改变主意,还来得及全身而退。

她只是紧张得很——心里害怕这种从未经历过的事情。她很高兴他没有提出什么令她为难的要求。但是早晚会有那么一天,等到时机成熟,她自然会把自己献给他。

一切来得是这样悄无声息,令人难以察觉——就像南国的春天——循序渐进,毋庸置疑。没有突如其来的剧变,没有严寒和风暴,抑或是那种令人极度渴望阳光和温暖的天气。亦没有故乡那种格外明亮的极昼——令人发狂的悠长春夜。在这里,阳光灿烂的白昼一点点地褪去,夜静悄悄地降临。继温暖明亮的白日过后,清凉与黑夜带来安宁的睡眠——日子是一天比一天暖和,坎帕尼亚乡间的鲜花一天比一天灿烂,田野看上去似乎并不比昨日更绿,但一切又确乎较之前更绿,更醇熟。

她对他的爱一如这里的春日。每天晚上,她期待着第二天是个阳光明媚的好天气,可以与他一同漫步坎帕尼亚乡间。渐渐地,她更多期待的是他这个人,和他炙热、年轻的爱情。她允许他吻她，因为这让她充满愉悦。随着日子一天天过去，他们的吻越来越多，最后所有的话语都显多余，统统被他们的吻代替了。

一天天地，他变得愈加成熟，更富于男性魅力。原来那种不知所措和突如其来的沮丧已经很少见了。她变得开朗、友善、自信。不再像以前那般冷漠，随时摆出一副准备和人争吵的样子。她变得更加沉稳、笃定，不再因为生活不按自己的梦想出牌而深感失望，她接受眼前的日子，相信未来自然会变得对她有利。

为什么爱情不可以像日复一日逐渐升温的春天那样悠然而至？一如冰雪消融，大地回春。之前她一直以为爱情好比狂风暴雨，可以在瞬间将她变成一个让自己都觉得陌生且无法驾驭的女人。

赫尔格平静而自然地接受她这种慢热式的爱情。每天晚上分手的时候，她心里充满了对他的感激，因为他没有勉强她做任何她不想做的事情。

唉，要是他们可以在这里一直待到5月份，度过整个夏天该多好啊。那时候，他们的爱情水到渠成，最终彼此完全拥有。夏天他们一起去山里走走，婚礼迟些时候可以在这里举行，也可以等秋天回到家里再办。像所有人一样，他们迟早是要结婚的，因为他们彼此相爱。一想到摆在眼前的归途，她就无端生出一种恐惧，好像就要从一场美梦中惊醒。她告诉自己别胡思乱想，他爱她，她也爱他。她不喜欢订婚仪式的繁文缛节，还有那些走亲访友之类的事情，不过这些都是小事。

感谢上天，在这个值得赞美的春日，罗马将他们连在一起——两人徜徉在绿草如茵的坎帕尼亚,走在开满雏菊的山野中。

"你觉得珍妮日后会不会后悔和格拉姆订婚?"有天晚上,弗朗西斯卡坐在赫根的房间里,突然问道。

他掸掸烟灰,一言不发。他突然发觉和珍妮聊弗朗西斯卡的风流韵事他一点儿也不觉得有什么不妥,可是如果和弗朗西斯卡聊珍妮的事情,那又是另一回事了。

"你觉得她想从他那得到什么?"她又问道。

"唔,这个很难说。我们男人经常不知道你们女人到底想从我们身上得到什么。男人以为他是在为自己选择,而事实上我们和咱们那些哑巴动物兄弟相似,不懂得思考。有人说男人生来就容易陷入爱情——那是我们的天性使然——剩下的事情就交给天时地利去成就。"

"哎呀!"弗朗西斯卡耸耸肩,"如果真像你说的那样,我得说,你才是那个一直深陷其中的人呢。"

贡纳勉强一笑:"也许我陷得还不够深,至少我还从未觉得有哪个女人是我的唯一,这可是检验爱情的关键因素,因为男人的天性如此。"

弗朗西斯卡若有所思地盯着前方。

"我想你是对的,可是有时候人们爱上一个人只是出于某些特殊的原因,不仅仅因为时机和形势成熟。我爱他身上的某一点——你知道我说的是谁,因为我不了解他。在我看来,没有任何人可以做到表里如一。我常常希望能发生点什么,好替我解释我亲眼所见的现象。我到处寻找那隐匿的答案,四处寻觅,寻而不得,你知道那苦苦寻觅的人有多么绝望吗?甚至直到现在,只要一想到其他女人或许已经找到答案了,而我……有些人爱了,那是因为他所爱的人对他们正好合适,能够满足他们内心所有的需要。你有没有爱上哪个女人以至于可以达到某种程度,觉得她的所有都完美无缺,恰到好处,你爱她的一切。"

"没有。"他飞快地答道。

"那种爱才叫真爱,你同意吗?那才是我觉得珍妮应该拥有的爱情,她和赫尔格的爱情不可能是真爱。"

"其实我很不了解赫尔格,我只知道他不像表面看上去那么傻。就像老话说的,知人知面不知心。他绝不是我们第一眼看上去的那么单纯。也许珍妮发现了他的内在美。"

塞斯卡沉默了,她点燃一支烟,注视着蜡制灶神爷火柴燃烧的火焰,直至它烧成灰烬。

"你有没有注意到他一直爱说的几句口头禅'你不觉得是这样吗',还有'难道不是吗'?你觉不觉得他身上有种娘娘腔,一种意犹未尽的东西?"

"也许吧,有可能正是这种性格吸引了珍妮。珍妮的性格强势而独立,也许她喜欢比她弱一点的男人。"

"我告诉你我是怎样想的吧。我不相信珍妮真的有那么强势和独立,她不过是被迫表现出这种样子,在家里她是"顶梁柱",因为没有人能帮她。在这里,她不得不照顾我,那是因为我需要她。现在又轮到格拉姆了。她强势有主见,她自己也知道。没有谁会徒劳地向她求助,任何人都不可能不计报酬地一直帮助别人。你难道没注意到,身为强者的她有多么孤独吗?她现在很孤独,如果和那个人结婚,她将一无是处。咱们谁都可以向她吐露心思,只有她无处倾诉。她应该找个可以让她仰仗的男人做丈夫,让她可以感受到他的力量,可以对他如是说:我就是这样生活、工作和奋斗的,我觉得这样做没错。可是咱们谁又有资格来对她指手画脚呢?格拉姆没有资格,因为他还不如她。她怎么知道自己究竟做得好不好,即便她做得对,身旁也没有一个权威人士对她表示首肯。接下来就该轮到珍妮发问了:'你不觉得是这样吗?''难道不是吗?'——到头来这些话就不再是由他来说了。"

两人默默地坐了一会儿,赫根开口说道:

"我觉得很奇怪,塞斯卡,落到你自己头上的事情,你经常是一头雾水搞不清楚,一旦涉及别人的问题,你倒是比谁都明白。"

"也许吧,这就是为什么有时候我说我应该进修道院。当我置身事外的时候就是个明眼人,当我身处其中的时候,就云里雾里了。"

十一

汁液饱满厚实的蓝灰色仙人掌叶面瘢痕累累,密密麻麻地刻满了人名,各种大写首写字母和心形图案。赫尔格正往上面刻一个H字母和J字母,珍妮站在一旁观看,手臂环绕着他的肩膀。

"等我们下次回来的时候,这些字迹就会结痂变成褐色了。"他说,"你觉得到时候我们还找得到它吗?"

她点点头。

"从这一堆名字当中吗?"他怀疑地问道,"这么多的名字,够咱们找上一阵子的。"

"当然可以。"

"你觉得我们还能回到这里,是吗?就在此地?"他伸出胳膊搂住她。

"是的,为什么不呢,亲爱的?"

他们手挽着手坐到桌子旁,静静地俯瞰眼前坎帕尼亚的风光。

阳光渐移,日影绕着小山丘徘徊慢转。天空中白云浮动,偶尔有密集的光线透过云层照射下来。在地平线的尽头,靠近芳亭的方向有一片深色尤加利树林,从那里可以隐约窥视到远处的山峦。一团珍珠黄的阴霾从远方地平线缓慢升腾,临近傍晚的时候这团云渐渐扩散,大有覆盖整片天空的趋势。

平原深处,台伯河匆匆奔向大海。太阳照到的地方,水面金光粼粼,天上的云朵倒映其中,呈现出鱼腹白的银灰色。山坡上的雏菊犹如一片片新雪;客栈后面,幼滑的银白色小麦苗刚刚冒出小嫩芽儿,两棵杏树开满了粉红色的花朵。

"这是咱们在坎帕尼亚的最后一天。"他说道,"令人好生伤感。"

"直至我们归来的那日。"她轻吻他,尽量不让忧伤的情绪泛滥。

"是的。你有没有想过,珍妮,等我们再回来的时候,此情此景将一去不复返。人在一天天地改变,我们也将不再是今日的我们。明年——春天?还会和这个春天一样吗?人是会变的。虽然我们也许仍然爱着彼此,但是肯定与现时不一样了。"

珍妮打了一个寒战:"女人从来不会这么说话。"

"你觉得我说这种话很奇怪吗?我只是忍不住这样想,因为这几个月给我带来的变化是如此巨大,其实对你也一样。还记得我刚到这里的第一个早晨你对我说的话吗?现在的你与当初我初来乍到之时有多么大的改变啊。同样,如果以咱们第一次见面的时候来说,你是不会喜欢上那时的我的——你会吗,现在?"

她摸了摸他的脸:"可是,赫尔格,我亲爱的孩子,最大的变化就是我们现在深深地爱上了彼此,我们的爱情与日俱增。如果真要说有什么变化,那也是我们的感情在日渐成长,没有什么可害怕的。你还记得我生日那天咱们在卡西亚大街，就是在那儿咱们之间产生了最初的好感，迸发出第一缕情愫，现在这种感觉愈加强烈，天长地久，难道还有什么让你担心害怕的吗？"

他亲吻她的脖颈："明天你就要走了……"

"六周之后你不也就回去了吗？"

"我知道。可是就不是在这儿了，也不能在坎帕尼亚的乡间随意漫游。春天才过了一半，咱们就得离开了。"

"故乡这会儿想必也是春天了，云雀在歌唱，你抬头看看天上匆匆飘过的乌云，简直和家乡的云彩一模一样。想想诺玛肯吧，咱们回去要一起去那玩一趟。故乡的春天是多么可爱啊：那环绕在深蓝色峡湾之上的山峦，还有山上一条又一条的融雪带。人们赶在春季雪化之前到山上滑最后一场雪，融化的雪水汇聚成涓涓溪流欢快地冲向山脚。傍晚天色清明，明亮硕大的金星高悬夜空；静夜里，听得见滑雪板划过雪面冰壳发出的咔嚓咔嚓的响声，没准儿我们回去还能赶上滑最后一场雪呢。"

"没错，没错。这些地方我都去过——韦斯特艾肯、诺玛肯，过去经常是一个人去，去得我都怕了，仿佛还能看见我那被遗弃的灵魂碎片挂在沿途的树枝上。"

"快别乱说！闭嘴，亲爱的。经历这许多个孤独伤感的春天之后，我会陪着我亲爱的朋友一起去重温这些地方的。"

他们手牵手徜徉在碧绿的坎帕尼亚。接近傍晚的时候，薄雾升上天空，有一丝风吹过来。大路上吱吱呀呀地驶来一辆干草车，拉车的是一头大白牛，后面跟着一辆满载葡萄酒的骡车，挂在鞍子上的铃铛晃得丁零作响。

珍妮温柔地看着眼前的一切，在心里默默地与它们告别。这些日子她跟着他来这里的次数太多，以至于对眼前的一切已经到了熟视无睹的地步。可是现在她突然意识到这些混合着往日欢乐的记忆，已然深深嵌入她的脑海：山坡上的小草日渐柔软青绿；雏菊一如既往地盛开在贫瘠的土地上；道路两旁带刺的树篱，藏在灌木丛下面马蹄莲深绿色的叶片；空中的云雀，婉转鸣啼，声声不绝；客栈前面的平地上，众多的六角风琴演奏家们正在没完没了地为舞会做伴奏，和着六角琴特有的清脆声，日复一日地重复着几支意大利短曲。她为什么要离开这里的一切？

一阵冷风吹来，像是给她浇了一个凉水澡。她的身子如同一片冰凉多汁的树叶，那是她渴望交付给他的身体。

他们站在她的房门口道别，难舍难分。

"哦，珍妮，你要是我的就好了！"

她钻进他的怀里，小声说道："为什么不可以？"

他紧紧搂住她的肩膀和腰肢。可是这话刚一出口，她的身子就止不住地颤抖，她不明白自己为什么要害怕，其实她并不想这样。她后悔自己刚才的举动，仿佛想挣脱他热情的怀抱。他随即松了手。

"不，不，我知道这不可能。"

"我希望你这样做。"她卑微地答道。

他吻了她一下："我知道，但是我不能这样。感谢你带给我的一切，哦，珍妮！我的珍妮，晚安！谢谢你爱我！"

她躺在床上，泪流满面。她在心里对自己说其实没必要哭得这样伤心，就好像有什么东西一去不返似的。

第二部分

一

列车在腓特烈斯塔车站只停留几分钟时间,大约也就是喝杯咖啡的工夫。珍妮匆匆走过站台。突然,她停下脚步,驻足聆听——在附近什么地方,头顶有只云雀正在鸣唱。她走进车厢,倚靠在座位角落,闭上眼睛,心底涌起一股对南国的强烈渴望。

火车穿行在红色花岗岩碎石之间,仿佛从连绵的山峦之间冲出一条道路。阳光下,偶尔可见深蓝色的峡湾从眼前一闪而过。云杉紧贴着山坡,午后的阳光照耀在云杉树棕红色的树干和它熠熠闪亮的墨绿色松针上。经历融雪之后的大自然显得格外清新、纯净。光秃秃的乔木独立于清凉的空气中,铁道两旁的小溪在汩汩地流淌。

这一切与南国的春天是多么不一样啊。南国那缓慢深长的呼吸、温柔渐变的色调——她是多么思念那边的一切。眼前突兀的色彩不由得令她回想起多年前的那些个春日,那时候她所渴望的欢乐与现时的安逸幸福相距甚远。

哦,南国的春天,植被的幼芽在广袤的平原上蓬勃窜生,线条粗粝的山峦将平原环抱。千百年来,人们在这里砍伐森林,于戎马倥偬之际建起恢宏的城池,在缓坡之处开垦出高低错落的橄榄园。人们围绕在高山旁,耕耘不辍,隐忍求生。群山戴着它永恒的冠冕，庄严静默，兀自伸向天空。雪山那傲然的轮廓，柔和的绿与银灰，古老的城池，缓步推进的春天——纵使身处动荡不安的南国，亦能催生出一种平静祥和的生命节奏，让人稳步前行。随着春天脚步的临近，它给人带来更加丰富的安宁。而在这边，春天却是来得更加波澜壮阔。

噢，赫尔格！此刻她是多么地渴望能与他同处一地。他们离得太远了，一切似乎发生在很久以前。其实分别才不过一周时间，现在想起来却好像做了一场梦，似乎她从未曾离开过这里。但她又确实是到过那边的，而不是在这里静候着灰白霜冻的冬日默然消退——那干冷强劲的蓝灰色空气，白天被雾气打湿，凝结在地面，颤颤巍巍的，模糊揉碎了所有的轮廓与线条；与此同时，周遭的色调却变得愈加鲜明生动，直至夜幕降临，万物在那灰绿色永恒的天空下再度凝固。

——我亲爱的人儿，你在干什么？我思念你，我想和你在一起。我不敢相信你是属于我的，我忍受不了孤独，我在心里渴望你，还有那明媚漫长的春日。

列车继续前行，眼前的风景随之变幻。林地间和护栏旁出现了一道道的雪带，褪色的草坪和耕地呈现出柔和的棕色；接近地平线的地方，深蓝色的天空渐渐变得柔和起来。森林覆盖的山峦，起伏不平，一直伸向远方。田野里成片的树林枝丫纵横，在天空为背景的映衬下，交织成网格状。远远看过去，旧农舍呈银灰色；新建的粮仓在阳光下熠熠闪亮。绵延的松针形成一片橄榄绿的背景，衬托出山毛榉紫色的嫩芽和白杨树淡绿色的芽苞。

这就算是春天了：明亮的调子只存在那么一小会儿，

然后所有的东西很快就变成亮闪闪的绿色，生机勃勃，汁液饱满，不过也就几个星期的时间吧，转眼就进入成熟的夏季了——这就是春天，没有太多欢乐可言。当夜幕再次降临，金红色的太阳消失在山脊背后，一抹金光在无云的天空中慢慢淡去。

火车离开莫斯。山峦衬托在清朗明亮的天空之下，显得黑黝黝的；落在碧绿峡湾中的倒影，黑亮清晰。地平线上升起一颗明亮硕大的星星，星光在水面上投下一层薄如蝉翼的光影。

这景致令她想起了弗朗西斯卡的暮色系列作品，塞斯卡喜爱临摹日落后的天光。不知道她现在怎样？正这么想着的时候，珍妮心头一惊，她忽然意识到最近两个月几乎很少见到塞斯卡。她最近很忙，或许还遇到了什么难事。珍妮本想找时间和她好好聊聊，结果也不了了之。

火车到达终点站的时候，天色已经暗了下来。母亲、波迪尔，还有尼尔斯一起到车站来接她。

珍妮觉得与母亲似乎也就分别了一个星期而已。伯纳太太流泪拥吻她："欢迎回家，我亲爱的孩子。愿神保佑你。"波迪尔长高了，她穿着一件长外套和裙子，显得很时髦；卡尔法特斯羞涩地站在一旁和她打招呼。

走出车站，她立刻闻到一股克里斯蒂安尼亚车站广场所特有的臭味——那是一种混合了海水、煤烟以及腌制鲱鱼的味道。

马车行驶在卡尔约翰大街，经过一排排熟悉的老房子。伯纳太太向她问起旅途的情况，昨晚她在火车上过了一夜。一切看上去司空见惯，好像从未离开过。坐在后排座位上的两个少年一声不吭。

经过维格朗公园门口，有两个年轻人站在那儿吻别，互道晚安。他们的头顶是深邃晴朗的夜空，几颗星星在城堡公园光秃秃的树梢上闪烁。一股腐烂树叶的气味从敞开的车厢窗户外飘进来，让她回想起那些曾经的忧伤春日。

马车在家门口停了下来，一楼的奶酪店仍然亮着灯。听见门外的马车声，一个妇人迎出来，对珍妮道："晚上好，欢迎回家。"英格伯格冲下楼梯，上前与她拥抱，然后拎着姐姐的行李箱急忙跑回楼上。晚饭已经准备停当，摆在客厅的餐桌上，珍妮的餐巾套着父亲的银制餐巾环放在她原来的位置上，紧挨着卡尔法特斯。英格伯格匆忙钻进厨房。波迪尔陪着珍妮进她的房间，她不在家的时候这个房间归英格伯格使用，房间里还保留着她的一些私人物品。墙上贴着几张男演员的照片；一只带抽屉的古董柜子上面，摆着珍妮的老式皇家梳妆镜，两张装帧在红木相框里的拿破仑和瑞卡米夫人的照片分别挂在梳妆台两侧。

珍妮梳头，洗漱。旅行过后她感觉皮肤有些过敏，于是往脸上扑了几次粉。波迪尔在一旁使劲嗅着粉盒，检查它是否有香气，然后她们一起走向餐桌。这时，英格伯格已经把热气腾腾香喷喷的晚餐准备好了。去年冬天，她进了一所厨艺学校。灯光下，珍妮看见她的两个小妹妹在她们浓密卷曲的头发上各自系了一个丝质蝴蝶结。英格伯格那黑黑的小脸儿更加消瘦了，但是现在她已经不再咳嗽了。她还注意到妈妈变老了——也许之前她只是没有注意到而已，在家的时候天天见，熟视无睹。母亲那可爱的脸蛋上增添了不少细密的皱纹，原来高挑如少女般的身材现在变得有点儿驼背，一双肩膀好像也失去了从前的圆润。从她记事开始就一直有人对她说妈妈看上去像她的姐姐，一位长得比她漂亮的大姐姐。

他们聊着最近一年发生的事情。

"我们干吗要坐马车回家?"尼尔斯突然发问道,"而且还是一辆四轮马车,好傻啊!"

"唉,现在说什么也晚了,来不及啦。"珍妮大笑道。

托运的行李送到了,母亲和妹妹们饶有兴致地站在一旁看着卸货。英格伯格和波迪尔帮忙把行李拖进珍妮的房间,替她把东西归整放入抽屉。她们带着近乎膜拜的神情,小心翼翼地捧着珍妮的刺绣内衣,珍妮告诉她们那是在巴黎买的。姐妹俩喜滋滋地拿到了各自的礼物:夏天做裙子用的府绸布料和一串意大利珠子项链。妹妹们披着布料在镜子前面转来转去,把珠子戴在头发上看效果。只有卡尔法特斯对她的画有点兴趣,他试着拎起那只装着画作的箱子。

"你带了多少张画回来?"

"二十六幅。不过都是些小规格的。"

"你打算办场个人画展吗——就你自己的?"

"我不太确定,也许,有那么一天吧。"

等妹妹们开始洗漱,尼尔斯在沙发上为他自己铺床的时候,伯纳太太进到珍妮的房间与她聊天,两人一起抽烟喝茶。

"你觉得英格伯格怎么样啊?"母亲有些焦虑地问她。

"她看上去挺好的,挺开心的,当然她还需要我们多多关注。咱们最好是把她送到乡下疗养一阵子,直到她完全康复。"

"这孩子一直都是这么甜美善良,好脾气——性格开朗,活泼逗乐,是家里不可缺少的好帮手。可是我挺替她担心的。我觉得去年冬天她外出的次数多了一点,她老是出去跳舞,晚上回来得很晚,但我又不忍心拒绝她。珍妮,你的童年过得不开心,我知道你一直渴望有个玩伴儿。我相信你和爸爸都赞成让小孩子们尽情开心玩乐。"她叹口气,"我可怜的孩子们,一辈子除了工作和贫困,没啥指望。万一他们要是生个病什么的,我简直无能为力。"

珍妮俯身亲吻母亲那双孩子般可爱的盈盈泪眼,心头涌起一阵柔情,她想安慰母亲,同时又渴望从母亲那里获得关爱;她想起童年时的经历,又意识到母亲对她的现状一无所知——无论是她曾经的痛苦还是现时的欢乐,所有这些统统汇聚到一起,内心升起一股对母亲的保护欲望。她将母亲一把拥入怀中。

"别哭,亲爱的妈妈。一切都会好起来的,从现在开始我就住在家里,咱们手里还剩下一点凯瑟琳姑妈留下来的钱。"

"不,珍妮。那些钱你得留给自己用。我知道现在什么事情都不可以妨碍你的工作。去年秋天你的一幅作品在画展上卖出去,你不知道我们有多高兴。"

珍妮笑了。她的一幅画在展览会上售卖出去并且在报纸上获得几句评论这件事,极大地提高了家里人对她工作的认可度。

"别替我担心,妈妈,我没事的。没准儿在这里我还可以挣些钱。不过,我得有个自己的工作室。"停了一会儿,她又补充道,"你知道的,我必须在工作室里才能完成我的画作。"

"那你会住在家里吗?"母亲有些焦虑地问道。

珍妮没有作答。

"这样不妥吧,我亲爱的孩子,年轻姑娘一个人出去住在工作室里?"

"那好吧,"珍妮说,"我就住家里。"

等她独自一人的时候,她拿出赫尔格的照片,坐下来给他写信。回家不过才几个小时,却感觉离他那么遥远,那边的一切与这里的生活毫不相干,无论是过去还是现在。整篇信只是在吐露衷肠,表达苦苦的相思之情。

二

珍妮租了一间工作室,按照自己喜欢的风格布置房间。卡尔法特斯下午过来给她帮忙。

"你长这么高了,我都觉得不能再叫你以前的小名了。"

小伙子开心地笑了。

珍妮仔细询问她不在家期间的所有情况。尼尔斯给她描述他和另外两个男孩在诺玛肯几周时间所经历的惊心动魄的冒险故事。她一面听,一面意识到当初那些与尼尔斯同游诺玛肯的美好经历已成往事。

早晨她独自来到城外。阳光下,田野里到处可见枯萎发黄的草地,松树下面的积雪尚未融化,但是已经可以看见阔叶林树枝上抽出的新芽,蓝色银莲花毛茸茸的花苞正从地面枯死的落叶下探出尖尖的嫩芽。她随身带着赫尔格的来信,读了一遍又一遍。她几乎是等得有点不耐烦了,发了疯似的渴望见到他,她只想触摸到他,好让自己相信他是属于她的。

回来已经有十二天了,她还没有去见他父母。当他第三次在信中问起的时候,她暗自下决心第二天就去一趟。到了前一天的晚上,变天了,夜里刮起了强劲的北风。早上阳光刺眼,街上的尘土被一阵又一阵的北风卷起,在路面上打转儿。紧接着又下了一场猛烈的冰雹,她不得不跑到街边人家的门廊下暂时躲避。硬而白的小冰雹砸在人行道上,蹦跳到她的鞋面和菲薄的丝袜上。过了一会儿,太阳又出来了。

格拉姆的家位于福利门大街。走到街角,珍妮停下来四处张望。眼前两排灰色的房子几乎完全隐没在冰冷的阴影中,仅有一条细长的阳光落在顶层的某个地方,珍妮很欣慰赫尔格的父母就住在那上边。

曾经有四年的时间,这里是她去学校的必经之路。她对这儿的一切了如指掌——街上的小店,店门口塑料装饰板上的雪泥污渍;珐琅花盆里的植物;橱窗里的彩色纸花;裁缝店玻璃窗里挂着的时装模板;一扇小门通向漆黑的后院,里面堆着肮脏的积雪,令空气变得愈加阴冷;一辆有轨电车正吃力地朝山上开去。

离她不远的另一条街上,有一栋带院子的大房子。从外面看进去,院子里黑乎乎的,她继父去世那年她们一家曾在这里住过。

院门外有一块铜制门牌,刻着"G. 格拉姆"。她驻足片刻,听见自己的心在狂跳。她在心里嘲笑自己,每次当她不得不面对新情况的时候,总会有这种毫无缘由的压抑感,因为她还没有在心里准备好怎样面对。为什么要如此看重未来的公公婆婆?他们又不会拿她怎样……她摁下门铃。

她听见里面穿过门厅的脚步声,门开了。开门的是赫尔格的妈妈,她之前看过她的照片,一下子就认出她来。

"请问您是格拉姆太太吗?我是温格小姐。"

"哦,是的——请进来吧。"

珍妮随着她穿过一道狭长的门厅,门厅两边镶着护墙板,地上堆满了盒子,两边挂着户外穿的衣服。

格拉姆太太推开通往客厅的门,阳光倾泻而入,照亮了满屋子青苔绿的豪华家具以及窗帘和布艺,地毯的颜色和图案栩栩如生。客厅很小,各种小玩意儿和照片把房间的每个角落塞得满满的。

"抱歉家里恐怕不太整洁,我已经好几天没打扫了。"格拉姆太太说道,"我们不常使用这间屋子,眼下也没有佣人,刚刚辞退掉一个——她不怎么讲卫生,而且还顶嘴,这年头找个佣人不容易,再说,时间一长,她们的表现都差不多。家务活真是件可怕的事。赫尔格和我们说你要来,我们等了好久,以为你不会来了。"

她说笑的时候,露出白白的大门牙,两侧牙床各有一个黑洞,掉了两颗牙。

珍妮坐在那,看着眼前这个被称为赫尔格母亲的女人——这与她想象中的样子是多么的不一样啊。

根据赫尔格的描述,之前她曾在心里勾勒出他的家庭和他母亲的样子,她在心里同情这位失去丈夫宠爱的女人,她把她的全部心思转移到孩子们身上,以至于孩子们只盼着尽快逃离这种专横独一、占有欲超强的母爱。从内心来说,珍妮是站在他母亲一边的。男人无法理解一个女人因爱得不到回报而带来的改变,除非她将自己全部的爱投入年幼的孩子身上。他们无法理解女人看着自己的孩子一个个长大离她而去时的那种心情。为了养育年幼的孩子,她不惧艰难,含辛茹苦,等到孩子大了,母亲不再是他们生活的全部,然而他们不知道的是,他们将是母亲终其一生的所有。

珍妮原本是想爱赫尔格的母亲的——可是她发现自己

做不到,随着她没完没了的唠叨,她对她产生出一种生理上本能的抗拒。

母子俩的五官长得很像——高而略显狭窄的额头、弧线优美的鼻梁、浓黑的眉毛、同样小巧的嘴、薄薄的嘴唇以及突出的下颚。给人感觉从那片嘴唇里说出的每句话都是那么刻薄;一张布满细密皱纹的脸庞,传达出某种恶毒与轻蔑的表情。一双漂亮的眼睛,透出犀利与锋芒,眼白带有少许青色;眼睛很大,深棕色的双眸,比赫尔格的颜色还要深些。

她曾经是个大美人,但是珍妮非常确信当年的格特·格拉姆并不急着娶她。从言谈举止各方面来看,她都算不上是个淑女——许多中产阶级家庭出身的漂亮姑娘在婚后由于长年居家,思维固化,人渐渐变得尖酸刻薄,整日纠缠于家庭琐事与佣人之间,彻底毁掉了她们的人生。

"格拉姆先生让我来看看你们,告诉你们他的一些近况。"珍妮说道,她觉得不能叫他赫尔格。

"我知道最近他几乎一直和你在一起,在信里他很少提到其他人,刚开始我还以为他和一个叫雅赫曼的小姐在谈恋爱呢。"

"雅赫曼小姐是我的朋友——我们几个人原来一直在一起玩,最近她比较忙,正在准备一幅大作品。"

"你说的是那个雅赫曼上校的女儿吗?那她一定很有钱。"

"没有的事,她靠她母亲留下的一笔小遗产支付她的学费。她和她父亲的关系不太好,她父亲反对她当艺术家,这样一来她就拒绝接受她父亲的任何帮助。"

"真是个傻姑娘。我女儿——阿纳森太太,和她略微相识。圣诞节的时候她过来和我们小住几天。女儿说上校之所以不想和他女儿有什么瓜葛,其实是另有原因的,据说她长得非常漂亮,只是名声不太好。"

"这么说简直就是捕风捉影,完全不符合事实。"珍妮硬邦邦地说道。

"你们这些艺术家看起来挺会享受生活的,"格拉姆太太叹息道,"我都不知道赫尔格是怎样工作的。读他的来信,除了提到整天跟着你们在坎帕尼亚乡下东游西逛,其余的什么都没写。"

"哦。"珍妮说道。乍一听见格拉姆太太这么提起那边的生活,她心里挺难受的。"我觉得格拉姆先生挺勤奋的,人嘛,总得偶尔出去透透风。"

"也许吧,不过像我们当家庭主妇的就得习惯这种没有消遣的日子啦。等你结婚之后就知道了,温格小姐。依我说,谁不想休假啊。我有个侄女,最近刚开始在学校当老师。她原来是学医的,可惜她的意志力不够坚强,于是放弃了,改而进了神学院。在我看来,她好像总是在休假,我跟她说工作累点儿没啥了不起的。"

格拉姆太太离开房间。珍妮起身环顾房间里的照片。

沙发上方挂着一幅坎帕尼亚风景画,看得出来格拉姆曾经在哥本哈根学习过绘画。整幅作品看上去还是不错的,除了色彩略显单薄干涩。背景是两个身着意大利传统服饰的女人和倒伏在地的石柱,以及石柱周围的植被,在这些方面表现得略微差点。下面有一张年轻女模特的写生作品,画得不错。她不禁莞尔——难怪赫尔格一开始难以接受现实中的罗马,从小生活在这样的环境中,被浪漫的意大利氛围所熏陶,自然如此。

有几幅以废墟和民族服饰为主题的意大利风景小图,画得不错;几幅临摹柯勒乔的"达娜厄"和基多的"曙光女神"不太好。其他几幅临摹巴洛克风格的作品,她也不是很懂,其中一幅神父的习作画得很棒。

这里还有一幅描绘夏季风光的浅绿色大型风景画,属于印象画派的尝试——整体风格显得平淡单薄,尤其是色彩褪掉之后。钢琴上方的那一幅还不错,太阳照在山脊上,空气的透明度表现得非常好。格拉姆太太的一张肖像画挂在一旁——应该是这些作品里面画得最好的一幅。人物和手部描绘细腻,明亮的红礼服垂在一旁,镂空的黑手套,带红翎毛的黑色礼帽反衬出强烈的效果。一绺卷发从前额垂下,苍白的脸上一对乌黑的眸子。唯一遗憾的是她站在一面蓝灰色的背景前面,人物仿佛被粘贴在上面似的。另一幅儿童肖像吸引了她的注意力,画框边缘写着:巴姆塞,4岁。难道这个穿着白衬衫皱着小眉头的可爱男孩就是赫尔格吗?瞧他多可爱啊!

格拉姆太太端着盛在托盘里的蛋糕和红酒回来了,珍妮小声地说着给她添麻烦之类的客气话。

"我正在欣赏您丈夫的画作呢。"

"我不大看得懂这些,不过我觉得它们挺漂亮的。虽然他自己说画得不怎么样,我想他也不过就是说说罢了。"说罢,发出一阵刺耳短促的笑声。"我丈夫是个很随和的人。你瞧,自打成家有了孩子之后,他发现光靠画画不足以支撑家庭,于是他不得不另谋出路,找些有用的事情来做。后来他渐渐也懒得动笔了,索性就说成是自己没有天赋了。在我看来,他的作品比许多当代画家的作品要好看得多,不过在你眼里恐怕又是另外一回事了。"

"您丈夫的画非常棒，特别是您的那幅肖像，在我看来很漂亮。"

"真的吗？我怎么就觉得它不像我呢，当然不是在说奉承话。"她又大笑起来，还是那种略带挖苦的笑。"我觉得在他临摹现代画家克罗格和陶洛之流的作品之前，他的画的确挺好的。"

珍妮静静地小口啜饮红酒，听格拉姆太太在说话。

"按理我应该留你吃午餐的，温格小姐。可是你瞧，所有的事情都得我亲自来做，而且事先也不知道你要来，所以很抱歉，我希望下次能请你过来。"

珍妮知道格拉姆太太想打发她走了——这很正常，家里没有佣人，午餐全靠她自己一人来弄，于是珍妮起身告辞。下楼的时候她遇到格拉姆先生，至少她觉得是他。经过他身旁的时候，她感觉格拉姆先生看上去很年轻，有一双湛蓝的眼睛。

三

两天之后的一个下午,珍妮正在画室工作,赫尔格的父亲前来拜访。他站在那里,手里拿着帽子,头发灰白——灰白到分辨不出头发的本色,即便如此,他看上去还是很显年轻的。他略显消瘦,背部微微有点驼,与其说是老年人特有的那种驼背,倒不如说是他颀长的身材所致。一双眼睛看上去很年轻,带着些许哀愁和倦意,两只大而蓝的眼睛睁得大大的,给人一种充满好奇的印象,一副吃惊而又怀疑的样子。

"我迫不及待地想来见你,珍妮·温格,"他说道,"希望你能理解。别,请别脱掉工作服,我是不是打扰到你了?"

"一点也没有,"珍妮热情地说道,她喜欢他的笑容和声音,她将工作服扔到椅子上,"光线已经快没了。谢谢您来看我。"

"我已经有好长时间没进画室了。"格拉姆说道,在沙发上坐了下来。

"难道您也没和其他画家有联系吗?我指的是与您同时代的人。"

"从来没有。"他简短地答道。

"那么,"珍妮突然想起来,"您又是怎么找到这儿来的呢?是问了我的家人,还是在艺术家俱乐部打听到我的地址?"

格拉姆笑了。

"都不是。那天我在楼梯上见过你,然后昨天在去办公室的路上又遇到你,于是我就一路跟着你。有那么一瞬间我打算走过去向你做个自我介绍,然后我看见你走进这里,我知道这栋楼里有不少工作室,于是我想我会找机会过来拜访你一下。"

"您知道吗,"珍妮欢快地说道,"赫尔格当时也是这样在大街上一路尾随着我——当时我和朋友在一起,他在老城旧货市场附近的街道上迷路了,于是跑过来与我们搭讪。我们就是这样认识他的,当时还觉得这蛮酷的,现在才知道原来是有家族遗传啊。"

格拉姆蹙着眉,坐在沙发上安静片刻。珍妮意识到自己说错话了,于是急忙在脑子里搜寻着接下来该说些什么。

"要不要来点茶?"不等他答复,她点燃了水壶下面的酒精灯。

"温格小姐,你不必担心赫尔格在其他方面与我相似。幸运的是,我觉得他完全没有继承他父亲的任何品质。"他大笑道。珍妮不知该如何作答,只好埋头忙着烧茶。

"您也看到了,这里简陋得很,平时我和母亲住在家里。"

"我明白,不过这是个挺不错的工作室,对吧?"

"嗯,我也觉得。"

过了一会儿他说道:"温格小姐,最近我一直在想着你。从儿子的来信中我知道到你和他……"

"是的,赫尔格和我彼此欣赏。"珍妮说道,目光直视他。他握住她的手，把它放在自己的手心里停留片刻。

"我不是很了解我的儿子——可以说对真正的他一无所知。既然你非常喜欢他，应该对他也非常了解吧。我一直认为他是个好孩子，某种程度上还挺聪明的。从你爱上他这件事也向我证明了我有理由为此感到高兴——为他感到骄傲。现在咱们认识了，我也理解他为什么会爱上你，希望他能给你带来快乐。"

"谢谢你。"珍妮说道，再次把手伸向他。

"我很爱这个孩子——他是我唯一的孩子，我想他是喜欢我的。"

"当然啦。他是非常喜欢您和他妈妈的。"她的脸唰地红了，似乎为自己的不够圆滑觉得难为情。

"我相信是这样的，不过他应该知道他的父母长期不和，赫尔格没能有一个幸福的家。珍妮，我不介意把这些情况告诉你。如果你现在还不能完全理解，很快你应该就能亲眼看到这一切。你是个理智的孩子。说不定赫尔格自身的家庭经历可以让他学会珍惜你对他的感情，并试着去维护它。"

珍妮一边给他倒茶一边说："我们在罗马的时候，赫尔格经常下午过来和我喝茶，也就是在这些交往中我们对彼此有了一些了解。"

"然后你们就彼此喜欢上了？"

"没有那么快。也许我们是——就算在当时——我们也只是非常好的朋友而已。后来他还是一直过来喝茶。"两人相视而笑。

"和我说说赫尔格小时候的事情吧，我是说，他非常小的时候。"

格拉姆伤感地笑着摇摇头："不，我没法告诉你关于我儿子的任何东西，他一直是那么好的孩子，很温顺，学习不错。他不属于特别聪明的孩子，但他是那种做事情按部就班的人，很勤奋。作为一个男孩，他过于含蓄内敛——后来，也是因为那件事，和我有关——不管怎样，我觉得你可以告诉我更多的情况。"

"哪方面的事情？"

"当然是赫尔格的事情啊。告诉我在喜欢他的女孩子面前他表现得怎样。你也不是个普通的女孩——你是个艺术家，我相信你是属于那种善良而有智慧的姑娘。你愿不愿意告诉我你是怎样爱上他的——是什么使得你选择了他？"

"哦，"她笑道，"这可不容易说清楚，我们只是彼此喜欢对方而已。"

他也跟着笑起来："是啊，我承认这是个愚蠢的问题。人家以为我早就忘记了年轻的滋味和爱的感觉，你不觉得吗？"

"你不觉得吗——赫尔格也经常这么发问，这是我喜欢他的其中一点。他太年轻了，看上去相当矜持，但是到后来他放松了很多。"

"我能理解他会因你而改变。再多告诉我一些吧。噢，你千万别被吓着了，我没有要你把所有细节如数道来的意思。我只是想更多地了解你，了解赫尔格以及你的工作——还有罗马。我已经是个老人了，我只想再次重温成为艺术家的那种感觉——还有自由。只做自己喜欢的事情，带着年轻而快乐的心沉浸在爱情之中。"

他在画室里停留了大约两个多小时。当他起身拿着帽子准备离开的时候,突然低声对她说道:"我觉得没必要向你隐瞒家里的情况。下次咱们在家见面的时候,最好装作不认识。我不想让赫尔格的妈妈知道我通过这种方式与你相识,我这也是为你着想,不想把你暴露在她那种令人不悦的恶毒言语之中。一旦让她知道我喜欢谁——尤其是女人,那就够她受的,她会非常抵触这些人。我知道你会觉得这一切都很奇怪,但是你能理解的,对吗?"

"是的。"她默默地点点头。

"再见。我替赫尔格感到高兴——相信我,珍妮。"

前一天晚上她刚给赫尔格写完一封信,告诉他她去他家拜访的情况。现在回过头来重读这封信,她才意识到自己在信中描述与他母亲见面的那部分内容显得多么冰冷,词语匮乏。这天晚上,珍妮又提笔重新给他写信,她提到他父亲的来访,可是她不得不把写好的信撕掉重写。如果只写他父亲的来访,只字不提与他母亲的见面,这似乎有点太难了。她不想两人之间有任何秘密。没想到这么快就卷入他的家事之中,她在心里替赫尔格感到羞愧。于是她在信里什么也没说,还是等见面再和他解释吧,那样似乎更容易些。

四

快到5月底了,珍妮一连好几天没有收到赫尔格的来信,心里担心有什么事情发生。要是明天再收不到他的来信,她打算发一封电报给他。下午,她正在画室工作,听见有人敲门。她一开门,就被一个男人一把拥入怀中狂吻。

"赫尔格!"她欣喜若狂。"赫尔格!你吓坏我啦,我亲爱的宝贝。快让我好好看看你。真的是你吗?"她一把摘掉他头上的旅行帽。

"我希望不会是别人。"他笑嘻嘻地说道。

"这一切是怎么回事呀?"

"我会告诉你的,"他把脸埋在她的颈项里,"我想给你一个惊喜,看样子还真的是个惊喜。"

经过最初的一番温存与问候,两人手拉着手坐在沙发上。

"让我好好看看你,珍妮——哦,瞧你的模样多可爱啊。家里人还以为我在柏林呢,今天晚上我打算住在客栈里,我计划在城里先住上几天再告诉他们。你觉得这个主意妙不妙?!可惜你现在住家里,不过我们可以整个白天在一起。"

"你敲门的时候我还以为是你父亲来了。"

"我父亲?"

"是的。"她有点尴尬。一时间觉得不知该如何开口向他解释。"是这样的,有一天你父亲登门拜访。后来他经常在下午来我这里喝茶,我们在一起常聊起你来着。"

"可是,珍妮,你从来没在信里和我提起这件事呀;你甚至都没说过你见过我父亲。"

"没有,我宁愿当面告诉你。你瞧,你妈妈还不知道这个情况,你父亲觉得最好不要把这事说出来。"

"不告诉我吗?"

"哦,不是的,我们没有这个意思。他知道我一定会告诉你的,他只是不想告诉你母亲。我想这是因为——这么说吧,我之所以没在信里和你说,是因为我不想让你觉得我有什么背着你母亲的事情。你明白吗?"

赫尔格沉默了。

"我不喜欢这样,"她继续说道,"可是我又能怎样呢?他自己找上门来的,你知道吧。而且我也不讨厌他,我现在是越来越喜欢你父亲了。"

"父亲是个很有魅力的人,我知道的——再说你还是个艺术家。"

"亲爱的,他是看在你的分上才喜欢我的,这点我非常明白。"

赫尔格没吱声。

"你就见过我妈妈一次?"

"是的。你饿了吗?我给你做点吃的吧?"

"不用,谢谢。咱们一块出去找个地方吃晚饭。"

这时,门外响起了敲门声,"是你父亲。"珍妮悄声说道。

"嘘!待着别动,别开门!"

他们听见楼梯平台上远去的脚步声,赫尔格皱起眉头。
"怎么了,亲爱的?"
"嗯,不知道。我不想见到他,不希望我们被打扰,对不对?不想见任何人。"
"是的。"她吻他的唇,将他的头扳过来,亲吻他耳后的脖颈。

晚餐过后,他们坐在店里喝咖啡、饮酒,珍妮突然说道:"我对弗朗西斯卡的这种做法实在是气愤不过。"
"难道你之前不知道?我以为她写信告诉你了。"
珍妮摇摇头。
"只字未提——收到她来信的时候,你能想象得到当时的我有多么吃惊吗,我简直脆弱得不堪一击。就那么几行字:'明天我要和艾林结婚了。'之前没有任何征兆,我完全被蒙在鼓里。"
"我们也不知道,虽然他俩一直走得挺近的。赫根也不知道他们结婚的消息,直到她邀请他做她婚礼的娘家代表,他才知道的。"
"后来你还见过他们吗?"
"没有。结婚当天他们就去了罗卡迪帕帕,我离开罗马的时候他们还没回来。"
珍妮呆呆地坐了一会儿,若有所思。
"我还以为她一直全神贯注于她的工作呢。"她说道。
"赫根和我说她已经完成了废墟大门那幅巨作,据说画得非常之棒。后来她又开始着手几幅小品,再之后她突然就宣布结婚了。我不知道他们有没有经过体面的订婚过程。你怎么样,珍妮?你在信里说你正开始创作一幅新画。"

珍妮把他带到画架前，大幅画布上是一条街道以及街道两旁的房子——灰绿色和砖红色的办公室和厂房。画面的右边有几家作坊，后面是一长溜围墙，以深蓝色的天空做背景。天空中点缀着几朵铅灰色的雨云，阳光穿透云层的地方，云朵白得耀眼。商店、围墙和院子当中的树枝嫩叶呈现出高光和亮点，街上站着几个人，还有几辆马车和水果摊。

"我不太懂，但是看上去很不错，对吗？我觉得很好，画得真漂亮。"

"曾经有许多个春日，我在此处独自徘徊，在忧伤中等待爱情的降临。就在那个明媚金色的春天，一片枫树林与栗树林映入我的眼帘，在红墙与烟灰色房屋的衬托下，我看见阳光在树梢的嫩尖上闪烁跳跃，于是我决定把它们记录下来。"

"这是在哪儿取的景？"

"斯坦奈斯大街。你知道吗，你父亲和我提起你小时候的一张照片，他把它摆在他的办公室，为此我还特意过去看了。从他办公室的窗户望出去，我看见这个场景。他们同意让我站在隔壁纸盒厂的车间里画画，当然我对画面做了一些处理，整体结构也稍微调整了一下。"

"看得出来你和我父亲的交情不浅。"停了一会儿他说道，"我猜他应该对你的作品非常感兴趣。"

"是的，他经常过来看我作画，还会给我出一些好主意。当然，他对绘画很在行。"

"你觉得我父亲有天赋吗？"赫尔格问道。

"哦，当然有啦。挂在你们家里的那些画不是特别好，但是他给我看过他收藏在办公室里的一些习作。那些作品表现出一种特别雅致的韵味，颇有天赋。可惜他永远不会成为一个大画家，因为他太容易受旁人的影响。我个人认为这是因为他具备一种能力，一种能够随时欣赏和赞美他人杰作的能力。他热爱艺术，具有很强的理解力。"

"可怜的父亲。"赫尔格说道。

"是的"——珍妮依偎在他怀里——"在我看来，没准儿你父亲比你更值得同情。"

他们热烈接吻，把格特·格拉姆抛到脑后。

"家里人还不知道咱们的事吧？"赫尔格问道。

"不知道。"珍妮答道。

"之前，我将所有信件寄到你家里的地址，你妈妈从来也不问是谁每天给你写信吗？"

"不问，我妈妈不是那种人。"

"我妈妈，"赫尔格激动地模仿着她的腔调，"你的意思是当妈的都是那种——鲁莽不懂变通的人？我觉得你这么说话对我妈妈是不公平的，至少看在我的分上，你也不应该那样说她。"

"赫尔格！你什么意思呀？"珍妮震惊地看着他，"我从始至终也没说过你妈妈一个字啊。"

"你说：我妈妈不是那种人。"

"我没有，我说的是我妈妈。"

"不对，你就是在意指我妈妈。你也许不喜欢她，虽然我不明白是什么原因让你这么久也无法爱上她——可是你要知道，你这是在说我的母亲，作为我的母亲，我爱她。"

"噢！赫尔格，我真不明白要怎样才——"突然，她停了下来，感觉两眼噙满泪水。她，珍妮·温格居然还会流眼泪,真是奇怪,她为此感到羞愧,于是低头一声不吭。

可是他看见了。"珍妮,亲爱的,我伤你的心了吧?噢,我亲爱的,这太糟糕了——你也亲眼看到了,我回来还没有多一会儿,咱们就又开始了。"他攥紧拳头喊道,"我痛恨这些事,我恨我的家!"

"亲爱的,你不可以这样说。别让自己为此激动。"她将他拥入怀中。"赫尔格,我亲爱的,你听我说——这一切与我们有什么关系吗?它并不能改变我们什么。"她亲吻他,安抚他,直至他在她的怀里停止抽噎。

五

珍妮和赫尔格默默地拥坐在沙发上。这是6月的一个周日。早晨，珍妮与赫尔格外出散步，然后两人回家与他家人一起吃饭。午餐过后，一家人坐在客厅里，努力寻找话题打发乏味的下午时光。末了，赫尔格找了个借口，让珍妮进他房间看他写的一些东西。

"呜呼！"珍妮长出一口气。

赫尔格没问她为何如此发声，只是把头搁在她的大腿上，任凭她抚弄他的头发，两人一声不吭。

赫尔格叹口气："咱们还是在维塔乔大街那边感觉更自在些，你说是不是？"

厨房里传出杯碟碰撞声和煎锅里油脂飞溅的吱啦声，格拉姆太太正在准备晚餐。

珍妮敞开窗户，把从厨房飘进来的油烟味儿散出去。她站在窗前，凝视着外面的院子。除了挨着角落的一个大窗子，所有人家的厨房和卧室的百叶窗都半掩着。嗯，她太了解这些房子的结构了。这种房子的餐厅统统都有一个位于角落可以看得见院子的窗户，只是采光黯淡，基本上见不到一丝阳光。开窗通风的时候，窗外的煤烟灰尘一起被吹进来，混合着各种食物的气味。这时，不知从谁家佣人的房间里传来弹吉他的声音,有个女高音正在唱着一曲伤感的救世军赞美诗。

吉他声让她联想起她在维塔乔大街的房子,还有塞斯卡和贡纳。贡纳经常坐在沙发上,将双腿搁在凳子上,用手拨弄塞斯卡的吉他,哼唱塞斯卡最喜欢的意大利歌曲。突然,她的心被一种近乎绝望的渴望所攫取,她渴望那边的一切。赫尔格走近她身旁:"在想什么呢?"

"我们在维塔乔大街的时光。"

"是啊,那是多么愉快的时光。"

她用胳膊搂住他的脖子,把他的头扳向自己的肩膀。当他开口说话的那一刻,她突然发现他并不是自己内心所渴望的那部分东西,她怔住了。她扶起他的头,端详着那双琥珀色的眼睛,试图从其中找回昔日属于坎帕尼亚的辉煌。彼时,他躺在开满雏菊的草地上,仰面望着她。而现在呢,她只想摆脱在他家里每每袭来的那种紧张和无所适从的不快。

这里的一切都令人难以忍受。赫尔格正式回家之后,她受邀去他家的第一个晚上,格拉姆太太将她丈夫介绍给她,她不得不假装与他素不相识;与此同时,赫尔格在一旁冷眼看着这出滑稽剧,心知肚明,知道他们在欺骗妈妈。本来这就已经够可怕的了,然而更可怕的事情还在后头。当她和格拉姆暂时独处的时候,他说起有天下午去找她,正好她不在。"对,那天我不在家。"她答道,脸涨得通红。他惊讶地望着她。然后,不知为何她突然脱口而出:"我在家,但是我没法让你进去,因为我和别人在一起。"格拉姆微笑着说道:"我就知道,我听见画室里面有人在走动。"慌乱之中她告诉他那人是赫尔格,其实他已经提前几天偷偷回来了。

"我亲爱的珍妮，"格拉姆说道，看得出来他心里受伤了，"你没必要对我保守秘密，我也肯定不会去打扰你们的。但是我想说，要是赫尔格对我如实相告，我会非常高兴的。"她不知道该说什么。紧接着他说道："我会小心不和赫尔格提起这些事的。"

她压根儿就没打算对赫尔格隐瞒什么，可是她也一直没有对他主动提起这事，担心他会因此不高兴。于是她被一件又一件神秘兮兮的事情折腾得焦虑不安。

没错，她和家里人什么也没说，但那又是另外一回事了。她不习惯把自己的事情告诉母亲，也从不期待从母亲那里得到什么理解，她也不要求母亲理解她。再说，眼下母亲最担忧的人是英格伯格。珍妮让她在郊外不远的地方租了一间小屋；波迪尔和尼尔斯每天坐火车往返学校；珍妮自己则住在工作室里。

她发觉她从未像现在这样爱自己的家和母亲。有那么一两次，她为了自己的事情发愁，无精打采的，母亲还试图安慰她，只是从不向她打听什么。一想到如果她必须像母亲那样承担起养育孩子的责任，哪怕只有一个孩子，她都禁不住羞愧难当。在赫尔格那样的家庭环境下成长无疑是很折磨人的。那种阴郁压抑的感觉，无论走到哪里，仿佛都挥之不去。

"我亲爱的。"她安抚他。

她主动提出给格拉姆太太做帮手，和她一起准备晚餐。格拉姆太太脸上挂着她那惯有的微笑说道："不用，我亲爱的温格小姐，你到我们家里当然不是来做这种事情的。"

也许不是故意的，但是格拉姆太太和她说话的时候总爱摆出一副心生怨恨的样子。这个可怜的女人,她这辈子恐怕只会这么笑了。

格拉姆从外面散步回来,珍妮和赫尔格跟他走进书房聊天。不一会儿,格拉姆太太也走了进来。

"亲爱的,你忘记带伞了——老毛病又犯了。不过还算幸运,躲过了一场阵雨。男人总是需要人照顾的,你懂的。"她一边说,一边转向珍妮。

"是你一直把家里管理得井井有条。"格拉姆对他的妻子说道。每当与妻子交谈的时候,他说话的语气和身体语言总是带着一种痛苦而隐忍的礼貌。

"原来你们也在这儿啊。"她冲着珍妮和赫尔格说道。

"在我们家,爸爸还活着的时候,我发现书房总是家里最好的房间,"珍妮说道,"我想这大约是因为书房是用来让人工作的地方。"

"照这么说起来,厨房也应该是家里最好的地方。"格拉姆太太说道,"你觉得家里什么地方完成的工作最多,格特?——是在你的房间还是我的房间?我觉得厨房就是我的书房。"

"毫无疑问,最有用的工作都是在你的房间里完成的。"

"确实如此。不管怎样,我还是得接受你的好心帮助,温格小姐。天色已经不早了。"

正用晚餐的时候,门铃响了。来人是格拉姆太太的侄女,阿尔戈·桑德。格拉姆太太把珍妮介绍给她。

"哦,您就是那位与赫尔格一起在罗马共度许多美好时光的艺术家吧?今年春天的时候,我还在斯坦奈斯大街上见过您哩,当时我就猜到是您。你拎着画具和格特叔叔走在一起。"

"你搞错了吧,阿尔戈。"格拉姆太太说,"你什么时候见过他们来着?"

"代祷日的前一天,我从学校回家的时候。"

"她说得对,"格拉姆说道,"当时温格小姐的颜料盒掉在地上,我帮她捡起来。"

"哦,一次小小的冒险经历,我明白了。怎么也没听你向你妻子坦白过呀?"格拉姆太太笑着说道,"我还真不知道你俩之前认识呢。"

格拉姆也大笑起来:"温格小姐没认出我来,这真是让我有点失望呢——但我也不想提醒她了。你见到我的时候难道没认出来那位好心帮助过你的老绅士就是我吗?"

"我不太确定。"珍妮羸弱地答道,面色发紫,"我想您也没认出我来。"她尝试着想笑一笑,然而她痛苦地意识到自己的声音在发颤,满脸涨红。

"这确实是一场冒险。"格拉姆太太说道,"一次很特别的巧合。"

"我又说错什么话了吗?"晚餐过后他们走进客厅的时候,阿尔戈自言自语地问道。此时格拉姆先生已经走回自己的书房,格拉姆太太正在厨房里忙活。"这真是个让人讨厌的房子,你都不知道什么时候它就会爆炸。拜托给我解释一下吧,我搞不懂。"

"你少管闲事!"赫尔格气哼哼地答道。

"好吧,好吧,别咬我!是不是丽贝卡姑妈因为嫉妒,在吃温格小姐的醋啊?"

"你真是天底下最蠢最笨的女人……"

"和你妈妈一样,没错。那天格特叔叔也是这么说的。"她大笑起来,"我真没听说过比这更可笑的事情啦!嫉妒温格小姐。"她好奇地打量着眼前的两个人。

"别管我们的闲事,阿尔戈。"赫尔格简短地说道。

"真的吗?我不过是想——不过没关系啦,这也不是什么要紧的事。"

"对,一点儿都不要紧。"

格拉姆太太走进客厅,点亮灯。珍妮几乎是惊恐地看着她那张愤怒的脸。格拉姆太太在原地站了一会儿,用她那双炯炯发亮的眼睛严厉地打量着珍妮,然后弯腰拾起珍妮掉在地上的剪刀。

"好像往地上掉东西已经成了你的特长,温格小姐。你真不该老是让东西从你手里滑落到地上。看起来赫尔格没他爸爸那么有绅士风度。"她大笑道,"你想点灯吗……"她走进书房,随手关上身后的房门。赫尔格侧耳倾听,听见母亲在另一个房间里低沉而愤怒的声音。

"你能不能消停一下,别老盯着这种无聊的事情没完没了?"格拉姆的声音隐隐地从另一个房间里传出来。

珍妮转向赫尔格:"我要回家了,我头疼。"

"珍妮,别走。你要是走了,我们会很难收场的。再多待一会儿吧,你若是现在跑了,妈妈只会更加生气。"

"我受不了了。"她小声说道,几乎带着哭腔。

格拉姆太太穿过房间。格特走过来,加入他们。

"珍妮有点儿累了,她想回家了。我送送她。"

"这就要走了吗?不多待会儿?"

"我有点儿头疼,我累了。"珍妮嘟嚷着。

"请你再待一小会儿吧,"格拉姆对她悄声说道。"她——"他将下巴朝厨房的方向一扬——"她没说你任何,你留在这里可以让我们免于一场灾难。"

珍妮默默地坐下，重新拿起她的针线活儿。阿尔戈兴致勃勃地钩织着一件披肩。

格拉姆走到钢琴旁。珍妮不懂乐器，但她知道格拉姆很擅长。渐渐地，听着他柔声的弹奏，她的心平静下来了，感觉仿佛他是在为她演奏。

"知道这支曲子吗，温格小姐？"

"不知道。"

"你也没听过吗，赫尔格？你们在罗马都没听过这支曲子？在我们那个年代，到处都可以听见这首歌，我有一些意大利文的歌本。"

他起身去找书，经过珍妮身旁的时候，悄声问道："喜欢我弹钢琴吗？"

"嗯。"

"那我继续？"

"是的，谢谢。"

他摸了摸她的手："可怜的珍妮，你还是赶紧回家吧，趁她没回客厅之前。"

正说着，格拉姆太太托着一盘蛋糕和餐后水果走了进来。

"格特，谢谢你为我们大家演奏。你觉得我丈夫弹得怎样，温格小姐？之前他有没有为你演奏过啊？"她故作天真地发问。

珍妮摇摇头："我之前不知道格拉姆先生会弹钢琴。"

"瞧你的手多巧啊。"她打量着珍妮的刺绣作品，"我还以为你们艺术家不屑于做针线活儿呢。这个图案真漂亮，你从哪儿弄来的，国外吧？我猜。"

"是我自己设计的。"

"这么说，以后想要漂亮图案就容易了。阿尔戈，你瞧见了吗？觉得好看吗？你真是聪明。"她拍拍珍妮的手。

格拉姆太太这双手看上去真令人恶心，珍妮在心里感叹——短小的指头，指甲的宽度大于长度，指缝宽敞。

赫尔格和珍妮陪着阿尔戈走回她的住处，然后两人沿着派勒斯提迪大街漫步。已经是6月份了，苍白的夜色中，医院围墙外的栗子花正在盛开。经过下午的一场阵雨，空气中散发出馥郁的花香。

"赫尔格，"珍妮说，"你得想想办法，最好是让我们后天不必和他们一道出行。"

"这不可能。他们邀请你，你也答应了。再说，他们是看在你的分上才特意安排这次野餐的。"

"可是难道你想象不出来到时候会有多尴尬吗？我宁愿咱俩单独去其他地方，就你和我，像在罗马一样。"

"我求之不得。可是如果我们这次拒绝和家里人一起参加仲夏节郊游，以后在家里相处起来只会更加不愉快。"

"去了也好不到哪里。"珍妮嘲讽道。

"不去只会更糟。你就不能看在我的面子上去一次吗？见鬼了，又不是说要你一辈子和他们住在一起，成天凑在一块儿。"

他说得对，她寻思道，同时在心里责备自己没有耐心。可怜他一直生活在这个让她待两小时都受不了的地方。他在这里长大，度过了他的整个青少年时代。

"赫尔格，我真是个可怕又自私的人。"她一把抱住他。疲倦、焦虑与羞愧一起涌上心头。她希望他来安慰她、吻她。其实，这一切与他们有什么关系呢，他们拥有彼此，躲在属于他们自己的世界里，远离他家里的所有仇恨、愤怒和猜疑。

一阵茉莉花香从附近一处旧花园里飘过来。

"我们可以找一天单独去一次,就你和我。"他安慰道。"你怎么可以这么傻,"他突然脱口而出,"我简直不懂你。要知道妈妈迟早总会知道的,就像其他事情一样。"

"她当然不相信你爸爸编的那个故事。"珍妮怯生生地说道——赫尔格从鼻子里发出轻蔑的一声——"我希望在事情发生的当时你父亲就直接告诉她。"

"你放心,他是绝对不会这样做的。你也不许告诉她。你就继续假装不知道好了,你可真够傻的。"

"我实在是忍不住,赫尔格。"

"好吧,家里的情况我都已经和你说过了。其实你是可以不让他再去你的画室的,还有你跑去他的办公室,以及你们在斯坦奈斯大街的见面。"

"见面?——我是看到那里的景致独特,觉得可以画出一幅好画,所以就去了。"

"是的,是的,你确实就这么做了。毫无疑问,错几乎全在父亲身上。听听他提起我妈妈的那种口气。"他恼火地说道,"你见过他和阿尔戈说话的样子,还有今天晚上他和你说话的态度,'她'"——他学着他父亲的口吻,"'什么也没说你。'要知道他这是在说我的母亲!"

"我觉得你父亲对你母亲的态度非常得体,至少比你母亲对他的要好。"

"父亲那种所谓的关心体贴,我是知道的。你把这称为体贴,是因为他让你站在了他的一边?至于他的礼貌,从小我就吃够了这种礼貌的苦。他经常是一声不吭地站在那里,彬彬有礼地听你说话,如果他不得不开口,就用一种冷冰冰的腔调,一副拒人于千里之外的态度。我宁愿听妈妈的大声嚷嚷和骂骂咧咧。哦,珍妮,你不知道这有多难受。"

"我亲爱的,可怜的人儿。"

"这不全是妈妈的错,可是每个人都站在爸爸一边。自然而然地,你也是这样,我也是。但是我了解妈妈,她想和所有人交好,可偏偏她总是不能够。可怜的母亲。"

"我替她感到难过。"珍妮嘴上这么说,可是心却不为所动。他们穿过广场,空气中充满了花草树木的芬芳。晴朗的夏夜,从大树底下的椅子那边传来情侣们的窃窃私语。

空旷无人的商业区回荡着两人孤独的脚步声,周围的高楼在沉睡,商店橱窗的玻璃映出浅蓝色的天空。

"我可以上去吗?"他们站在画室楼下的大门处。

"我累了。"珍妮温柔地说道。

"我想和你待一小会儿——你不觉得咱俩单独在一起挺好的吗?"

她没说话,开始爬楼,他跟在后面。

珍妮点亮书桌上的七头烛台。取出一支香烟,凑近烛火,问道:"来一支吗?"

"谢谢。"他直接从她嘴里接过香烟。

"实际情况是这样的,"他突然开口说道,"之前有传闻说爸爸和另外一个女人的事情,那时我只有12岁,也不了解这里面究竟有多少真实的成分。可是妈妈!……那是一段可怕的日子。他们只是为了我才勉强维持着,父亲后来是这么对我说的。天知道,我一点儿也不领他的情。至少母亲是诚实的,她承认她就是要想尽一切办法,甚至不惜使用欺骗手段也要牢牢抓住这段婚姻。"

他在沙发上坐下,珍妮走过来挨在他身旁,吻他的眼睛。他跪在地上,将头伏在她腿上。

"还记得咱们在罗马的最后那个晚上,我和你道晚安的时候?你还像那时候那样爱我吗?"

她默然无语。

"珍妮?"

"今天过得不开心——这在我们还是第一次。"

他抬起她的头,"生我的气了?"他的声音低沉。

"没有不高兴。"

"那是为什么?"

"没有,只不过……"

"只不过什么?"

"今天晚上,"她犹豫道——"我们在回来的路上,你说过两天我们会单独出去。这和我们在罗马不一样了,现在是你来决定我们做什么和不做什么。"

"哦,珍妮,不是的。"

"你就是这个意思——不过我不在意。我喜欢你这样。只是我在想,如果你能做到这样,那么也应该可以帮助我从这些困境中摆脱出来。"

"你没觉得今天我其实已经在帮你了吗?"他慢慢地问道。

"也——许吧。好吧,恐怕你也帮不上更多。"

"要我现在走吗?"停了一会儿,他轻声问道。把她拉近身旁。

"你随便。"她平静地说道。

"你知道我想要什么?你想要什么?最想要的。"

"我不知道我想要什么。"她的泪水突然夺眶而出。

"哦,我亲爱的珍妮。"他一遍遍温柔地吻她。待她缓和之后,他握住她的手:"我现在要走了,你好好睡觉。亲爱的,你累了,不可以对我生气。"

"和我好好地道声晚安吧。"她搂住他。

"晚安,我的甜心,我最爱的珍妮。"他走了。她又哭了起来。

六

"我这里有一些东西想让你看看。"格特·格拉姆站起身来。此前他一直跪在书架下面的保险柜旁边翻找。

珍妮将素描书推向一旁,再把落地灯拉近。格拉姆用手将画夹表面的灰尘拂去,然后摆在她面前。

"我已经有许多年没给人看这些东西了,我自己也不看。但是我一直想让你看看,实际上,从我第一天到你画室去拜访,就有这个意思。你到我办公室来看赫尔格照片的时候,我就想问你是否有兴趣看看我的作品。你在这里工作的那几天,我心里一直存着这个念头。

"说起来也挺奇怪的,珍妮,在这间小小的办公室里,埋葬了我所有的青春与梦想。它们躺在保险柜里,如同躺在坟墓里的尸体。而我呢,就是那个四处游走的幽灵,一个被人遗忘的艺术家。"

珍妮默然不语。格拉姆表达思想的方式有时候也是相当感性的,她在心里思忖着,虽然她知道这种方式真实地展现出他内心苦涩的情感。在一阵突如其来的冲动驱使下,她俯身伸手抚摸他满头的银发。

格拉姆低着头,一动不动,似乎想无限延长这份轻柔的爱抚——他不敢抬头看她,用一双颤抖的手解开画夹的系带。

接过他递来的第一幅画,她突然意识到自己的手也在发抖。胸口似乎有一种怪异的恐惧感和压迫感,危险似乎正在逼近。当她意识到自己其实并不想让任何人知道她的这次来访,心里突然感到一阵恐惧,她甚至都不敢告诉赫尔格。只要一想到她爱的那个人,内心总是觉得沮丧。已经有那么一段时间,她开始有意识地在心里放弃对他的情感分析。她不想理会此刻在脑海中闪现的不祥预感,也不愿意自寻烦恼地去探究格特·格拉姆对她的感情。

她一页页翻看画夹中那些承载着他青春梦想的作品。这是一件令人伤感的事情。之前他们独处的时候,他曾和她提起过这些作品。她理解他那种生而为了艺术的感觉,别无他求。挂在家里墙上的那些画,用他的话来说,出自一个认真而勤勉的业余爱好者之手。但是眼前这些画,则是属于他个人的,它们是为兰斯塔德民歌所做的插图。

乍一看,这些带有罗马式边框配着华丽黑色体字的画作显得非常不错。大多数作品用色纯正,颇有表现力。但是背景和边缘处的人物处理则显得缺乏生气和风格,虽然细节部分的结构是正确的。有些属于自然主义画风,另一些接近意大利中世纪风格,珍妮甚至可以依稀从中辨出报喜天使、披着骑士和少女披风的圣母像、金色紫色的树叶——她记得在圣马可图书馆的一本弥撒书里见过类似的东西。歌词看上去很怪异,它们用优雅的修道院拉丁文体手工印制而成。有些大篇幅插图是巴洛克风格的,属于对罗马圣坛画的直接复制。这些作品展现出作者青年时代的生活经历和他热爱的一切——这是格特·格拉姆的青春回音。虽然没有一个音符属于他个人,但是这支由多音符组成的旋律却以一种格外柔和而伤感的声调在吟唱。

"看得出来,你不是很喜欢它们。"他说。

"不是的,我喜欢。很多地方的表达完美而细腻。不过,我想说,"——她试图想找出一个恰当的词来表达她的感受——"对我们而言,这种表现手法让人觉得有点怪异,因为之前见过同样的题材被人完美地演绎过了,于是一时间难以接受它被人以另一种方式来诠释。"

他坐在她对面,下巴支在手背上。时不时地抬起眼睛来看她,每当她与它们对视的时候,心底涌上一阵哀愁。

"我好像对它们记忆犹新,"他微笑着,平静地说道,"记得我和你说过,我已经有很多年没打开它们了。"

"没想到你这么热衷于文艺复兴后期以及巴洛克时代的风格。"她试着转移话题。

"你说你不能理解,我一点儿也不吃惊,亲爱的珍妮。"他深深地注视着她,脸上挂着一丝忧郁的微笑。"曾经有那么一段时间,我自认为自己是个艺术家。与此同时,我心里也很清楚,自己又不完全是个艺术家。这并不是说我不知道如何成功地将内心所想的通过绘画表现出来,而是说我到底想要表达什么?我曾亲眼见证浪漫主义艺术的辉煌,之后眼见它一路走下坡路——日渐衰微,颓废,最终沦于虚假。然而我内心依旧钟情于那个时代,这不仅仅局限于绘画,而是体现在现实生活的方方面面。我想以浪漫主义的手法描绘主日做礼拜的农夫,虽然我从小就生活在乡下,明明知道这一切是不存在的。所以只有当我走出国门来到浪漫之都意大利,我才开始有机会追逐我的梦想。我知道你和你们同时代的人都在追寻事物本身的美,那种真实可触的美。对我而言,美只存在于现实的转化之中,这些都已经被前人实践过了。19世纪80年代出现过一种新式美学,我曾尝试追寻它,然而最终只是纸上谈兵,因为我从心底深处排斥抵触它。"

"可是,格特,现实也不是一个一成不变的概念。它在不同的观察者眼中,呈现出不同的侧面。曾经有位英国画家对我说:'美无所不在,你的眼睛要么看见它,要么对它视而不见。'"

"我生来就不接受现实,我只是活在现实的幻影之中。我完全缺乏从众多纷杂现实中萃取美的能力。我了解自己的无能。初到意大利的时候,巴洛克风格攫取了我的心,令我深深着迷。你能体会到当时我内心那种因自觉无能为力而带来的深深哀痛吗?个体无法成长,无处更新,只能做技巧上的学习:以期在提高想象力、快速透视收缩法、强烈的明暗对比以及巧妙构图方面做改善。狂喜的表象之下是一颗空虚的心灵、一张扭曲的脸和抽搐的四肢。就像那些圣人,害怕被自己内心滋生的怀疑所吞噬,沉湎于病态的狂喜之中,这似乎成了他们真正的热情所在。那是一种对美好的绝望,如同一所蹩脚的模仿者学校,它想吸引的——不过只是他们自己而已。"

珍妮点点头。"你所说的,不过是你的主观看法。格特,我不确定你之前提到的那些画家,也许他们内心对自己也不是特别满意的。"

他大笑道:"也许吧。也许这就是我反复唠叨的话题,因为我曾经也一度拥有——如你说的,主观意识。"

"你太太穿红裙子那幅作品是印象派风格,画得非常好。我越看越喜欢。"

"是的,但那只是一个孤立的瞬间。"停顿片刻,"画这幅画的时候,她是我的整个世界。那个时候我深深地爱上了她,同时也开始深深地恨她。"

"是因为她你才放弃绘画的吗?"珍妮问道。

"不是。所有的不幸都源于我们的自作自受。我知道你不相信人们所说的信仰那种东西,我也没有——但是我相信上帝,如果你愿意相信的话,有一种精神的力量,它会公正地惩恶扬善。"

"她是高街上一家商店的出纳,我在路上与她偶遇,那时的她光彩照人,就算是到了现在你也还能看得出来。有天晚上她下班的时候,我守在路边与她搭讪,后来我们成了朋友——然后我就引诱了她。"他的话音低沉粗浊。

"然后你就娶了她,因为她怀上了你的孩子?——我猜大概就是这么回事。于是作为回报,在后来27年的时间里她不断地折磨你。你知道在我心里你所相信的神是怎样的吗?——相当残酷无情。"

他倦倦一笑。"我还没有你想象的那么老朽。我不觉得两情相悦有什么罪过,无论以合法或不合法的形式在一起。就事论事,是我勾引了她,遇见她的时候,她是个纯洁无瑕的姑娘——各方面如此。我对她的了解超过了她对自己的了解。我看见她充满热情,很可能在爱情里面也是个嫉妒心和占有欲极强的人,但是我不在乎。我认为她的热情是冲着我来的,并为此而沾沾自喜。这个漂亮的姑娘只属于我,但并不等于说我只能属于她,虽然我知道她很希望如此。不是说我想离开她,我只是觉得应该把我们的生活安排得更加合理一些,不至于将我的兴趣、工作以及个人的生活与婚姻搅为一团,因为我已经看出来她有这个意思。我实在是好蠢,明知道在她强势而残酷的本性面前我根本就是个弱者。我本以为面对她旺盛的热情,我那相对冷静的性格可以略占上风。

"她除了拥有强大的爱的能力,其余一无是处。她自负又无知,善妒而残忍。我们之间没有任何心灵的沟通,我也不去奢求;占有她的美貌,拥有她如火焰般的热情是我当时唯一关心的事情。"

他起身走到珍妮坐的地方,握住她的双手,将它们摁在自己的眼睛上。

"除了悲催与不幸,我还能从这个婚姻里指望些什么?这就叫自作自受,我不得不娶她。我过得很糟糕。一开始,她走进我的画室,很为能成为我的情妇而骄傲。她摈弃一切传统与偏见,宣称只有追求自由的爱情才是值得一过的生活。等到出现状况的时候,她的语气就变了。成天提起她在腓特烈斯塔的体面家庭,还有她在众人面前纯洁无瑕的美德与好名声。有好多男人曾经追求过她,她都不屑一顾。这会儿我若是不赶紧娶了她,那简直就是一个十恶不赦的流氓与无赖。我身无分文,学业也荒废了,除了绘画什么也没学到。硬撑了几个月,我不得不求助于我的父亲,在家里人的帮助下,我们结婚了。两个月后,赫尔格出生了。

"我曾憧憬自己可以创作出了不起的艺术作品,诸如为民间歌谣做插画之类的,可是为了养家糊口,我不得不放弃梦想。我也曾一度举债度日。她是个忠诚的妻子,毫无怨言地和我一起过着这种捉襟见肘的日子——情愿为了我和孩子让自己忍饥挨饿。想想我曾经对她做过的那些事,换作任何人也是很难接受的。为了我,她吃了许多苦,受了很多罪。

"我必须牺牲所有我热爱的东西,她逼着我一点一点地放弃。从一开始,她与我父亲就是不共戴天的敌人。父亲受不了这个儿媳妇,这对她的虚荣心是个打击。于是她开始在我和父亲之间制造事端。父亲是一所学校的官员,性格上也许有点狭隘和生硬,但是他为人正直、忠诚,是个品德高尚善良的人。你若是见到他,一定会喜欢他的。我们曾经如此亲近,结果最后也因为我的婚姻而断了联系。

"至于绘画,我知道自己不具备曾经自以为是的天赋,而且一旦对自己失去信心,就丧失了持续努力的动力。我累得要死,在挣扎之中,与她一起活成了一幅讽刺漫画的样子,她不停地责备我。暗暗地,她赢了。

"她的嫉妒心甚至对孩子也不放过,如果我喜欢孩子或者孩子对我好点儿,她就不允许孩子与我亲近。

"随着时间的推移,她的嫉妒心膨胀到无以复加的地步。你自己也亲眼看到了,她现在几乎不能容忍你和我同处一室,哪怕是有赫尔格在场。"

珍妮走到他面前,将手放在他的肩上。

"我不明白,"她说,"我真不能理解——你居然可以一直忍受这种生活。"

格特·格拉姆将头靠在珍妮的肩膀上。

"我自己也不明白是怎么回事。"

他抬起头来,两人四目相对。她搂住他的脖子,从心底涌上一阵温柔的怜悯,俯身亲吻他的脸颊和额头。

当她俯瞰那张靠在她肩上双目紧闭的脸庞,心里突然掠过一阵恐惧。但是他很快地抬起头来说:"谢谢你,珍妮。"

格拉姆将画夹放回原处,整理好桌面。

"我希望你将来会非常非常快乐,你是这么聪明,充满热情和能量，富有才华。亲爱的孩子，你拥有我曾渴求的一切，只是一切都不复存在了。"他的声音低沉，一副心不在焉的样子。

"我想，"沉吟片刻，他继续说道，"在两个人的一段关系尚且新鲜的时候，当你们的生活还没有完全确定下来的时候，一定会有各种需要克服的困难。我倒是希望你们能够住在别处，而不是在这里。你们需要独处，远离家人——至少在最初一段时间是这样的。"

"赫尔格在卑尔根应聘了一份工作，你知道吧。"珍妮说。一想起赫尔格，那种绝望与焦虑的感觉又开始紧紧地攫住她。

"你从未与你母亲提起这些事情吗？为什么不呢？你不喜欢妈妈？"

"不是的，我自然是很爱我母亲的。"

"我觉得你应该和母亲谈谈——听听她的意见，这不失为一个好主意。"

"向别人讨要主意不好，我不喜欢和别人谈论这些事情。"她说道，希望尽快结束这个话题。

"好吧，也许你……"他转身朝向窗外，突然脸色一变，小声而激动地说道：

"珍妮，她就在下面的马路上！"

"谁？"

"她——丽贝卡！"

珍妮蓦地站起身，感觉自己就要出离愤怒和厌恶地尖叫起来。她浑身发抖，身上的每一个细胞因反感而颤抖，她绝不能让自己卷入这种事情当中——所有这些恶毒的争吵、令人厌憎的猜疑，还有那些恶言恶语——不，她绝不能。

"哦珍妮,我的孩子,你在发抖——别害怕,我不会让她伤害到你的。"

"害怕?我才不会。"顷刻之间,她就硬起心肠。"我是过来接你的;咱们一起看了你的绘画作品,然后准备去你家里吃晚饭。"

"她也许不会发现什么。"

"我的天!我们并没有什么好隐瞒的,就算她没看见我在这儿,迟早也会知道的。我和你一起下楼,咱们必须这样,为你也是为我,你听见了吗?"

格拉姆看着她:"好,那咱们就走吧。"

等他们来到街上的时候,格拉姆太太已经走了。

"咱们坐电车吧,格拉姆,已经迟到了,"她突然大为恼火,"天哪!我们必须停止这种见面——哪怕只是看在赫尔格的分上。"

格拉姆太太打开房门。格特·格拉姆壮胆上前与她一番解释。珍妮坦然盯着他妻子那双怒气冲冲的眼睛:"很遗憾赫尔格今晚出去了,您觉得他会早点儿回来吗?"

"我真吃惊你居然把这事儿给忘了。"格拉姆太太对她丈夫说道,"让温格小姐和我们两个老家伙待上一整晚,恐怕没法让她感到愉快。"

"哎,没关系的。"珍妮说道。

"我不记得赫尔格什么时候说过今晚要出去。"格拉姆说。

"真没想到你今天居然没带针线活儿过来。"格拉姆太太说。晚餐过后,他们来到客厅,"一直以来你都是很勤快的。"

"今天我离开画室太晚了,没时间回家去取。也许您可以给我找点活儿干。"

珍妮与格拉姆太太聊起绣花图案在挪威国内和巴黎的价格比较,聊她借给她读的书。格拉姆在一旁看书,时不时地,珍妮能感觉到他的目光落在她身上。晚上11点,赫尔格回来了。

"怎么回事?"下楼的时候他问道,"又发生什么情况了?"

"没,没事。"珍妮简短而烦躁地说,"我想你妈妈不高兴看见我和你父亲一起回家。"

"我也有同感。其实你没必要这么做。"他卑微地对她说道。

"我坐电车回家。"过度的紧张和疲劳,让珍妮觉得自己有点儿情绪失控。她把手从他胳膊里抽出来。"今天晚上我实在是有点儿受不了了,我不想每次在你家里都要忍受这种事情。晚安。"

"珍妮!等等,珍妮……"他紧紧追着她,等她跑到车站的时候,正好来了一趟电车,她跳上去,一句话没说就离开了。

七

第二天早上,珍妮思绪繁杂地在画室里乱走一气。室外,瓢泼大雨敲打着整扇玻璃窗。她驻足凝视窗外屋顶那湿漉漉的瓦片、黑乎乎的烟囱,以及横陈交错的电线网。珍珠般的雨滴从屋顶顺势流下,汇聚成一束又一束的水流,从屋檐跌落而下,继而马上又被另一股水流替代。

其实她可以去乡下和母亲以及弟弟妹妹们小住几日。她必须远离这里的一切。或者她可以躲到另外一个城市的旅馆里,然后写信让赫尔格过去,两人安静地谈谈他们自己的事情。但凡他们能重新在一起就好了——单独相处!她试着回想起在罗马的那些个春日、那飘浮徜徉于山峦之间的银色雾霭,还有她在罗马期间的所有欢乐。可是自从回来以后,她无法在脑海中重塑赫尔格的形象,一如当初他出现在她爱意融融的眼中的样子。

那些日子已经离她远去了;是她生命中一个孤立的篇章,虽然明知它们曾真实地存在,却无论如何也无法将它们与眼前的现实联系起来。

赫尔格——那个曾经属于她的赫尔格,已经迷失在维尔哈文斯大街的家中,一个她始终无法融入的地方。一想到从现在开始甚至今后很长一段时间内,她需要和住在那栋房子里的人发生关联,不禁令人觉得匪夷所思。没错,格拉姆说得对,他们必须离开。

她必须马上离开,赶在赫尔格前来诘问她昨日的行为之前。她匆匆整理出一个小包,刚穿上雨衣,就听见有人在敲门——一遍又一遍,她知道是赫尔格。她站在原地一动不动,直至他离开。过了一会儿,她拎起包,锁上画室门,走了。刚下楼梯走到一半,就看见门卫窗户里面坐着一个人,是赫尔格。他也看见她了,于是她径直朝他走过去,他们沉默地看着彼此。

"刚才为什么不开门?"他问道。

珍妮没有回答。

"你没听见我敲门吗?"他看着她手中的包,"你这是要去妈妈家?"

她犹豫片刻,说道:"不是,我想去霍尔莫斯特待几天,本打算从那边给你写信让你过去,这样我们可以不受打扰地在一起住几天,我想心平气和地与你谈谈。"

"我也急着想和你谈谈,咱们不能现在就上去你的住处吗?"

她没有直接回答他。

"上面有人吗?"他问。

她盯着他:"你是说我不在的时候有人在我的画室?"

"是不是有哪个你不想让人看见的人躲在里面?"

她的脸变得煞白:"我怎么也没想到你会坐在这儿监视我。"

"我亲爱的珍妮,我并没说这有什么不好,至少我不是冲着你。"

珍妮一声不吭,重新走上楼梯。她把包放在地板上,也不脱外套,兀自站在画室中间,看着赫尔格。赫尔格把雨伞放在角落,将外套挂好。

"父亲告诉我今天你去他办公室了,当时正好妈妈经过楼下的大街。"

"是的,这完全符合你们家人的风格——我的意思是,监视。我必须告诉你,对此我实在是难以安之若素。"

赫尔格的脸涨得通红。

"对不起,珍妮——我当时只是觉得必须和你说几句话,门房告诉我说你肯定在家。你知道我从来没有怀疑过你。"

"哦,真的吗,我怎么一点儿也不知道。"她突然变得激动起来,"我真的受不了了,所有这些猜疑,神秘兮兮,嘈杂与不和。我的天!赫尔格,你就不能替我挡掉这些事吗?"

"我可怜的珍妮。"他起身走到窗边,一直背对着她。"我遭的罪比你想象的要多得多。一切都令人绝望。难道你不觉得妈妈的嫉妒不全是捕风捉影吗?"

珍妮开始发抖,他转过身,正好被他看见了。

"我不相信父亲意识到自己正在做什么,一旦他真的意识到了,他是不会放任自己的情感跑来见你的。可是他亲口告诉我说咱俩应该一起离开这里,我不敢说你现在的离开是否也是他的主意。"

"不是的,是我自己决定要去霍尔莫斯特,但是昨天他也和我说了,等我们……等我们结婚以后最好离开这儿。"

她走到他跟前,将手放到他的肩膀上。

"亲爱的,如果情况如你所说,那我更得走了,赫尔格!赫尔格!我们该怎么办呀?"

"我走好了。"他突然说道,同时把她的手从肩膀上拿起来,压在他的脸上。

两人就这样默默地站着。

"我还是得走。难道你不明白吗?如果我只当你母亲是个可笑,甚至平庸的女人,我都还能心安理得地控制好自己的情绪,可是现在就不同了。你不该告诉我的——赫尔格,哪怕是你会错了意。现在我心里一旦有了这种想法,就无法再去面对他们了。无论她的判断正确与否,我都无法与她的眼睛对视。我已经不再是自己,我觉得自己似乎有愧于她。"

"过来。"赫尔格说道。把她带到沙发上坐下,自己坐在她身旁。

"我要问你一个问题。珍妮,你爱我吗?"

"你知道我是爱的。"她飞快地答道,好似被吓到了。

他将她冰凉的手放进自己的双手中:"我知道你是曾经爱过我——虽然,天知道,我也不明白为什么。当时你那么说的时候,我知道是真的。那个时候你爱我,对我好,我的心里充满了快乐。但是我总是在担心未来的某个时刻,当你不再爱我的时候。"

她抬头看着他的脸,一字一顿地说:"我非常非常爱你,赫尔格。"

"我知道。"他说,脸上掠过一抹阴影般淡淡的微笑。"我不相信你会对你爱的人突然发生180度大转弯——你不是那种人。我知道你不想让我难受,这样一来,当你意识到你已经不再爱我的时候,也是你让自己饱受折磨的时刻。我爱你胜过所有。"

他低下头,眼里噙满了泪水。她一把将他搂住。

"赫尔格——我最亲爱的。"

他抬起头，温和地将她推开。"珍妮，在罗马的时候，我可以让你成为我的人——那是因为你愿意，你相信我们只有在一起才能找到生活的乐趣，只是当时的我尚不确定，也不敢贸然行事。但是现在回到家里，我才发现我比之前更需要你，我想要你完全属于我，我害怕失去你。可是我发现每当我渴望你的时候，你就惊恐地往回缩。"

她用近乎崇拜的眼神望着他，是的，他说得对——她一直不愿意承认，但事实就是这样。

"如果我现在——就在此刻，问你——你愿意给我吗？"

珍妮蠕动一下嘴唇，然后坚定而飞快地答道："愿意。"

赫尔格伤感地笑了，低头吻她的手："荣幸之至。你愿意成为我的女人？是因为你没法让自己快乐，除非我们拥有彼此？还是说你不想食言，不想伤害我——你对我说实话。"

她猛地跪倒在地，呜咽道："就让我离开一段时间吧，我想去山里，我必须让自己好好休整一下。我想成为你的珍妮，就像当初我们在罗马的日子。我确实需要休息，赫尔格。我现在脑子很乱，等我重新找回自己，就给你写信，叫你过去。我会再次成为你的宝贝，那个只属于你的珍妮。"

"我是我母亲的儿子，"他平静地说道，"可是我们彼此已经疏远了。难道你不想证明给我看，我是你在这个世界上的全部，是你生命中的唯一，胜过其他所有的一切吗？——胜过你的工作和朋友——我觉得你在这些人和事上面投入的精力比给我的更多——以至于把我当成芸芸众生中的一个陌生人。"

"我不觉得你的父亲是个陌生人。"

"你说得对。但是我和我父亲彼此已是陌路人。除了一件事,那就是你的工作——我无法与你完全分享它,现在我知道我非常嫉妒你的工作。你瞧,我是她的儿子,如果我无法确信我是你在这个世界上的全部,那我会情不自禁地嫉妒——担惊受怕,担心哪一天会突然冒出来一个你更爱的人,一个更了解你的人。我生性嫉妒。"

"你不可以有嫉妒心,否则只会毁掉一切。我受不了被人猜疑。我宁愿你欺骗我也不要怀疑我——这样我反倒会原谅你。"

"我不会的。"他露出一丝苦笑。

珍妮抚摸着他额上的一缕头发,替他擦干眼泪。

"我们彼此相爱,对吧,赫尔格?等我们远离这里的一切的时候,你我都希望事情往好的方向发展,难道你不认为我们可以让对方快乐吗?"

"我见得多了,我已经不敢再相信任何人的美好愿望。有太多的人将他们的希望寄托于此,结果都落得个失望而归——我亲眼见过两个人是如何将他们的日子过成了彼此的地狱。你必须给我一个明确的答复,你爱我吗?你愿意成为我的人吗——就像我们在罗马的时候。这种感情是否超过对世间万物的需求?"

"我深深地爱着你,赫尔格。"她可怜兮兮地哭诉道。

"谢谢你,"他说着低头吻她的手,"我知道你是情不自禁,可怜的宝贝,你不爱我。"

"赫尔格……"她哀求道。

"你敢不敢开口要求我留下来,说你没了我就无法活下去?如果你说你爱我,你敢承担说出这句话之后带来的一切责任与后果吗？——你只有这样说，才不会让我忧伤地离去。"

珍妮坐在地上，目光低垂。

赫尔格穿上外套。

"再见，珍妮。"他轻拍她的手。

"你这是要离开我吗，赫尔格？"

"嗯，我要走了。"

"你不回来了？"

"不了，除非你能按照我想要的方式回答我。"

"我现在没法回答你。"她痛苦地说道。

赫尔格轻轻地碰了碰她的头发，转身走了。

珍妮伏身在沙发上久久哭泣，内心苦涩，脑子里一片空白。她已经厌倦了流泪，经过这几个月的琐碎与折磨、羞辱和争吵，只觉得疲惫不堪。她感觉自己的心空洞冰冷，也许赫尔格是对的。

过了一会儿，她觉得有点儿饿了，看了看表，已经6点了，她居然就这样呆坐了四个多小时。她起身想找件外套披上，才发现外套一直就穿在身上。

门边的地上有一汪水，正朝着堆在墙边的几幅画漫延过去。她赶紧找来扫帚把水扫掉。就在这一刻，她突然意识到那是赫尔格的雨伞留下的水渍，她将额头抵在门背，又开始痛哭。

八

晚餐时间不长。她试着通过阅读的方式来分散自己的注意力,可是收效不佳,还不如回家坐着。

楼梯顶端站着一个又高又瘦的男人,正在那儿等她。她紧跑两步,脱口喊出赫尔格的名字。

"我不是赫尔格。"那人答道。是赫尔格的父亲。

她站在他跟前,屏住呼吸,向他伸出双臂,问道:"格特,这是怎么回事?发生什么事了?"

"嘘!嘘!"他握住她的手,"赫尔格走了,他去孔斯伯格看望朋友了——是他以前的同学。我的孩子,你在害怕吗?发生什么事了?"

"哦,我不知道。"

"我亲爱的珍妮,你一副魂不守舍的样子。"

她绕过他身边,打开房门。工作室里天光尚存,格特·格拉姆脸色苍白,注视着她。

"你的反应怎么这么厉害?赫尔格告诉我——至少听起来就像他说的——似乎也是得到了你的同意——你们双方都认为彼此不合适。"

珍妮沉默了。听到这话从别人嘴里说出来,她只想反驳。到目前为止,她还没有意识到这段感情就这么完结了。

可是眼前这个男人告诉她说是他们双方同意分手的。赫尔格就这么走了,把她对他的爱也随之带走——荡然无存。一切就这么结束了,可是天哪,这怎么可能呢?她并不想就这么了结这段感情。

"真的有这么痛苦吗?"他又问道,"你还在爱着他?"

"我当然爱他。"她的声音颤抖,"对一个自己曾深爱过的人,怎能如此轻易就忘掉?任何人也不会对这种痛苦漠然处之。"

格特没有马上接话,他在沙发上坐下来,不停地揉捏着手里的帽子:"我理解这对你们双方都是一件痛苦的事,不过珍妮,如果你心里觉得这段感情本应该结束,这未尝不是最好的结局?"

珍妮没有作答。

"你不知道当我第一眼见到你,知道儿子赢得这样一位姑娘的芳心,心里别提有多高兴了。在我看来,儿子得到了我曾经为了生活而不得不放弃的东西。你优雅可爱,给我的印象就是个聪慧、坚强而独立的女子。同时你还具有艺术天赋,为了达到自己的目标毫不迟疑。说起工作,你的心里充满了欢乐与柔情,一如你对待恋人的态度。

"然后赫尔格回来了。从那时开始你似乎变了——在很短的时间内有了明显的变化。我们家里发生的那些令人不悦的日常琐碎给你留下太多不好的印象,但是若说一个没有同情心的准婆婆可以完全毁掉一位年轻姑娘的幸福似乎也不太可能。于是我开始害怕有一些更深层次的原因,会在日后让你自己发觉,让你意识到对赫尔格的感情并不如你想象的那般牢靠,或者发现你俩并不合适,只因一时的冲动才走到一起。在罗马,你们两人都是单身,年轻又自由，有自己喜欢的工作。在陌生的环境中，没有日常生活的羁绊与压力；况且年轻的心渴望爱情，哪怕并未深入彼此内心，难道这一切还不足以唤醒两人内心的情愫与萌动，催生出一段惺惺相惜的情感？"

珍妮站在窗边，看着他，听着他说的那些话，心里突然涌起一股强烈的愤怒——也许他说的都对。然而他不明白，正是他这种把所有事情掰开揉碎的做法，真正刺痛了她。

"就算你说得有理，可是对当事人而言，也不是件容易的事。也许你是对的。"

"无论如何，能够现在就意识到这些问题，总好过等将来时间长了再去面对。两人关系越是紧密，分手时所承受的痛苦岂不是越大？"

"不是这样的，不是这样的，"她打断他，"其实是我，没错——我鄙视自己。我顺从感情的冲动——欺骗了自己；在我开口说'我爱你'的时候，应该掂量一下自己是否能信守诺言。一直以来，我最讨厌的就是轻浮善变的性格。结果呢——令我自己羞愧不已的是，我成了那样的人。"

格拉姆看着她。突然，他的脸色变得煞白，继而涨得通红。过了一会儿，他艰难地说道：

"我想说，在两个人的关系还没有达到充分理解的前提下，最好不要进入更深层次的关系——尤其对女孩子——以免将来有抹不掉的痕迹。倘若木已成舟，两个人也要以善意和顺从的方式为出发点，尽量寻求彼此的和谐。如果这也无法做到，那还有其他可解决的方式。当然啦，我不知道你和赫尔格是不是已经——你们的关系究竟是到了……"

她鄙夷地大笑道：

"我明白你的意思。对我而言,这跟我想成为他的女人具有同等约束性。对我来说——承诺却不能守诺——就如同把身体献出来一样令我感到耻辱,而且只会更甚。"

"今后你若是遇到一个真正让你心动的男人,可不能这样和他说话。"

珍妮耸耸肩,无语。

"你真的相信这个世界上有你所说的那种真爱?"

"我相信。也许你们年轻人觉得这种说法滑稽可笑,可是我对此深信不疑。我有充分的理由相信。"

"我相信爱情因人而异。那些怀有远大抱负、诚实待己的人不会在打情骂俏这种无关紧要的艳事上浪费时间。至于我自己……遇到赫尔格的时候,我才28岁,还没有真正爱过。我厌倦了等待,迫不及待地想体验一下爱情的滋味。看见他陷入热恋当中,他的年轻、血气方刚、真诚坦率,无一不在诱惑着我。和其他女孩子一样,我让自己陷入一场自欺欺人的骗局当中。他热烈的情感温暖着我,我做好充分准备想象自己正在与他分享这份感情,虽然明知这种幻觉只能建立在一方不要求另一方向他证明其爱情的真实性的前提下。

"大多数女人可以天真地活在这种幻觉之中,因为她们无法甄别好与坏,继续过着自我欺骗的日子。而我也不想为自己辩解什么,我与其他女人一样渺小、自私,满是过错。格特,你可以据此判定我根本不会了解什么才是你所说的那种伟大的真爱。"

"好吧,珍妮。"格拉姆说道,嘴角挂着他标志性的忧郁微笑,"天知道我既不伟大也不强大,我在谎言和憎恨中生活了十二年。当我比你现在的年龄还大十岁的时候,我遇到了一个女人,是她教会我去相信那些被你刚才所轻视的情感,对此我一直深信不疑。"

两人沉默片刻。

"你和她一直在一起?"珍妮最后问道。

"我们都有孩子。只是那时候我还不明白,不应该给我的孩子带来这些负面影响,让另外一个女人取代他母亲的位置占据我心灵的全部。

"她也是已婚身份,过得非常不快乐。她丈夫是个酒鬼,她有个小女儿,她本可以把她一起带出来,但最终我们还是止步了。

"你瞧,这也算是对我的一种惩罚。与她交往,从感官上给我带来满足,却于灵魂无益。我们的爱情如此美妙,以至于我们无法生活在谎言之中。于是只好把它当成罪恶掩藏起来。"

"相信我,珍妮,再没有比一段美妙的爱情更令人感觉幸福的事了。"

她朝他走过去,他站起身。他们一度离得很近,默然无语。

"我得走了,"他突然语气紧张地说道,"我得按时回家,不然她又该怀疑什么了。"

她点点头,陪他走到门口。

"不要让你的心远离爱情,"他说道,"这是一颗骄傲而温暖的心。你还会把我当成你的朋友吧,我的小姑娘?"

"是的,谢谢你。"珍妮说罢,向他伸出手。

他俯身,将他的嘴唇久久地按在她的手背上——比之前任何时候都要长。

九

贡纳·赫根与珍妮·温格将在11月份举办一场联展。此次他返回城里就是为了这个展览。夏天的时候他去乡下小住了一段日子,画那些红色的花岗岩、绿色的松树以及蓝色的天空。最近他还去了一趟斯德哥尔摩,在那儿售出了一幅画。

"塞斯卡还好吗?"珍妮问道。这天早上,贡纳到她的工作室里来小酌一杯。

"她还好。"贡纳咽下一口酒,抽着烟,看着珍妮,珍妮也看着他。

再次的重逢真好啊,他们谈论着千里之外熟悉的人和事。她感觉与贡纳和塞斯卡似乎结缘于世界某个遥远的角落,曾几何时,她在那里与他们一起生活工作,与他们同享欢乐。

她看着他那张被太阳晒得黢黑的脸庞和略微弯曲的鼻梁,贡纳小时候曾摔断过鼻骨。塞斯卡说过,这一跤摔得好,拯救了他的脸,使得这张造型完美的脸庞免于灾祸。

此话有一定的道理。单独看他的五官,活脱就是一个土里土气的阿多尼斯[①],棕色的卷发覆盖在他那低矮宽阔的

---

① 希腊神话中的俊美少年猎手,维纳斯与普罗塞耳皮娜的情人,少年夭折。

额头和深邃的蓝色大眼睛之上，齿白唇红，唇形丰满。脸庞和粗壮的脖子被太阳晒成了小麦色，中等身材，健硕的身体肌肉紧实，看上去几乎显得有点粗野。可是他那性感的嘴唇和浓密的眼睫毛又呈现出一种格外天真和真挚的表情，他的笑容可以说是最有教养的那种。一双劳动人民的手，手指不长，骨节粗大，可是一旦动作起来，却又是那般的优雅。

他变瘦了，但是整体看上去感觉非常好，显得很知足。倒是她显得疲惫和郁闷。整个夏天他都在工作，不画画的时候就读希腊悲剧，或是济慈和雪莱的作品。

"我想读希腊悲剧的原文，我打算开始学习希腊文和拉丁文。"

"我的天哪，"珍妮嚷嚷起来，"你想学的东西也太多了吧，我简直怀疑等你想清楚之后都没工夫继续画画了——除非把它当成业余爱好。"

"我必须学会这两门语言，因为我打算开始写文章了。"

"你吗？"珍妮大笑起来，"打算写文章？"

"是的。涉及不同主题的一系列文章。其中需要将拉丁文化和希腊文化重新介绍到咱们本国的教学教材里；我们必须明白我们的文化有一部分源自于此。不能再像以前那样了，否则有一天咱们的国徽终将变成一只简陋的木制粥盘，上面仅仅刻着几枝玫瑰，这种对欧洲文化最差劲的洛可可风格的笨拙模仿，不也正好显示了咱们本土文明在其他文明中的地位。你知道人家给我们的所谓杰出人士的最高评语是什么吗——针对某些艺术家或是有建树的人士，他们用了'突破'这个字眼儿——说他突破了传统的、民族的，以及习惯势力的束缚，摒弃了普通民众墨守成规的传统观念。

"我想说的是，鉴于挪威的国情，如果有人能以恰当的或互换的形式，从那些被我们称为欧洲文明的无尽宝藏中攫取哪怕只是很少一部分用于填补我们文化的空缺，必将是件功德无量的事情。

"我们现在的做法只是从一个关联的整体中截取出一小块——从字面上解释，它是一种风格的单一装饰品——通过对这件拙劣复制品进行改头换面，切割打磨，最终把它变得面目全非，然后我们就夸口说这是我们的原创，属于咱们民族的东西。这种情况在精神领域方面亦是如此。"

"是的，不过这些错误早在古典教育成为官方基础教育组成部分的时候就已经存在了。"

"很对。但是你说的古典教育只是很小的一部分——属于比较游离的一块，仅仅学些拉丁语法之类的皮毛东西。对于我们所敬仰的先祖轶事，那些被我们称为古典精神的部分，我们从未有过一个相对完整的画面。一日不拥有这些，我们就将始终被排除在欧洲大门之外。倘若我们不承认古希腊罗马历史是我们古代文化的起源，我们就与欧洲文明无缘。这段历史的实际情况如何并不重要，关键是它所呈现出来的形态、意识与模式。比如，斯巴达和梅塞尼之间的战争，实际上只是很久以前一些半野蛮部落之间的争战。然而在它被历代传颂的过程中，正如我们所知，这是一种对古典精神充满激情的表达：一支卓越的民族宁肯被人斩尽杀绝，也不愿失去个体的独立与自由生活的权利。

"苍天眷顾，多少个世纪以来我们已经远离战争，不再为荣誉而战；我们活着只为滋养内心。数次波斯战争实在不值一提，但是对于那些充满活力的人，诸如萨拉米人，塞莫皮莱温泉城以及希腊卫城的人们,它意味着一个民族最高贵最完美的天性绽放,只要人性的光辉一直被珍视,人们始终恪守高贵的品质,人们始终为自己民族的过去、现在和未来感到由衷的自豪,那么这些伟人的英名将永远得以被某种光环所环绕。于是某位诗人可以为塞莫皮莱人写下诗句,留下属于他那个时代的印记,一如莱奥帕尔迪[①]的《致意大利》。你还记不记得我在罗马曾经为你朗诵过他的诗句?"

珍妮点点头。

"文字有点夸张,但是很美,对吗?你还记得书中那段对意大利的描述吗?她是所有女人当中最美丽的一位,身披枷锁,跌坐于尘埃之中,只见她头发披散、泪珠涟涟,滴落在腿上。还有这段,他多么希望自己能成为那些年轻的希腊人中的一员,前往温泉城奔赴一场死亡之约,无所畏惧,欣欣然如同前往一场舞会?他们的名字是神圣的,西蒙尼德斯[②]临死前还在安特洛斯的山顶上高诵赞美诗。

"所有那些古老而美丽的典故寓言永远不会老去。想想俄耳甫斯和欧律狄克——多么简单的爱情。爱的信念甚至可以超越死亡;但凡有片刻的疑虑,一切皆化为泡影;可是在这里,人们对它的了解仅限于书本上的戏剧情节。

"英国人和法国人借用古老的寓言创造出属于他们自己的崭新而又栩栩如生的艺术。在国外,恰逢盛世年景,一些禀赋优异的人得以获得良好的熏陶与栽培,及至获得某种能力,成为理解阿特柔斯之命运并驱使其转化为现实的

[①] 莱奥帕尔迪(1798—1837),19世纪意大利著名的浪漫主义诗人。
[②] 西蒙尼德斯(前556—前468),古希腊著名的抒情诗人。

极少部分人群。同样，瑞典人也与古典精神有着千丝万缕的联系——而我们却似乎从未有过这种关联。看看咱们的人现在都在读些什么书——又在写些什么书？——我们看的尽是些女性读物，里面的主角基本属于幻想中的人物，身披中性帝国服装；要么就是丹麦的淫秽小说，16岁以上男人都不屑于阅读的那种，除非他不得不在腰间捆上一条电动皮带；再不然就是些青涩的毛头小伙，跟合唱团的小姑娘们闲扯他曾经遇到的某个神秘而永恒的女人，那女人对他甚是无礼，竟敢欺骗他，殊不知要解开她这个谜底，只需给她来上一顿好揍。"

珍妮听罢放声大笑。贡纳走向门口。

"至于杰瑞德，我猜测，眼下他正与一位'斯芬尼克斯'女士过从甚密。碰巧我与这位女士认识。我没有揍她，只因为不想弄脏自己的手。其实我很喜欢她，只是当我发现她欺骗我的时候，心里感到格外难过。你瞧，最终我还是解脱了。假以时日，没有什么事情是你不能凭着一己之力克服的。"

珍妮默默地坐了一会儿，接着说道："和我说说塞斯卡的情况吧。"

"哦，我觉得塞斯卡自打结婚以后就没再碰过画笔。我上他们家去拜访，是她给我开的门，家里没有佣人。她穿着一件大围裙，手里拿着扫把。他们有一间工作室和两个小房间。两人不能同时在工作室里工作，当然啦，按她的说法，她的时间基本上全被家务活儿给占据了。第一次去的时候，她一直趴在地板上忙个不停，艾林当时外出了。她先是把地扫一遍，然后伏在地上用扫帚把家具底下的灰尘清扫出来，你懂的，就是那种犄角旮旯的地方。然后她开始拖地除尘。你真该看看她做家务的动作有多笨拙。我俩一起出门去买吃的,我计划在他们家吃午饭。艾林一回到家,她又立刻钻进了厨房;等到午饭终于做好了,她的小卷发已经全被汗水打湿了——不过午餐做得还不错。饭后,她一趟趟在餐厅和厨房之间往返不停,拿着餐具在洗碗池的水龙头底下冲洗,显得很没有效率。艾林和我在一旁帮忙,当然我还给她提了一些建议,你懂的。

"我请他们和我一起到外面吃晚餐,可怜的塞斯卡高兴极了,她终于可以有一个晚上不用做饭和刷碗了。

"如果他们将来有了孩子——我估计他们是会要孩子的——你就等着瞧吧,到那时塞斯卡就会完全放弃画画了,这实在是很可惜。我忍不住替她难过。"

"我不知道。似乎丈夫和孩子总是女人生活的重心。女人早晚会渴望这些东西。"

贡纳看着她,叹了一口气:

"我是说,如果他们彼此相爱的话。"

"你觉得塞斯卡和艾林在一起幸福吗?"

"我不太知道。我想她应该是很喜欢他吧。反正从头到尾都听她在说'伦纳特觉得是这样的','你要不要','我可不可以',或者'你觉得这个酱汁味道合适吗,伦纳特?'诸如此类的话。她现在说的挪威话里掺杂了数量惊人的瑞典语,我得承认我不是特别了解他们之间的关系。他曾经非常地爱她,你记得吧?他为人既不专横,也不粗鲁——而且恰恰相反——然而,我们的小塞斯卡现在变得如此卑微胆怯。她应该不是为日常家居生活而担忧,虽然家务活儿对她而言也是一副沉重的担子,她在这方面不灵光,但是她是个做事有良心的小东西,她在尽力而为,我知道他们过得挺拮据的。

"也许她犯了什么大错。比如，在新婚之夜告诉艾林关于她和汉斯·赫尔曼、诺尔曼·道格拉斯，还有杰瑞德的事儿，把所有她在这方面取得的成就一股脑儿地倒出来，这会让听的人觉得有点儿过了。"

"塞斯卡从来不对人隐瞒她做过的事情，我相信艾林在结婚前应该已经听过这些故事了。"

"嗯，"贡纳从鼻子里哼了一声，重新喝一口酒，"也许她还保留了一两条秘密没告诉他，按道理她丈夫应该有权知道。"

"你真过分，贡纳。"珍妮说。

"这么说吧——你其实并不知道该如何评价塞斯卡。她与汉斯·赫尔曼的那段关系是很特别的，虽然我知道塞斯卡在与他交往的过程中并没有犯下可以被我称为错误的事情。但总的来说——我看不出——这种事情对一个男人有什么区别，如果他的妻子在婚前拥有一段或几段这种关系，除非她是动了真情，否则就没啥区别。这种在生理上对贞洁的要求其实是很残忍的。如果一个女人非常喜欢一个男人并且接受了他的爱情，继而转身离他而去，不给他留下任何爱的奉献，那倒是相当的不地道。

"当然啦，我宁愿我的妻子在婚前没有爱上其他什么人。所以，如果落到自己头上，每个人的想法又不一样了。这是旧偏见和虚荣心在作祟。"

珍妮低头啜饮杯中的酒，刚想开口说点什么却又低下了头。贡纳背对着她，站在窗边，双手插在裤兜里。

"唉，珍妮，我觉得挺伤心的——我的意思是结婚前一个在某些方面颇有天赋的女子，满怀愉悦，通过努力工作发掘自己的才华——觉得自己就是生命的主人，拥有自由选择的意志,耕耘她认为美好的特质与天性,摈弃所有对她不利的东西。然后忽然有一天,她把自己全部投到一个男人身上,将自己完全放弃,丢弃她的事业、前途与工作——就为了一个可怜的男人。你不觉得这很可悲吗,珍妮?"

"确实。但这就是人生——所有女人都是这么过的。"

"我不能理解。我们男人从来也没能完全了解你们女人,我想这是因为男人无法想象作为一个理性的个体,怎么可以完全失去自尊,而你们女人恰恰如此。女人没有灵魂,这话是对的。你们或多或少都在公开场合承认风流韵事是你们唯一真正感兴趣的事儿。"

"有不少男人也一样热衷于这种事情——至少他们在行动上表现得如此,身体力行。"

"没错。体面的男人不会瞧得起那种女里女气的男人。正式地说,我们只希望把它当成是我们工作之余的一种自然的情感转移。或者说,一个有能力的人希望组建一个家庭,因为他知道自己可以养活更多的人,同时希望有人为他传宗接代。"

"可是女人在生活中当然还会有其他的使命。"

"那不过是纸上谈兵罢了——除非她愿意做一个理性的人,走出去工作,不满足于自己女性的身份。拼命生养一大堆孩子有什么用呢?如果说孩子长大成人不是带着某种使命感去成就些什么,而是继续循环生养——等于原材料没有被充分利用,这样的生养又意义何在?"

"从某种意义上来说,确实如此。"珍妮说道,微微一笑。

"事实就是这样,我从太多的女人身上看到这一点,我当工人的时候曾在职工学校学习。我记得当时英语班有一个姑娘，她学习英语的目的就是能够和外国军舰上的水手攀谈。这些姑娘唯一的目标就是希望能在英国或者美国弄个身份。我们男生上职校补习的目的是更大程度地完善在学校已经学过的知识，丰富我们的精神世界。而姑娘们只喜欢看小说。"

"就拿社会主义来打比方吧，你觉得哪个女人能真正明白它的含义，除非她的丈夫教会她看问题的方式，试着与她解释为什么社会发展到了一定的阶段，社会主义必将到来。到时候每个孩子都能拥有受教育和开发自身特长的机会；所有的人都可以生活在自由与美好之中——只要他承受得了自由，而且对美好的事物有所感觉。女人以为自由就是不用工作，我行我素，无所顾忌。她们对美好的东西没啥感觉，她们只懂得买最贵的东西，然后把自己打扮得奇丑无比，因为她们以为这就是时尚。瞧瞧她们把自己的家布置成什么样子吧，越是有钱的家庭，越丑。如果说还有什么更丑陋更不得体的时尚，但凡她们有钱，就不怕她们学不到。你无法否认这些。

"我就不用再提什么道德了，因为她们压根儿就没有道德。更不用说女人对待我们男人的方式，其实你们对待彼此的方式也着实令人恶心。"

珍妮微笑着，觉得他说的话有些在理，有些也不是那么回事儿。但是她不想与他做什么争辩，只是觉得有必要说上几句。

"这样评论女人，是不是太苛刻了点儿？"她出其不意地问道。

"总有一天，你会看到我的这些言论以文字的形式出现。"他得意扬扬地说。

"你说的有一点儿道理,但不是所有女人都一样,人各有不同,哪怕只是程度上的差异。"

"没错。但是我所说的这些情况适用于大多数女人,你知道为什么吗?因为对所有女人而言,核心问题只有一个,那就是男人——要么拥有他,要么想办法得到他。生活中最严肃、最有价值的东西——比如工作——在你们女人眼里无足轻重。你们中间最优秀的一些人可能会认真工作上一阵子,因为女人知道当她年轻貌美的时候,那个'他'迟早会出现。然而,随着时间的流逝,如果那个他迟迟未现,岁月蹉跎,女人渐渐变得懈怠、疲惫而心怀怨怼。"

珍妮点点头。

"你知道吗,珍妮,我一直把你当成最优秀的男人来看待。很快你就要满29岁了,正是可以施展才华的大好年纪。你不会希望正当你满怀热忱打算拥抱新生活的时候,却愿意被丈夫、孩子和家务这些只会成为你工作羁绊的事情来拖累你吧?"

珍妮轻柔地笑起来。

"如果有那么一天,你拥有了世间属物的一切,却即将离开这个世界。此时,你的丈夫和孩子环绕在你身旁,可是你却发现自己并没有得到自己本应可以获得的成就,你会因此而难过后悔吗?我相信你会的。"

"是啊,如果我真的凭一己之力达到人生的制高点,当我离世的时候,突然意识到我曾经追求的事业与生活在我离开之后还将兀自持续很长一段时间——回望来路,发现自己孑了一人,在这个世界上没有任何一颗属于我的灵魂,你觉得我是不是也会懊恼后悔?"

赫根沉默片刻。

"是的，独身主义对女人而言，其意义与男人不同。它意味着需要将普通人在意的诸多烦恼琐事置之度外——无论是感官上的还是精神上的，统统丢弃不用。呵呵，有时候我还真希望你能稍微琐碎一点，然后彻底放下。从此你才能全身心地投入工作中，享受彻底的宁静。"

"喜欢琐碎生活的女人，像你刚才说的那样，其实是不会轻易放弃的。如果生活让她们失望了，她们会期待着下一轮的好运。所有人都不会善罢甘休，等你意识到的时候其实她们已经尝试过许多次了。"

"但这不是你的风格。"他飞快地说。

"谢谢。听你这样说感觉很新鲜。通常按照你的观点，女人一旦陷入这种生活，最终的结局只有被拖垮。"

"大多数人的确是这样，但是也有例外的。通常这种情况只适用于那些除了男人就不再有追求的女人——但不适用于那些特立独行的女人，因为她们不仅仅是作为女性而存在。比方说，为什么你就不能对一个男人坦白，向他说大实话，哪怕双方都意识到其实你并不想放弃自己的独立性，也不想给他当一辈子老婆把自己拴在家务事上？爱情迟早会消亡的，别让它欺骗了你。"

"是的，这些我们都知道。只是不愿意去相信而已。"她笑道，"不，我的朋友——我们要么去爱，相信这是值得我们活下去的唯一理由——要么不爱，然后因缺爱而终日郁郁寡欢。"

"我不喜欢你这种说法。不是这样的；一个人需要感觉到自己充满活力，对外界保持随时的警觉，乐于接纳新事物，勇于调整，敢于创造，将自己的才能发挥到极致——只有工作——才是人生最有价值的事情，相信我吧。"

十

珍妮低头嗅着格拉姆递过来的菊花。"很高兴你喜欢我的作品。"

"是的,我非常喜欢。特别是那幅戴珊瑚项链的小姑娘,我之前和你说过。"

珍妮摇摇头。

"我觉得色彩非常漂亮。"格拉姆说道。

"其实这幅画还不算完工。围巾和衣服的调子还需要再调整润色一下。当时画的时候,塞斯卡和我都被其他的事情弄得有点儿分心了。"

停了一会儿,她问道:

"有赫尔格的消息吗?他现在怎么样?"

"他不常来信。目前正在准备他的科学博士论文——你知道他在罗马的时候就已经开始搜集论文素材了,他说一切还好。他都没给他妈妈写一个字,搞得他妈妈非常不高兴。作为她的伴侣,我不得不说,她确实没有任何长进。可是眼下她很不开心,可怜的人儿。"

珍妮把花瓶移到书桌上,开始整理鲜花。

"我很高兴听到赫尔格又开始工作了,整个夏天他的工作都没啥进展。"

"你不也一样嘛，亲爱的。"

"是的，你说得对。更糟的是我到现在也没打算开始。而且心里一点儿也不想。今年冬天我计划开始做蚀刻，可是……"

"你不觉得每逢遇到挫折，人多半总是要低沉一阵子才能过去的？这次画展很成功，报纸上的评论也不错，难道这还不足以让你提起兴趣重拾画笔？已经有人开价向你购买阿文丁那幅画了，你打算接受吗？"

她耸耸肩。

"当然，我不想接受也不行啊，家里人一直等着钱用，你是知道的。再说，我打算出国，一直待在这里也不是长久之计。"

"你想出国吗？"他温柔地问道。"嗯，我猜你会的，这是再自然不过的了。"

"唉，这次画展，"珍妮一面说，一面在摇椅里坐下来，"所有的作品，在我看来，哪怕是近期的几幅，似乎都是在很久以前完成的。阿文丁的那幅草稿是我在遇见赫尔格的当天完成的，然后我开始动手画它，其间经历了我们在一起的整个过程——塞斯卡那张也是在那段时间完成的。在你办公室创作的那幅斯坦奈斯大街，是利用等他回来的那段时间完成的。自那以后，我几乎什么也没干。哎呀，这么说，赫尔格已经重新开始工作了？"

"这很正常，我亲爱的。失恋这种经历往往会给女人留下更深的伤痕。"

"哦，是的，是的——女人，这就是不幸之所在。这听起来就像是一个女人为了一场虚无缥缈的爱情变得对任何事情都提不起兴趣，倦怠乏力。"

"我亲爱的珍妮，"格拉姆说道，"我觉得这很正常，你需要一点点时间来疗伤，换句话说，让自己最终从这件事情中脱离出来。然后你会明白，你所经历的一切都不是徒劳的，它会让你的灵魂变得更加丰满。"

珍妮不吭声。

"我相信有很多东西是你不愿意失去的——所有的快乐、温暖，与朋友们在那个美丽的城市度过的所有阳光灿烂的日子。我说得对吗？"

"你可以如实告诉我吗，格特？——像你刚才说的，人们可以通过生活中发生的挫折来丰富自己的灵魂，这是你个人的感悟吗？"

他惊了一下，好似被她伤到了，为她的直白而震惊。过了一会儿，他说道：

"那是完全不同的情况。这些经历都是由于罪所带来的后果——我指的不是传统意义上的犯罪，而是指人们违背自身认知所导致的行为后果——它总是令人苦不堪言。比起那些微不足道的小插曲，我的经历令我的生命变得愈加丰富而深刻——命中注定我不能获得更大的幸福。但是我总有这样一种感觉，生活中遭遇的任何一次打击，都可以使我更加深刻地领悟到生命的真正含义。

"至于你的经历，那又是另外一回事了。纵使你的快乐转瞬即逝，但在它存在的那一刻是纯洁无瑕的。你毫无保留地相信这份感情，全心投入。除了你自己，你没有欺骗任何人。"

珍妮没有作答。她心里有千万条理由可以驳斥他，但是她隐约觉得说出来他也不会明白的。

"还记得易卜生的那句名言吗：'纵使折桅船沉，我已然远航。'"

"我挺吃惊的,格特,你居然还会念念不忘这些傻乎乎的名言警句。这年头,大多数人看重的是责任与自我价值的肯定,不再接受过去的那套理论了。倘若我的船即将沉没,倘若我知道没有退路,我会选择与船一起沉入海底,不会退缩。据我所知,优秀的水手总是与他们的舰艇共存亡的,如果错误是他自己一手造成的,他不会选择临阵逃脱,苟且偷生。"

"我的观点是,人们可以因为每一次的不幸遭遇而心存感激,"格拉姆微笑着说道,"因为他们总能从中汲取一点精神力量。"

"我同意你的前一个观点,至于第二点嘛,除非这些不幸的遭遇还没将人的自信心击垮。"

"你不必把这种事情看得过重,听你说话有点儿激动,还夹杂着一丝愤愤不平。我还记得赫尔格离开那天你是怎么说的。我亲爱的孩子,你不至于要求所有人都必须掐灭生命中每一段处于萌芽状态的激情,直到迎来他认定的那份至死不渝的真情方才罢休?为此他必须在逆境中忍辱负重,时刻准备做出牺牲,刻苦己心,似乎只有这样才能知晓这份存在于幻想中的情感属性,体现其特性中最深刻的神圣之处,以防日后对她或他的情感有所游移?"

"是的。"珍妮锐声答道。

"你有过这样的感受吗?"格拉姆问道。

"没有。但是我知道,我一直知道它就应该是这样的。只不过当我变成28岁老姑娘的时候,心里非常渴望爱与被爱;然后,赫尔格出现了,我们坠入情网,我抛开之前对自己和对爱情的所有要求,只看眼前——从某种程度而言,我是真诚的。一切都会好的,我对自己说——我肯定会幸福的——虽然内心深处并不确定是不是已经没有别的选择可能性了。我跟你说,那天我的朋友赫根对我说,他是真诚地、坦然地鄙视女人——我想他是对的。我们不懂得尊重自己,有惰性,总是无法下定决心去改变自己的生活,不愿意为追寻幸福努力工作。私下里,我们带着侥幸的心理期待着男人的救赎,以便让我们不费劲就能过上好日子。我们当中最女性化的一些人,将幸福定义为无所事事和精致优雅的生活,期待能傍上一个能给她们提供方便的男人。如果我们当中真的有少数几个头脑清醒的另类,渴望自身变得优秀强大,愿意朝着这个目标去努力——却也仍然期望在这个过程中能遇到一个爱我们的男人,成就我们的理想。

"一段时间内,我们可以非常投入地认真工作,对工作充满兴趣;但是潜意识里,我们期待着更大的幸福,这是工作所无法给予的,我们必须仰赖上天的恩赐。工作永远不可能成为女人的全部。"

"你以为工作就可以成为一个男人的全部?绝对不是的。"格拉姆说道。

"可是对贡纳是这样的。你只管相信我,女人在他的生命里确实占有一席之地——只不过被安放在一个微不足道的角落。"

格拉姆笑道:"你的朋友赫根有多大岁数了?看在男人的分上,我希望有那么一天,他会在一些对人生最具决定性影响的事件上改变他的观点。"

"我不知道,"珍妮激烈地辩解道,"不过我也希望有一天我能把这套关于爱情的谬论用到合适的地方。"

"我亲爱的珍妮,听你这么说话就好像——你是一个没有感情的人。我想说的是，我知道你其实是有的。"格拉姆说道，脸上挂着忧郁的微笑。"小东西，你想不想听听我对爱情的理解？如果我不相信爱情，那我对人类就不会有丝毫的信心，对我自己亦是如此。你是不是以为只有女人才会觉得生活毫无意义，心灵冰冷空虚，除了工作别无可恋？难道你以为任何一个活生生的灵魂从未曾有过片刻的疑惑？除非你心里拥有这样一个人，你愿意将你最宝贵的东西——爱与信任——为之全然献出。

"每当提起我那段地狱般的婚姻，我从未使用过多激烈的言辞，如果说我还能勉强忍受这段婚姻，其主要原因就是丽贝卡对我的爱。也正是由于她的这种爱，使得她在婚姻中一些不可饶恕的做法得以被赦免。我知道因为嫉妒和愤怒，她始终带着卑鄙的快意在折磨我、羞辱我，让这一切呈现出一种因背叛爱情而带来的漫画般的效果。这种折磨给我一种正义的满足感，我的不快乐是有原因的。我背叛了她，夺走了她全部的爱情，却没有给予她应有的回报——私底下我只是在糊弄她——作为对她完美爱情的回报。如果说，生活可以无情地惩罚那些敢于亵渎神圣爱情的罪人，同样，对我而言，生命中再没有比神圣的爱情更为圣洁的东西了。那些忠实于理想爱情的人，必将在至高至纯的幸福里收获他应得的福报。

"我曾经说过我有过一段错失的爱情。她与我青梅竹马，在我很小的时候她就喜欢上了我，而我对此一无所知，或者说并不稀罕这事儿。当她听到我结婚的消息，立刻接受了另一个男人的求婚，那个男人爱她爱得死去活来，发誓说只有她答应嫁给他，才能把他从感情的困境中拯救出来。我知道你对这种救赎方式嗤之以鼻，可是我的孩子，你不知道人在特定环境下会做出什么反应。当你发现那个让你全身心爱慕的人躺在别人的怀里,你突然觉得自己的生活不值一过;而就在此时,冒出来一个错误的人,请求你将自己不再珍惜的生命交到他手中,顺便再拉上他一把。

"伊莲娜过得很不快乐,我也一样。后来我们再次重逢,彼此之间的关系并未能发展成世人眼中所谓的幸福。我们不敢挣脱世俗的羁绊,随着时间的流逝,我承认原来企望她能成为我妻子的那种想法也渐渐淡了,但是对她的回忆已然成为我生命中最宝贵的一部分。现在她住在世界的另一端,她将所有精力投到她的孩子身上,她夹在孩子和她那个道德沦丧的酒鬼老公中间,希望能减轻由此带给家庭的阴霾。因为她,我至今仍然坚信人性所拥有的纯洁、美好与坚忍,还有爱。我也知道,伊莲娜心里仍然有我,这成了她活下去的动力,激励着她顽强生活,忍受苦难。她爱我,一如少年般深情;她信任我,相信我的才华,以及我对她的爱。她总觉得凭着我的天赋,应该得到命运的垂青。在她眼里我还是那个与众不同的人,你觉得对吗?"

珍妮没有应答。

"生活中真正的快乐不是被爱,珍妮;最大的快乐是去爱,并且拥有爱的能力。"

"哼,那得是多么卑微的幸福,当一个人的爱得不到回应的时候。"

他静静地坐了一会儿,双目低垂,然后悄声说道:

"无论快乐与否,只要一想到自己心仪的可人儿一切安好,对于爱的人就是幸福。他会为她祈祷:祈求上苍赐给她快乐,因为她配得到幸福——给她所有我不曾拥有过的。她纯洁而美丽,暖心又甜蜜,才华横溢,温柔善良。亲爱的珍妮,能够这样为你祈祷,在我就是快乐。不,这样做没什么可怕的,我的小东西。"

他站起身,她也跟着站起来,下意识地动了一下,仿佛害怕他走近她。格拉姆停住脚步,微笑道:

"你这么聪明,怎能不知道呢?我想你在我明白之前已经先于我感知到了,它是自然而然到来的。我的生命处于一种呆滞的状态,一天天奔向老年、黑暗与死亡,我知道此生再无希望达到我心渴慕的彼岸。然而我遇见了你,你是我见过的最光彩照人的女人,你拥有我曾经的梦想,此刻的你正在奔往自己理想的路上,我忍不住从心底发出呼喊:全能的上帝,助她一臂之力吧,不要让她的才华如我一般被生活所弃!

"你对我太好了,你进入我生命的牢笼来探望我,与我分享你的故事。你倾听我说话,充满理解与同情,你美丽温柔的双眼满是怜悯,爱意盈盈。我亲爱的,你在哭吗?"他一把抓住她的双手,热切地将它们按在自己的唇上。

"不要哭,亲爱的。我不许你哭。你为什么要哭呢?你在发抖——告诉我你为什么要哭成这个样子?"

"所有的一切都让人难过。"她抽噎着。

"坐下来。"他跪在她面前,有一瞬间他将他的额头抵在她的膝盖上。

"不要为我而哭泣,你有没有想过,我宁愿与你从未相识。如果你爱过,可是你又希望它不复存在,那只说明你从未真正爱过。这是真的,相信我。哦,珍妮,如果有人拿全世界来与我交换,我也绝不会放弃心里对你的这份美好感情。

"你也不可以为自己哭泣,你会幸福的,我知道。在所有爱你的男人当中,总有一天会有一个男人躺卧在你的脚前,如同我现在这样,对你说这就是生活的全部意义,你也会认同的。你将意识到,与他在一起哪怕只有短暂的片刻,纵使身处陋室,经历一整天的辛苦与劳作——那种巨大的幸福感,将远胜于成为一名伟大的艺术家,这种感觉比接受世人最高荣誉与礼赞还要强烈。难道你不也是这样认为的吗?"

"是的。"她轻声说道,哭得精疲力竭。

"不要放弃对幸福的追求。你一直在努力让自己成为一个真正的艺术家,一个有能力的好女人,同时你也渴望遇见一个懂你、欣赏你的人,并因此而爱你的人——对吗,珍妮?"

她点点头。他虔诚地亲吻她的手。

"你已经达到你的目标了,你是如此完美精致、傲娇可爱。我现在这么说,总有一天,这些话将从一个比我年轻、比我强壮、比我更好的男人口中说出来——你一定会乐意听到这些赞美之词。现在听见我在夸你是世界上最甜美、最了不起的小姑娘,你会不会有点儿小高兴?你看着我,珍妮。如果我告诉你,未来你会得到所有的幸福,就因为你配得上这些,这么说能不能让你快乐一点点?"

她低头看着他的脸,努力想挤出一个微笑;然后她垂下头,用两只手抚摸着他的头发。

"哦,格特,我实在是办不到——你说呢?我不想对你有任何伤害。"

"别难过,我的小东西。我爱你就是因为你愿意做你自己——这也是我曾经的梦想。不要为我难过,哪怕你觉得我的痛苦是因你而起。让我告诉你吧,有些痛苦对人类而言未尝不是件好事，是值得祝福的。"

她继续轻声啜泣。

他耳语道：

"我可以时常过来看你吗？你难过的时候可以告诉我吗？我真的很愿意为我亲爱的小姑娘做点儿什么。"

"我不敢要求什么，格特。"

"亲爱的孩子，我已经是个老头儿了，别忘了我都可以做你的父亲了。"

"我是说，为了——为了你，这样做不对。"

"哦，这没什么的，珍妮。难道你真的以为我见不到你就不会想你了？我不过是想见见你，和你聊聊天，为你做点儿什么，你会不让我来吗？就让我过来吧。"

"我不知道——不知道该说什么，但是请你现在就走吧。我已经受不了了，这一切简直太可怕了，你可以走吗，亲爱的？"

他慢慢地站起身。

"我这就走。再见！珍妮。亲爱的孩子，你的情绪有点激动。"

"是的——"她低声喟叹道。

"我现在就走，但是在你离开此地之前我需要见到你。等你情绪稳定下来、不再害怕我的时候，我再过来。你没有任何害怕的理由，亲爱的。"

她静静地站着，突然将他拽至跟前，用嘴唇在他的脸颊上轻轻擦了一下。

"你走吧，格特。"

"谢谢，上帝祝福你，珍妮。"

格拉姆走后,她在地板上走来走去,不知何故浑身颤抖。想起他跪在她面前说过的那些话,从她的内心深处涌起某种难以言状的快乐。过去她一直认为格特是个软弱的人,就像那些在痛苦中沉沦、任人践踏的失败者。现在突然展现在她面前的是一个拥有如此强大心灵力量的人,他精神富足,愿意对人伸出援手。与此同时,她却是处于困顿迷离的状态,在自我武装起来的表象之下,因内心的渴望而烦躁不安。

为什么要让他走?是因为自己的灵魂太过贫乏,以至于要向一个她自以为与她同样匮乏的灵魂发出抱怨,然而却意外地发现他是如此富有,他主动大方地向她伸出援助之手。毫无疑问,她是因为羞愧难当才请他离开的。

接受任何一份无以回报的感情,在她看来是件很不应该的事情。可是她还从未想过自己需要这种帮助。

他不得已中断曾经令他全心投入的艺术,压抑在内心深处的爱情亦无处释放,即便这样,他仍然没有绝望,也许这就是有信仰的好处——无所谓信仰什么,除非身边有一个可信赖的人,因为人无法凭借一己之力去过爱与信任的生活。

她常常有自主结束生命的想法。如果她现在死了,这个世界上会有那么几个在乎她的人痛心不已,可是谁都不会离了她就活不下去,也没有谁让她觉得有必要为了他们而硬撑着多活些日子。只要他们不知道这是她的主观行为就好,母亲和弟弟妹妹们顶多为她哀悼一年的时间,日后再提起她,只会带着伤感的柔情回忆起她的一切。塞斯卡和贡纳的悲痛可能要比其他人更深一点,因为他们知道她一直不快乐,可是她却也一直活在他们的生活之外。最疼爱她的人必定是最悲伤的人，可是既然她什么也不能给他，也许在她死后他依然还会继续爱她。能够爱她就是他的幸福所在，他的内心拥有快乐的能力。既然她不具备这种能力，也就没什么好活的了。工作还没能使她的生活充实到某种程度，以至于不再渴求其他的东西。那为什么她还要继续活下去呢，就因为人家说她有天赋？若论起她的艺术给人带来的愉悦，无人能超越她自己，然而这种愉悦并不能完全满足她的心。

贡纳有一次说她是美德的殉道士，在她看来这种评价相当简单粗暴，她觉得他说得不对。其实她是可以随时改变这种状态的，只是她不敢。她总担心有一天会遇到内心渴望的那份情感。最不济的情况无外乎就是与人同处一室，而内心孤独依旧。噢，不，她不想要这样的生活。她也不想和这种男人在一起，在顺从于灵魂与肉体亲密关系的同时，某一天突然发现自己并不了解他，而他似乎也从未了解过她——两人之间完全没有共同语言。

她活着是因为她还在等待；她不需要情人，她期待的是一个主人，在等待的过程中，她还不想死。

不，她不会这么随随便便地抛弃自己的生命。她不能就这么凄惨地离开这个世界，对她而言，这世上还没有什么可留恋的东西让她在临别之际可以与其珍重道别。她不敢贸然行动，她宁愿相信有一天情况会有所改变。

既然没有其他的事情可做，那就只能拿起画笔继续作画。也许这不是最好的解决办法，她这是得了相思病呢，她暗自笑道。她的症状确实就像是患了相思病，目前爱是有的，只是爱的对象尚未存在。

珍妮来到窗前，向外面张望。在渐浓的夜色中，天空呈现出一种紫罗兰色；铺着瓦片的屋顶，烟囱的顶帽和密密麻麻的电线，在暮色中融合成一片灰色。街上亮起了淡红色的灯光，晕红了霜雾。冰冻的路面上，车厢的辘辘声，有轨电车与轨道刺耳的摩擦声，一切清晰可辨。

她不想回家吃饭，但是想起之前已经答应过母亲，于是她熄灭炉火，走出房间。

户外的空气寒冷而潮湿，雾气中弥漫着煤烟和灰尘的气味。画室所在的那条街可真够沉闷的。离开画室从市中心往下走，路面上开始可以听见喧嚣嘈杂的声音，呈现出一派繁忙景象。道旁的商店里展示着华丽的橱窗，人们进进出出，街道的尽头是城堡那排毫无生气的灰色城墙。路两旁的房子看上去灰蒙蒙的，像是无人居住的空房子。新建筑用石头和玻璃材料建造而成。在大扇的玻璃窗户后面，明亮的日光灯下，年轻人在电话里交谈，在图纸上忙着谈生意。镇上早年遗留下来的米褐色老房子大多数属于一些低矮建筑，门脸儿打理得锃亮，办公室的窗户上悬挂着亚麻布窗帘。附近有几栋零星的简陋房子，透过玻璃窗，可以看见里面挂着窗帘，还有摆在窗台上的花盆，这些是当地人的住家。这条街上还有一些奇奇怪怪的独栋房子，晚上大多没有人住，这些店铺平日里基本上不会有络绎不绝的顾客，它们就卖些墙纸、石膏装饰品和火炉子之类的东西；还有一些是家具店，窗户里面摆满了桃花芯木床和抛光的橡木椅子，看上去像是一辈子都不会有人光临。

门廊下站着一个小男孩，小脸儿冻得发紫，胳膊上挎着一只篮子，正站在路边看着马路中间的两只小狗打架，阵阵尘土随风扬起。突然两只小狗朝着他站立的地方跌撞着冲过来，把他吓了一跳。

"你害怕吗?"珍妮问道。小男孩没有说话,她接着说道:"要不要我带你绕过它们?"小孩听罢立刻走到她身旁,一声不吭。

"你要往哪边走?家在哪里?"

"在沃德街。"

"你一个小孩子家走这么远出来买东西?可真够勇敢呢。"

"我们和这条街上的澳斯店铺有生意,因为爸爸认识他们。"男孩说道,"这篮子可真沉啊。"

珍妮看看四周,街上的行人渐渐稀少了。

"把篮子给我,我帮你提着它走一段路。"

小男孩不情愿地把篮子交给珍妮。

"拉着我的手,我带你绕过这些狗。你的小手好冷啊,你没有手套吗?"

男孩摇摇头。

"把手伸进我的暖手套里来吧,你不愿意吗?你觉得男孩子戴暖手套好傻,是不是?"

她记得尼尔斯小时候也是这样。她时常想起他,现在他已经长大了,有自己的朋友了。他已经到了某个年龄段,觉得和大姐姐一起逛街是件乏味的事情。他很少到她的画室里来。在国外的那些年,他们之间的关系渐渐疏离。也许等他再大一点儿,他们又会变成和以前一样的好朋友。一定会的,之前他们喜欢和彼此做伴儿,可是眼下他却很高兴没有她在身旁。有时候她真希望他现在还是个小娃娃,这样她就可以把他放在自己的腿上,给他讲冒险故事,帮他洗漱更衣,睡前吻他——或者也可以再大一点儿,就像以前那样,他们一同前往诺玛肯的山区漫游。去往肉铺的路很长，一路上随时都会有各种各样的事情发生。

"你叫什么名字呀，小家伙？"

"奥斯约·托斯坦·默。"

"你几岁了？"

"6岁。"

"我猜你还没上学吧？"

"没有。不过4月份我就要上学了。"

"你觉得上学会很有意思吗？"

"不会有意思的，因为老师特别严格。奥斯卡每天上学，不过我们不在一起，他已经上二年级了。"

"奥斯卡是你的朋友吗？"珍妮问道。

"是的，我们住在同一栋房子里。"

停了一会儿，珍妮又问道："还没下雪，你是不是有点儿失望？你住的地方在码头边靠山的地方，本可以滑雪呢。你有雪橇吗？"

"没有，可是我有雪靴和滑雪板。"

他们拐向另一条繁华大街，珍妮松开小男孩的手，低头看着手里的篮子。篮子沉甸甸的，而他还是个孩子呢——于是她只好继续拎着那只篮子。虽然她不情愿被人看见她和一个可怜的小顽童走在这条繁华的大街上。她想带他进一家糖果铺，可是转念一想，要是让熟人遇见了也是挺尴尬的事情。

拐进黑乎乎的沃德街，她又拉起他的手，一直把他送到房子跟前，临走时再给他一枚硬币作为告别礼物。

回城的路上，她给小男孩买了一盒巧克力和一双红色羊毛手套，能够给他一点儿意想不到的惊喜，总是件好事。她也许可以让他给她做模特，不过他还太小了，恐怕坐不住。那双可怜的小手,被她握在手心里变得热乎了,能握着他的小手,似乎对她也是一件好事。好吧,她打算为他画一张像,他有一张特别小的脸蛋。到时候,她会给他端一杯牛奶,奶里放一点儿咖啡,再配上一只可口的面包卷和黄油,然后她会一边为他画像,一边和他聊天……

第三部分

一

5月，一个晴朗平静的日子。临近傍晚的时候，城市高处的建筑笼罩在一片雾霭之中；在夕阳的余晖下，光秃秃的城墙呈现出赭石红色，工厂的烟囱变成了猪肝色。大大小小的房屋，高低错落的屋顶，统统笼罩在紫灰色的雾霭里。空气中充满了灰尘、烟雾和水汽。红墙旁的一棵小树冒出几片黄绿色的嫩芽，在阳光下看上去是透明的。

工作室的护墙板上长出了一层亮绿色的霉菌，墙壁被乌黑的煤烟所覆盖，有些地方看上去仿佛铺了一层薄薄的、亮闪闪的银色薄膜。

整个上午珍妮都在城郊附近走来走去。橄榄绿的杉树顶上露出一块湛蓝而热烈的天空；阳光下，树叶的嫩芽呈现出琥珀色。而在城市的这边，在高高的房屋和纵横交错的电线之上，空气中有一层乳白色的薄雾，天空逐渐变得苍白朦胧起来。

这里确实是这座城市相对比较漂亮的地方，尽管格特看不见。对他而言，这座城市始终代表着丑陋、灰暗和肮脏；那些出生在80年代[①]的年轻人被迫在这里定居和工作，他们诅咒这座城市。此刻他大概正站在窗前，凝视着外面

---

① 此处指19世纪80年代。

的阳光。对他而言，光线与色彩的变幻并不值得注意，它们不过就是他牢狱窗外的一缕阳光而已。

她在离他楼门几步远的地方停了下来，和往常一样，她左右观察一下街面的动静。路上的行人一个也不认识，生意人正匆忙走在回家的路上。此刻刚过下午6点。

她一路小跑着上楼——冬天的深夜，每当他们偷偷摸摸从他房间里出来走下楼梯的时候，铁楼梯总会发出可怕的回音，光秃秃的墙壁似乎永远保留着寒冷阴郁的气息。

她匆匆穿过走廊，按照惯例在门上轻敲三下。格拉姆打开房门，一把将她搂入怀中，用另一只手从她身后将门反锁，他们热烈拥吻。从他的肩膀上方看过去，小桌子上摆放着鲜花和红酒，水晶盘里盛着进口水果。房间里有一抹淡淡的雪茄烟雾，她知道从下午4点开始他就坐在这里等她。

"我没法早点儿过来，"她悄声说道，"抱歉让你等这么久。"等他松开她，她走到桌子边上，俯身在鲜花上嗅着。"我要带两支走，好让自己开心，行吗？自从和你在一起，我都被你宠坏了，格特。"她向他伸出双臂。

"你什么时候走？"他问道，温柔地吻她的手臂。

珍妮低下头。

"我答应晚上回家吃饭。妈妈总是要等我回家吃饭，最近她很累，晚上我需要帮她做几件家务活儿。"她飞快地说道。"你懂的，从家里溜出来不是那么容易的。"她轻声为自己找借口。

他低头听她说完这许多的话。等她走近他身旁的时候，将她揽入怀中，这样她就可以把脸藏在他的怀里。

她不会说谎，可怜的小东西，她装得不像。不过，无论如何他都会相信她编出的任何一个借口，不会有片刻怀疑。冬天的时候——他们有过十分短暂的激情——包括在初春的那些日子，那时候她总是随时可以从家里脱身。

"咱们这样好累啊，格特。现在我住在家里，更加难以脱身。你是知道的，我必须待在家里，因为妈妈缺钱又缺帮手。你答应过我的，是不是？我最好是搬回家里住。"

格特沉默地点点头，表示赞同。他们在沙发上紧挨着坐下来，珍妮将头靠在他的肩上，这样她就可以不用看见他的脸了。

"早上我到郊外去了，就是咱们以前一起去过的地方。什么时候咱们再去一趟吧——后天怎么样？如果天气好的话。行吗？你是不是因为我今天说要早回家心里觉得难过？有吗？"

"亲爱的，难道我没有告诉过你千百遍吗？"听他的声音就知道他的脸上一定又是挂着那种忧郁的微笑。"我心存感激，感激你在我生命里停留的每一秒钟。"

"别这样说，格特。"她说道，露出痛苦的表情。

"为什么我不能说实话？我最亲爱的小姑娘，难道你以为我会忘记你所给予我的这一切——我一刻也不能忘记这至尊的恩惠，我永远都不会明白你怎么就肯将自己完全献给我。"

"去年冬天，当我意识到你喜欢我——你有多爱我的时候——我对自己说必须赶紧止住。可是随后我又意识到，我不能没有你，于是我就把自己交给你，这算是恩赐吗？在我不愿意放弃你的时候。"

"我把它称为不可思议的恩惠，你竟然会爱上我。"

她往他的怀里钻，一声不吭。

"我最亲爱的宝贝……你是如此的年轻、甜美……"

"我已经不年轻了,格特。你遇见我的时候,我正在慢慢老去,我从来就没有年轻过。依我看,你比我年轻,你有一颗年轻的心。你仍然还相信那些曾经被我嘲笑过在我看来简直就是很幼稚的信念。是你让我相信这世界上还有爱与柔情,以及诸如此类的东西。"

格特·格拉姆微笑着低语道:"也许我的心不比你老——可是我知道,我就不曾有过青春,我的内心深处一直怀揣一个梦想,也许有一天青春会用它的魔杖眷顾我,哪怕只有一次。可是与此同时,我的两鬓已是华发渐生。"

珍妮抬起头,用手抚摸他的头。

"你累吗?我的小宝贝。要不要我替你把鞋脱掉,你躺下来休息一会儿?"

"不累,就让我这样待着,挺好的。"

她把双脚蜷缩在身体下,依偎在他的大腿上。他用一只手搂住她,伸出另一只手倒上一杯红酒,将酒杯递到她唇边,她乖乖地抿了一口。他又喂她吃樱桃,伸手接过她吐出的果核,放到盘子里。

"再来点儿酒?"

"好的。我觉得我还是和你待一小会儿吧,我可以给家里人捎口信说我遇见赫根了——估计他这会儿就在城里——但是我必须赶在末班车之前回家。"

"这事让我来处理好了,"他温柔地扶她躺到沙发上,"躺着别动,好好休息,小东西。"

他出门了。她脱掉鞋子,又喝了几口酒,然后倒在沙发上。她给自己找了一条披肩,将头深深地埋进枕头靠垫里。

总之,她是爱他的,和他在一起感觉很开心。像刚才那样坐在他身旁，躺在他的怀里歇息，让她充满了幸福感。在这个世界上，他是唯一愿意将她抱在膝上，搂住她，温暖她，将她唤作小宝贝的人。他是这个世上唯一真正站在她身旁的人——她又有什么理由不去靠近他呢？

当他紧紧地搂着她，将她藏入怀中，她什么也看不见。只感觉到他的双臂环绕着她，温暖漫过全身，让她心满意足。她不能没有他，看在他为她付出了几乎所有的分上，她还有什么不可以把自己那一点点迟早也要奉献出来的东西交给他呢？

他可以吻她，和她做他想做的任何事，就是不可以开口说话。只要一开口，他们之间就会突然变得形同陌路。他谈到爱情，但是她的爱不是他所期待的那样，她无法用文字向他解释。这不是恩赐，也不是什么高贵的礼物——她牢牢地拽住他，用她可怜而卑微的爱，她不希望他因此而对她感恩戴德，只要他喜欢她就好，什么也别说。

他回来的时候她正躺在沙发上，两只眼睛睁得大大的，但是随即又在他小心翼翼的爱抚下合上了，她微微一笑；然后伸出双臂搂住他的脖子，将身子贴上去，他身上有股淡淡的紫罗兰香水的味道，温和怡人。当他带着询问的目光将她整个人抱起来的时候，她轻微地点了点头。他刚想说什么，却被她用手挡住嘴唇，她吻住他，让他无法开口。

他目送她走进车站。她在站台上停了一小会儿，看着他在5月蓝色的夜幕下融入大街，然后转身走进车厢坐下。

去年圣诞节的时候，格拉姆离开了他的妻子，独自搬进写字楼，另外租了一间房住下。珍妮知道他是想让丽贝卡明白他不会再回到她的身旁了，这样以后才可以和她慢慢谈分手。这是他处事的方式，他没有勇气立即和她说分手。

珍妮不敢多想他对今后的打算，他觉得他们会结婚吗？

无法否认，从始至终她就没打算和他永远绑在一起，这也是为什么当他们不在一起的时候，当她躲在他泛滥的爱情之中，每每想到他，心里就充满了一种苦涩绝望的耻辱感。她欺骗了他——她一直在骗他。

"你已经学会爱我了，这就是我说过的那种不可思议的恩惠。"难道是她的错，让他有了这种想法？

他不能要求她做他的情妇，除非她心甘情愿或者对他表示出这种意思。她知道他渴望她；每当他们在一起的时候，她的心总是忐忑不安，因为她明白他想要什么却又看见他在竭力掩饰内心的想法——他高傲的心不允许他开口向她乞求一份他曾主动给予她的东西，他不想让她看出来——他的自尊也不允许他冒着被她拒绝的危险。她知道自己不愿意拒绝他的爱，也不想失去这个唯一爱她的人。如果她愿意以诚相待，除了给他她不得不给的东西，又能做什么呢？别忘了她可是从他那里得到了让她赖以续命的东西。

但是她常常需要使用一些言过其实的表达方式来传递自己的感情，以至于让他信以为真。最近这种情况在反复发生。每当她情绪低落、面带焦虑地来到他身旁，看到他充满理解的表情，又忍不住对他说几句温柔的话语，假装表现出更加热烈的感情，于是他再次被蒙骗。

他只知道爱情本身就是幸福，除此别无其他。爱情中所有的不幸都来源于外部因素，诸如无情的命运，或是因曾经的过错而遭遇正义的惩罚。她知道他怕什么——他担心自己有一天变得老态龙钟以至于不配做她的爱人,到那时她就会离他而去。他从来不曾怀疑过她的爱——那是一种生来软弱无力,散发着死亡气息的爱。和他解释这些徒劳无益,他不会懂的。她没法开口告诉他她之所以心甘情愿地留在他的庇护之下,只是因为当她疲惫得要死的时候他是唯一能给她提供保护的人。面对他付出的爱与柔情,她无力抗拒,虽然心里知道自己不应该接受——因为她不配。

不,他还没老。在他身上有一种属于20岁年轻人的热情,一种孩童般的信心和虔诚的信仰,还有成年人的柔情与良善——所有这些爱凝聚在这个男人的生命中,在他即将迈入知天命的年纪迸发出最后的激情与燃烧。这样的爱应当惠临到一个对他的爱有所回应的女人身上,一个可以与他共度余生的女人,这是他梦寐以求、朝思暮想的日子;作为他妻子的那个女人,在享受他的青春与男性魅力的同时,将与他一同老去;当他们韶华渐逝,岁月会为那个女人留下无数个与他朝夕相处的幸福瞬间,供她回味,直至生命的尽头。

可是她呢——如果留下来,又能给他什么呢?她什么也给不了,只是一味从他那里索取。如果一定要留在他身旁,她不知道怎样才能让他明白,她对生命的渴望早已经在他们燃烧的爱情中熄灭了。他会放她走的,她爱过了,也给过了,现在她不再爱了,她终于可以解脱了。他会如此对他自己解释。但是他也许永远不会明白,她之所以悲伤是因为她已经没有任何东西——不能够再给他什么了。

她不忍心听他说起她送给他的礼物。没错,当初她把自己献给他的时候,一并也将自己纯洁的心灵给了他。他永远也忘不了,并以此衡量她爱情的深沉与力度,因为她将自己珍藏了二十多年的无瑕青春献给了他。

曾几何时,她将它珍藏如同一件新娘的白色婚纱,洁白无瑕,一尘不染。后来,在无尽的焦虑与期盼中,她开始怀疑自己永远也不会有机会披上这件婚纱了。孤寂与冷漠,想爱却又无能为力的那种绝望;她用意念紧紧地拽住它、蹂躏它,将它践踏于脚下。这世上恐怕再没有人的爱情能比她的更纯洁,像她那样殚精竭虑,最终在期盼和窥视中渐渐失去了爱的能力,所有的感官因渴望而变得麻痹。

她已经把自己给了出去——可这一切似乎对她又无关紧要。其实她并不是完全冷漠的人。有时候她也会被他的热情所带动;当她心如止水的时候,会在他面前假装激情。不在一起的时候,她几乎想不起他们之间发生的事。当然,为了让他高兴,她会给他一个故意拖长的而实际并不存在的肯定答复,她一直在装,在他真挚的激情面前假装开心。

她并不是一个与生俱来的伪君子。或者可以这么说,她在欺骗格特的同时也在欺骗自己。她感觉内心翻江倒海,也许是同情格特以及命运待他的不公,抑或在对自己进行反抗——为什么他们要被情欲驱使急忙进入一段不可能有结果的感情,其结果只会让人变得愈来愈焦虑。她为自己能够爱他而高兴,她是被迫投入这个男人的怀抱,虽然她知道这很疯狂。

每当夜深离开他的时候,她坐在电车上,看着车厢里昏昏欲睡面无表情的乘客,心里为自己刚离开的情人而深感喜悦——他们被卷入命运的旋涡,受着它的驱使,不知何去何从。她以自己的命运为傲,只因黑暗与忧伤始终匍匐在一旁,虎视眈眈。

然而,现在她坐在这里,只盼着尽快结束这一切。她在心里盘算着一次出国旅行，以便逃离这里。她已经接受了来自塞斯卡的邀请，到泰格尼比与她小住一段日子，准备分手。这段时间让格特一个人待着比较好，如果能这样结束他们之间的关系，对他有好处。

两个年轻女人坐在对面，看上去年龄不比她大，表情呆滞——这是婚姻生活的后遗症。三四年前，她们应该是办公室里干净利索的小职员，成天打扮得漂漂亮亮的，在诺德玛肯的办公室里和她们的追求者们打情骂俏。其中一位看上去还有点面熟，哦，她想来了：复活节的时候，她在哈科罗阿还见过她。之所以记得是因为当年她是一位特别优秀的速滑选手，穿着运动服，身手敏捷，显得好酷的样子。现在看起来她的穿着打扮也还不错，一套不太合身的时髦休闲装，将全身包裹得严严实实；她的肌肉不再紧实，肩膀和骨盆棱角分明；她头戴一顶饰有鸵鸟羽毛的大帽子，下面是一张不再年轻的脸，一口烂牙，嘴角有一条条的皱纹。她坐在那儿滔滔不绝，旁边怀有身孕的女伴正在饶有兴趣地听着，沉甸甸的身子，略显痛苦的坐姿，两腿分开，大敞着，戴着一副无指大手套。女人的脸蛋还是很漂亮的，只是变得臃肿发胖，满面红光，下巴堆出三层赘肉。

"最后我不得不给食品柜上锁，要是让她溜进厨房，第二天就只剩下一层壳了。要知道这么大一块格吕耶尔干酪要三个克朗呢。"

"可不是嘛！"

"还有另外一件事儿，她特别喜欢吃鸡蛋，有一天我进到她的卧室——唉，她可真像一只猪，一点儿也不讲究卫生，房间里全是味儿，我都不知道她有多久没收拾床铺了。

说真的，索尔维格，我一边说一边掀起她的毛毯，你猜我看到什么了？床上有三个鸡蛋和一袋糖——她说是自己买的，也许吧。"

"我不相信。"那个女伴说道。

"白糖装在一个纸袋子里，也许是她自己买的，但鸡蛋绝对就是从家里拿的。我给了她一顿好训。上周六我们打算吃米饭布丁，我走进厨房的时候发现炉灶上的米饭都烧煳了，她还在自己房间里做针线活儿。我一边叫她，一边拿勺子搅拌米饭，你猜我挖到了什么？一个鸡蛋，你没听错。她在米饭里给自己煮了一个鸡蛋。我忍不住笑了，你有听说过这么糟心的事吗？我把她狠狠骂了一顿，你不觉得她活该挨骂吗？"

"骂得好。佣人就是让人烦。你觉得我们家那天发生的事儿……"

她们年轻的时候也曾憧憬过爱情——理想中的爱情是遇见一个聪明、正直的小伙子，有一份体面可靠的事业，可以把她们从枯燥乏味的工作中解救出来，将她们安置在小家庭里生活。三室公寓装得下她们所有的家当，足以让她们把少女时期的各种针线活儿全部摊开来；那时候她们一边绣着玫瑰花和蓝铃花，一边做着爱情的白日梦。现在她们带着一种超然的神情微笑着回顾昔日旧梦，对那些还沉浸其中的年轻人，以过来人的姿态告诉她们其实生活完全不是那么回事。她们很高兴自己能成为最先了解生活真谛的一群人，并以此为傲。

其实，不完美的生活一样也可以收获幸福。与其勉为其难，忍辱负重，还不如对生活赐予的哪怕只是微不足道的一丁点儿东西满心欢喜地接受，这样总要强过于说：我相信自己的梦想，我只把我所追求的目标视为幸福，我坚信它一定是存在的。如果我得不到它，那一定是我的过错。我就是那个愚拙的童女，没有时刻警醒等待我的新郎；而那聪明的童女将与她的新郎一同进屋同坐，得享欢乐。①

珍妮到家的时候，母亲房间里的灯还亮着。她走进屋内，告诉母亲晚上在艾斯脱姆画室聚会的情况，还有赫根的消息。英格伯格和波迪尔睡在里屋，两根乌黑的辫子搭在枕头上。珍妮站在母亲面前编故事，心里毫无内疚感。从小她就学会在母亲面前报喜不报忧，她告诉母亲同学聚会有多么好玩儿，而实际上整场晚会她只是独自坐在角落，看着别人跳舞——一个孤独不开心的小姑娘，既不会跳舞，也不会聊男生们感兴趣的话题。

每当英格伯格和波迪尔从舞会回家的时候，母亲总会从床上爬起来，笑吟吟地听着两个女儿滔滔不绝的谈话，她向她们提出各种问题。灯光下，两个少女面若桃花，充满活力。她们总是对母亲实话实说，因为有太多的开心事和笑话。偶尔也会有那么一两件事她们闭口不谈，只为藏在心底作为日后美好的回忆，但这并不妨碍她们露出真实灿烂的笑容。

珍妮亲吻母亲，向她道过晚安。经过客厅的时候，她不小心碰掉了一个相框。黑暗中她将相框拾起来，知道照片上的人是她生父的兄弟，他与他的妻子女儿们正注视着镜头。之前他一直住在美国，她从未见过他。后来他去世了，只是他的照片还一直摆在这里，几乎都没有人注意。

---

① 参见《新约圣经·马太福音》第25章。

每天她给照片拂去灰尘,也从未想过要多看一眼。

她走进自己的房间,把头发放下来。

她一直在对母亲撒谎——有什么办法可以对母亲坦诚相告而又不至于伤害到她呢?可这又是为了什么?母亲是绝对不能理解的。她在非常年轻的时候就已经历过欢乐与痛苦;她与珍妮的父亲有过甜蜜的日子。曾经,她为他的离去哀恸不已,但是他给她留下了一个孩子,于是她学会了知足。后来她又遇到了尼尔斯·伯纳,一个给她带来全新幸福与痛苦的人——孩子们再次成为她的安慰。这样看来,是孩子填补了她生命中的空缺。为人之母的欢乐以太多的苦难为代价。它太过真实,当你怀抱一个活生生的生命的时候,你无法否认它的存在。爱自己的孩子是最自然不过的事,无须任何思考。做母亲的从未怀疑过自己对孩子的爱,总是想方设法让自己的孩子幸福——为此她竭尽全力,孩子们以爱为回报。上天给予做母亲的以巨大的恩惠,让她们的孩子本能地学会在母亲面前隐藏他们的痛苦与失落;除了生病和缺钱,母亲对其余的事情一概不知。生活中所有无法弥补的遗憾、耻辱和失败,哪怕她的孩子们郑重其事地把这些一五一十地告诉她,然而,在母亲眼里也没有什么是不可挽回的。

母亲不可能知道她所有的悲伤——她们之间已经筑起了一道天然的屏障。就像丽贝卡·格拉姆绝不可能知道她的儿子因为她而受到的哪怕只是十分之一的伤害。珍妮母亲的一个朋友沉浸在意外丧子的巨大悲痛之中,此刻那妇人正在独自幻想着她孩子未来的模样,哪曾想她儿子是自杀身亡,因为这是他逃避癫狂的唯一办法,而母亲是唯一被蒙在鼓里的人。

爱自己的孩子并不意味着需要排斥其他方面的爱，她认识的两个做母亲的女人都有自己的情人，她们自以为孩子不知道这些事情。她们当中有些人离婚了，在新的关系中重新找到幸福。只有当新感情让她们失望的时候，她们才会抱怨后悔。母亲成了她的偶像——当然伯纳在她心目中也留有一席之地，她与继父曾经相处愉快。格特也很爱自己的孩子，父亲对孩子的爱，比起母性的本能，显得更加理性，深思熟虑——不过，自去年冬天以来，他已经很少再去关注赫尔格了。

二

珍妮从车站取回邮件，把信交给弗朗西斯卡，然后打开自己的信件阅读。她站在车站站台的碎石子路旁，沐浴在耀眼的阳光下，匆匆扫了一眼格特洋洋洒洒、长篇累牍的来信，读完抒发感情的开头，然后直接跳过中间部分看结尾，通篇不外乎爱呀爱什么的。她把信对折放进信封，收回包里。唉，格特的这些来信——真是让人懒得再去读它们。每一句话都应验了他们对彼此并不了解；这一点从面对面的聊天已经可以感觉得到，只是落实到文字上，这种感觉更加明显罢了。可是他们之间还是有一种精神上的连接的——既然如此，他们又为何不能相互和谐？究竟是他太强了，还是太弱？在她面前，他不断地迷失自我、放弃自我，一副垂头丧气、听天由命的样子，然而他又可以瞬间鼓起勇气继续生活，满怀憧憬，笃定专一。这到底是软弱的表现，还是充满活力的象征？她实在是搞不明白。

难道这一切都是因为年龄差距造成的吗？他并不老，可是他的青春属于另一个时代，他那个年代的青春更加单纯，人们拥有更多积极的信念。也许是她太过幼稚了——带着一厢情愿的想法——与他的理想大相径庭。经过二十年时间，曾经的言语已不再是原本的意思——是这个原因吗?

碎石子路面反射出紫红色的光。车站建筑表面的油漆,在炙热的阳光下接受暴晒。她抬起头,眼前一阵发黑;这种感觉很奇怪,也许是酷暑所致,这个夏天她时常有这种感觉。

田野和草地上有一层朦胧的薄雾,一直伸向遥远的森林。夏日的蓝天下,远处的树林呈现出一抹深绿。白桦树的叶子已经从浅绿转向深绿。

塞斯卡在读她老公的来信,她身上穿的那条亚麻布裙子,在站台暗色碎石子路的衬托下,白得耀眼。

行李已经装上马车,贡纳·赫根站在一旁等待两位女士。他一边抚摸着小马驹的头,一边和它说话。塞斯卡把信放回口袋,摇着头,仿佛要把什么想法甩掉似的。

"抱歉让你久等了,小伙子,咱们出发吧。"珍妮和塞斯卡坐在前面,塞斯卡手握缰绳。"贡纳,真高兴你能过来,咱们仨能在一起待几天真好啊,你们说是不是?伦纳特问候你们二位。"

"谢谢,他还好吗?"

"哦,好得没法再好了。爸爸的这个主意绝顶妙,对不对?把家留给我和珍妮,他自己和波尔吉德出去,让老吉娜照顾我们,吉娜时刻准备为我们赴汤蹈火,我把这称为绝对的爱。"

"真高兴又见到二位。"赫根愉快地与她们闲聊,一路谈笑风生。可是珍妮似乎感觉到在他欢快的话语下面有一抹隐约的伤感。她知道自己看上去有些憔悴和疲倦,而塞斯卡穿着廉价的成衣,看上去就像一个还没真正长大就开始变老的假小子。在她们分别的这一年里,塞斯卡消瘦了许多。但是她还和以往一样，若无其事地自顾说话，告诉他们晚餐将安排在哪里，让他们在花园里喝咖啡，她还说为了这次聚会她专门买了白酒、威士忌和苏打水。

那天晚上，珍妮走进卧室，在窗前坐下，任由清凉的夜风吹拂她发烫的面颊。窗帘在晚风中轻轻飘荡。她有点迷糊，感觉脑子不清醒，这很少见，可这是事实。她搞不懂怎么会这样。晚餐之后她只喝了一杯半的浓缩咖啡和几小杯烈酒。没错，晚餐的时候她确实没吃什么东西，因为最近一直没啥胃口。可能是因为喝了浓咖啡，又抽了几支烟，这些东西混合起来导致的不舒服，虽然最近她抽烟也少了很多。

她的心脏如同小鹿乱撞，一阵热潮袭过全身，浑身微汗津津。窗前的风景——那浅灰色的田野，色彩柔和的花园，衬托在苍蓝色天空下黑黢黢的树林——在她眼前扭曲、翻转，房间似乎也跟着在旋转。一阵威士忌和酒精漾上喉咙。这太可怕了！

往洗脸盆里倒水的时候，她不小心将水泼了出来，她感觉脚下晃晃悠悠的。珍妮啊，你也太丢人了！小姑娘，你完蛋了，喝这点儿酒都不行，以前比这多一倍的量你都喝得下。

她在水盆里洗脸洗手，将两只手腕浸入水中；然后脱掉衣服，用海绵蘸水擦拭全身。不知道贡纳和塞斯卡有没有注意到她的失态，自己是进入房间之后才感觉不适。多亏这会儿上校和波尔吉德都不在家。

擦完身子之后感觉好受一些，她穿上睡袍，重新走回窗边坐下。她的思绪有点儿混乱，她试图回忆贡纳和塞斯卡晚餐时的谈话内容。突然，仿佛大梦初醒，她清晰地意识到自己大概是喝醉了。之前她还从未有过这种经历,哪怕喝很多酒也没事。

不管怎样,这种感觉已经过去了。现在她只是觉得疲弱无力,两腿发软,又冷又困。她挪到床上躺下,心里琢磨着明天早上起床会不会找不着自己的"脑袋"——那倒会是个有趣的经历。

还未来得及闭眼躺平在床上,那股令她难受的热浪又如潮水般漫过全身,顿时浑身变得湿漉漉的,如同被水洗过一样。床铺好似暴风雨中航行的一艘大船,颠簸得厉害,她觉得有点儿晕船,于是一动不动地躺在床上,努力压抑住恶心的感觉,在心里一遍遍地对自己说:不可以,不可以。可是这么说不管用,她嘴里噙满了水,几乎还没等她从床上爬起来就是一阵翻江倒海的呕吐。

老天!难不成她真的会醉成这样?这也太让人难为情了,不过现在酒劲也该过去了。她把自己擦洗干净,喝点水,重新躺回床上,希望自己能尽快入睡。刚闭上眼睛躺下没有一会儿,那种摇晃的感觉又上来了,还伴随着一阵潮热和恶心,这真是令人吃惊,此刻她的脑子很清醒——但还是不得不赶紧爬起来。

当她走回床边的时候,一个念头突然袭上心头,胡说!她重新躺下,把头深深地埋进枕头里。这不可能,她不愿往那方面多想,可是脑海中始终无法排遣掉这个念头。她开始回忆最近发生在自己身上的一些状况。近来她一直感觉身体不太舒服,很容易觉得疲劳,总体来说一直显得忧心忡忡、神经兮兮的。也许这就是为什么昨晚虽然吃得不多还会有这么大的反应。现在她非常理解为什么有人在经历过像她那样的几夜狂欢之后,通常都会选择有节制地过一段日子。其他的可能性她先不去做考虑，如果真有什么情况发生，到时候自然也会知道的。没必要杞人忧天，她准备去睡了，实在是太累了——可是她始终无法从脑海中拂去那个念头，天哪！

在他们关系的最初阶段，出现各种后果的可能性总是很自然地从她脑海中冒出来。有那么一两次她担心得要命，但是很快她就控制住情绪，强迫自己理性地看待这件事。可万一这是真的呢？对怀孕的恐惧真是毫无道理的迷信，这种事情每天都在上演，凭什么她就认为自己不如那些工厂女工呢？那些姑娘不但可以养活自己还可以养活她们的孩子。显然，这种焦虑源于过去的老观念，一个未婚女子如果遇到这种情况，往往不得不去找孩子的父亲或自己的家人亲戚，承认自己偷吃了禁果，于是她的家人们不得不花钱为她摆平这一切——同时也不无懊恼地预料到从今往后不会再有人敢娶这样的姑娘，一想到这点就够让她的家人生气的。

谁也无权对她指手画脚。当然啦，母亲会因此而难过。可是在她看来，一个成年人凭着自己的直觉行事，父母无权说三道四。她已经尽力帮助母亲了，她从不拿自己的麻烦事让她烦心。她的名声也从未因任何轻浮放纵的举止而遭到诋毁。但是她对事物的是非观与众人迥异，她打算坚持自己的原则，哪怕因此让母亲听到关于她的风言风语而难过。

她与格特的这段关系如果被定义为一宗罪，那么一定不是因为她给予得太多，而是太少了。无论结局如何，她都会毫无怨言地承受。

比起那些智识不及她十分之一的工厂女工，她觉得自己完全有能力和她们一样抚养好一个孩子。之前她继承的遗产中还剩下一部分钱，足够她到国外生活。如果她选择的这份职业前景了了，她知道她认识的几个搞艺术的姐妹在工作之余，还能胜任做妻子和承担抚养孩子的责任，再说她从很小的时候就习惯帮家里干活；当然啦，最好还是不要走到那一步。至少目前一切还正常——先不用多想。

格特将陷入绝望。

如果这是真的，那实在是太可怕了。若是在之前她还爱着他的时候，或是自以为还爱着他的时候发生这样的事情，她还可以带着美好的信念全身而退。可是在这当儿，他们之间的关系已经变得支离破碎，早已被她在想象中撕成了碎片。

一想到就此与他决裂，她的心就收缩般疼痛起来，她不想给他带来痛苦，她已经尽可能地将这段时间拉长。格特在这段关系中非常快乐，至少可以把他从那种被他妻子颐指气使的奴役状态中解救出来。

现在她的内心已经完全接受了这样的设想，今后的日子将会在孤独和工作中度过。她知道自己不可能将过去几个月的痕迹从她的生命中彻底抹掉，她会一直记得这些日子，包括从中得到的苦涩教训。其他人在爱情里获得的满足感，对她而言是远远不够的——与其沉醉其中，倒不如彻底放弃。

也许，她会在心里一直记得他，只是随着岁月的流逝，那些曾经混杂着诸多痛苦与懊悔的短暂幸福终会变得不再刻骨铭心，她要将这个让她铸成大错的男人从她记忆中抹去——而他也许就是这个腹中胎儿的父亲。

不，这不可能。为什么要躺在这里胡思乱想？

可是万一是真的呢……

等珍妮终于陷入无梦的沉睡之际，天已经快亮了。当她再次惊醒的时候，天还并未全亮。天空中有一抹浅浅的黄晕擦过树梢，鸟儿在慵懒地啁啾。她突然彻底醒了，昨夜的那些想法马上又回到她的脑海里，她几乎整宿未眠。于是她又开始一遍遍地想心事。

三

赫根走了。上校和波尔吉德回家之后又出门去拜访塞斯卡远嫁的姐姐，留下塞斯卡和珍妮单独在家。两人在房间里走来走去，沉浸在各自的思绪中。

现在珍妮已经可以确定自己是怀孕了，只是还不明白这将意味着什么；展望未来，她的脑子是僵硬呆滞的。总的来说，她目前的心理状态要好于前几周，当时只是焦虑不安地期待着内心的疑虑被现实否定。

她告诉自己总会有办法解决的，就像其他女人一样。幸运的是，从去年秋天开始她就一直在说想出国的事情；她还没有想好要不要告诉格特，也许还是不说的好。

在泰格尼比停留的那几周，珍妮终于下定决心不再继续这样待下去，她渴望换个地方，找份新工作。是的，渴望工作的感觉终于又回来了，她受够了自己这种病态心理，老想依附在谁身上，渴望被人哄着宠着，被人当成小姑娘对待。

等她不再只想着自己的事情的时候，她开始关注塞斯卡，总觉得她有什么地方不对劲——觉得不应该是这样的。她非常确定塞斯卡是爱着艾林的，难道说他不再稀罕她了吗？

结婚头一年塞斯卡过得很艰难，夫妻俩手头相当拮据。她看上去显得瘦小而沮丧。晚餐过后，她坐在珍妮的床边，不停地向她诉说着持家的种种不易与麻烦。斯德哥尔摩的每一样东西都那么贵，便宜的食物质量又差，尤其是对她这么一个不会做饭的人，简直就是雪上加霜。家务活儿对于像她这样家庭出身的女孩子来说，实在是太难了，最可怕的还在于这些活儿都是一些日复一日的重复劳动。有时候房间还未打扫完就已经又弄乱了，一吃完饭马上又得洗洗刷刷——就这样没完没了地做饭，弄脏盘子，再洗，再刷。伦纳特有时候也来帮忙，可是他和她一样都是属于那种在家务活儿方面笨手笨脚没有实际生活经验的人。而且，她还得暗自替他操心，那份纪念碑的活儿已经委托给了其他人，他总是不得赏识，其实他是很有天赋的，只是他太清高，无论是作为生活中的个体还是艺术家。这也是没有办法的事情——她不会逼着他因此改变自己。春天的时候，他大病一场，在床上躺了两个多月，饱受猩红热、肺炎和各种并发症的折磨，那段日子让塞斯卡觉得格外煎熬。

但是珍妮隐约感觉到一定还有其他的原因——只是塞斯卡不想说。她已经不再是往日的那个塞斯卡了，不再是那个心境澄明、口无遮拦的塞斯卡，那个全身心倾听朋友的伤心事，随时可以给她带来安慰的塞斯卡。珍妮为自己的无能为力而倍觉伤感。

有一天塞斯卡到莫斯购物，珍妮没有和她一起去，她宁愿独自留在家中。她拿了一本书到花园里看，避免自己胡思乱想，结果发现根本无法集中注意力，于是她换成织毛衣，却又乱了针脚，只好拆掉重织。晚餐的时候，塞斯卡没有按点回来吃饭，于是珍妮自己吃晚饭。整个下午她靠抽烟和织毛衣来打发时间，虽然她现在并不是很喜欢抽烟了，编织活儿也经常搁在腿上，她只是坐在那儿发愣。

到了晚上差不多10点钟的时候，塞斯卡坐着一辆马车回来了，珍妮跑出去迎她。她爬上车坐到她身旁，感觉发生了什么事情，只是两人谁也没说话。

等塞斯卡吃过一点东西开始喝茶的时候，她突然头也不抬平静地说道："你猜我今天在城里遇见谁了？"

"不知道。"

"汉斯·赫尔曼。他到莫斯来玩，他现在和一个有钱的女人住在一起，看样子是被她包养了。"

"他太太和他在一起吗？"珍妮问道。

"没有。我在报纸上看过一则消息说他们离婚了，今年春天他们的孩子死了。我真替她难过。"说罢，塞斯卡又聊起了其他的事。

等珍妮上床的时候，塞斯卡悄悄溜进她的房间，蜷缩着坐在床尾，拿睡袍盖住自己的脚面，两只手臂环抱膝盖。她那小小的黑脑袋在窗帘上投下一道阴影。

"珍妮，我打算回家了。明天一早我给伦纳特发个电报，下午就动身。你可以在这里愿意住多久就住多久，别以为我是一时冲动。我只是不敢再住下去了，我必须马上离开。"她听见她沉重的呼吸声，"我不明白我自己，珍妮，我见到他，让他吻了我，我居然没有揍他。我站在那里听他说完一大通话，却没有照我本应该做的那样给他一记耳光。我不在乎他——我现在明白了——可是他还是对我具有某种魔力。我很害怕，我不敢再待下去，因为我不知道接下来他会让我做什么。现在一想起他我的心里就充满了恨,可是当他开口和我说话的时候,我就像个浑身僵硬的呆子,这世上还真找不出比他更喜欢嘲讽挖苦、更残忍和无耻的人。

"他好像不知道人世间还有高贵与羞耻一说,在他的世界里这些是不存在的,他以为其他人也和他一样不在乎。按他的说法,我们在这里谈论对错纯属猜测,听他说话我就像被人催眠一样。整个下午我都和他在一起,听任他滔滔不绝。他又说既然现在我是已婚身份,就不必太在意所谓的德行或其他什么了,他又暗示说他现在的自由身份,我猜他的意思是想给我一些盼头。在公园里他吻了我,我想大叫,可是却一声也喊不出来。哦,我真害怕,他说后天要到家里来拜访我——明天他们有个聚会——从头到尾他都用他那特有的微笑冲着我笑,那是我最害怕见到的笑。

"你觉得我怕成这样,是不是应该赶紧回家去呀?"

"是的,我觉得你说得对。"

"我就是一个大小姐,我自己心里清楚,没法自力更生,你也看到了。但是有一点你可以相信我:但凡我做了任何对不起伦纳特的事情,我都会直接走到他面前告诉他,然后在他的眼皮底下自刎。"

"你爱你的丈夫吗?"珍妮问道。

弗朗西斯卡沉默片刻。

"我不知道。如果我爱他像一个爱人应有的样子,我就不应该害怕面对汉斯·赫尔曼,你觉得我应该任由汉斯那样吻我吗?

"只是有一点我很清楚,如果我做了什么对不起伦纳特的事情我是没法继续活下去的。你懂的,对吧?当我还是雅赫曼·弗朗西斯卡小姐身份的时候,我确实是不太在乎自己的名声,但是现在我是弗朗西斯卡·艾林,但凡我允许哪怕一丝一毫的怀疑如同阴影般玷污了这个名字——他的名字——那我就只配被人像一条疯狗一样杀掉。伦纳特不会这么做,但是我会亲自对自己动手。"

她突然垂下胳膊,悄悄钻进珍妮的被子里,紧偎在她身旁。

"你相信我的,是不是?你觉得如果我做了什么不忠的事情还能活下去吗?"

"我相信你,塞斯卡,"珍妮用胳膊搂住她,吻她,"你是不会做这种事的。"

"我不知道伦纳特在想什么,他不理解我。我回到家里要把事情经过一五一十地告诉他,让他自己去处理好了。"

"塞斯卡……"珍妮欲言又止。她还是不要问她吧,不管怎样,只要她自己觉得快乐就好。但是塞斯卡主动开口说道:

"实不相瞒,刚结婚的时候我遇到了很多困难,我很不快乐,那时候的我又笨又无知,在各方面都如此。

"我和伦纳特结婚是因为汉斯当时离婚了,他开始不停地给我写信,扬言说一定要得到我,我很害怕,不想与他再有任何瓜葛,我把所有事情都告诉伦纳特;他真的对我太好了,富有同情心,也理解我,我觉得他是世界上最好的男人——实际上他就是,我知道的。

"但是我对他做过一些很可怕的事情,让伦纳特觉得无法理解,我知道他一直为此耿耿于怀。也许我不应该告诉你,但是我必须找个人来问问,男人是不是真的很在意这种事情,以至于他不能原谅我,你必须对我说实话——是不是一旦发生这种事情，在这个男人心里就会一直有道过不去的坎儿。

"我们在结婚的当天下午去了罗卡迪帕帕。你知道我一直对婚姻抱有多么大的恐惧感，所以那天晚上伦纳特带我走进房间里的时候，我就开始哭哭啼啼地。他对我真是太好了。

"那天是周六。我们过得并不愉快——我指的是伦纳特。不过对我来说，婚姻要是能一直维持这种状况倒是挺让人开心的。每天早上我醒来，心里充满了对他的感激之情，但是我很少主动去吻他。

"周三我们去爬卡沃山，站在山顶，壮美的景色一览无余。当时已经是5月底，天气好极了。栗子树林一片浅绿，树叶才刚刚发芽；山谷里的金雀花在怒放，路旁一簇簇的野百合与不知名的白色花朵正在盛开。空气中有一层薄雾，前一天刚下过一场雨，山脚下的内米湖和阿尔巴诺湖在太阳下泛着银光，白色的小村庄零星点缀湖岸。整个罗马和坎帕尼亚地区笼罩在一层薄薄的雾霭之中，远处的地中海在地平线上如同一条金线般闪烁。

"哦，这是多么美好的一天——生活对于我似乎充满了无限的魅力，可是身旁的伦纳特却是一脸愁云惨淡的样子。在我看来，他是这个世界上最好的男人，我是如此深切地爱着他。突然，冲动之下我做了一件傻事，我一把搂住他的脖子对他说：'我想做你的女人，因为我爱你。'"

塞斯卡停顿一下，深吸一口气。

"哦，珍妮——当时他是多么高兴啊，可怜的男人！"她咽下眼泪。"他欣喜若狂地说：'现在吗？'他问道——'就在这儿？'然后一把将我搂入怀中，可是我却使劲将他推开,我也不知道自己究竟是怎么了。我们本可以在密林深处、艳阳之下享受一场性爱的欢愉。

"他愤然离我而去,整夜未归。我躺在床上,彻夜未眠,满心焦虑,不知道他去哪里,去干什么了。第二天,我们回到罗马,住在一间小客栈里,伦纳特要了两间房。夜里,我去了他的房间——可是这种事情真的毫无美感可言。从那以后,我们之间的关系一直都不太好。我知道自己伤他至深,可是珍妮,你告诉我,是不是男人一辈子都无法忘怀或者原谅他在女人这儿受到的伤害?"

"事后他应该明白你对这种事情其实一窍不通,你并没有意识到自己的所作所为——包括他自己,是如何伤害到他的。"

"不,"塞斯卡浑身颤抖,"至少现在我意识到了。我明白我们之间一种纯洁而美好的东西被我糟蹋了,只不过当时的我并不懂。珍妮,你觉得凭着男人对女人的爱,他能最终克服这种挫败感吗?"

"应该可以吧。你已经通过自己向他证实了,你想做一个忠实的好妻子。去年冬天你吃了这么多苦却毫无怨言;今年春天他生病了,是你在不停地照顾他,整夜守候在他的病床旁。"

"这些都不值一提,"她热切地说道,"他为人真的很好,对我很有耐心,在家务事上尽可能帮我许多。他生病的时候,我们的一些朋友也过来帮忙守夜。有一个星期他病得几乎要死,我们请来一位看护,我陪着她一起熬夜,虽然我帮不上太多忙,但是我愿意。"

珍妮亲吻塞斯卡的前额。

"有件事我还没告诉你,珍妮。你曾经警告过我,你记得吧，你说过要当心男人，你说我缺乏直觉，贡纳经常骂我。你记不记得林德小姐有一次说过，如果在那件事情上把男人惹急了，他就会转向别人了。"

珍妮感觉一阵发凉，害怕接下来要听到的事情。

"嗯，第一天早上我就问过他这个问题。"

珍妮一句话也说不上来。"我知道他忘不了，一时半会儿也无法原谅我。但是我希望他能替我的行为找个理由，想当初我是如此笨手笨脚、懵懂无知。"她停顿片刻，努力搜索合适的词句。"自那以后，我们的日子变得好恐怖。他也不愿意吻我了——就算不得不吻我一下，那也是违背他的意愿不得已而为之，过后他就会冲着我、冲着他自己生闷气。我想和他解释，但是无济于事。说实话，我不知道怎样才能弥补他，我只想让他快乐，无论需要付出什么代价，花多长时间。任何只要能让伦纳特高兴快乐的事情，在我看来就是美好的事情。他觉得我在牺牲自己，但这不是牺牲——恰恰相反。哦，我曾经躲在房间里以泪洗面，我明白他渴望得到我的爱情，可是当我尝试着去吻他的时候，他又会将我推开。

"我非常喜欢他，珍妮。你说，难道不可以用这样的方式来爱一个人吗？——我可不可以不说我爱伦纳特。"

"可以的，塞斯卡。"

"你想象不出来我有多么绝望。但是我又常常情不自禁地本性毕露。有天晚上我们出去和几个搞艺术的朋友一起吃饭，我发现他心情很不好；当时他什么也没说，但是我能看出来他认为我在和其他人调情，也许就是这样吧。每当我们偶尔外出吃顿饭，我的情绪就会变得特别高涨。因为我暂时可以把洗碗做饭这些琐事放在一旁，伦纳特也不用因为担心浪费粮食而不得不勉强把剩饭剩菜塞进肚子里。有时候我也会暗自高兴不用整天和伦纳特待在一起，虽然我很喜欢他，他也喜欢我——这点我很明白。如果我这么问他，他会说：'你心里知道的。'笑得怪怪的。可是他已经不信任我了，因为我不能全身心地爱他，偶尔还喜欢和别人打情骂俏。有一次，他说我根本不懂何谓爱情，他觉得是他的问题，因为他无法在我的心里唤醒我爱的感觉，也许有一天会有另一个男人具备这样的能力。我的天，当时听完这话，我哭成了一个泪人。

"你知道我们一直很穷。春天的时候，贡纳帮我卖掉一幅静物写生——就是三年前我送去参展的那幅画。一共卖了300克朗，供我们生活了好几个月。可是伦纳特不高兴花我挣来的钱，我不明白这对两个彼此真心喜欢的人有什么区别，他只是不停地说因为他才使我陷入了贫困的境地。我们欠了一些债，我想写信给父亲问他要几百克朗，他不让。我觉得这挺可笑的。这些年，波尔吉德和赫尔佳无论是住在家里还是在国外，吃穿用度全花家里的钱；而我呢，离家之后只能用妈妈留给我的那点儿钱拮据度日，就因为当年我主动解除了与恺森的婚约，被爸爸说了几句，当然还有汉斯和我的事情，闹得人尽皆知，我曾发誓不再花他的一分钱。自那以后爸爸也承认我当时的决定是对的，是恺森和他的家里人做得很过分，逼着我和他结婚。当时我才17岁，稀里糊涂被他诱骗订了婚，对婚姻一窍不通，我对婚姻的所有认识只停留在那些写给傻妞们读的小说里。如果当初真的被他们逼婚成功，我有得让他们好受的，我会走马灯似的把所有情人一个个带到他们跟前。爸爸现在算是看明白了，所以他说只要我需要钱，尽管问他要。

"伦纳特大病初愈，身体非常虚弱，医生说他应该到乡下疗养——加上我自己因为过度劳累，身心俱疲，于是我说我们应该换个环境，好好休养一下，而且我也要准备生产了。经得他同意，我写信问爸爸要钱，收到钱之后我们去了沃姆兰德，在那里过了一段惬意的日子。伦纳特的身体日渐康复强壮起来，我开始重新拿起画笔。后来他发现我其实并未怀孕，就问我是不是搞错了，我告诉他我不想骗他，不过是和他玩了一个小花招。他很生气，看得出来他现在不大信任我了，你说如果他了解我的性格，还会相信我吗？"

"会的，我亲爱的塞斯卡。"

"你知道吧，之前我也和他说过同样的话——关于孩子的，我是说——去年秋天的时候，当时他情绪低落，我们都不开心，我想让他高兴起来，对我好点。后来他真的对我很好，那是一段快乐的日子。我对他撒谎了，可是慢慢地我自己开始假戏真做，我相信上帝会让这一切成为现实的，这样我就不必再让他失望了，可是最终上帝也没有成全我。"

"我很不快乐，因为我无法怀上孩子。你觉得人家说的话是不是真的？"她激动地耳语道，"人家说一个女人如果无法感受到那种——嗯……激情，是没法怀孕的。"

"不是的，"珍妮厉声反驳道，"这纯属胡说八道。"

"我相信一切都会好起来的，伦纳特特别想要一个孩子。至于我嘛——哦，要是能有一个自己的孩子，该多幸福啊，孩子会让我变成快乐的天使。你能想象得出来还有什么比这更美妙的事情吗？"

"确实，"珍妮轻语道，略带困惑，"当你们彼此相爱，孩子的到来会教会你们克服种种困难。"

"是的。要不是怕难为情,我真想去看看医生。你觉得我该去吗?我觉得迟早都得去,在这方面我真是太笨了——我觉得很害羞,既然我已经结婚了,其实这就是我的义务。或许我可以找个女医生——那种结过婚、有孩子的大夫。

"想象一下吧!一个属于你自己的小生命;伦纳特得有多高兴啊!"

珍妮在黑暗中咬紧牙关。

"你觉得我明天该不该回家?"

"回吧。"

"我会一五一十地告诉伦纳特。我不知道他能不能理解我——其实我都不了解我自己,但是我总得告诉他实情,对不对,珍妮?"

"如果你觉得是对的,那就只管去做吧。人总是做自认为正确的事情,只是别做没把握的事儿。"

"晚安,亲爱的珍妮。"她突然冲动而充满激情地拥抱她,"谢谢你!和你聊天真是太美妙了。你总是那么好,知道怎样劝我。你和贡纳都知道怎样把我引向正道,要是没了你俩我简直都不知道该怎么办。"

最后,她站在床边说:"秋天你出国的时候会经过斯德哥尔摩吗?一定要过来啊,你可以和我们住在一起。我从爸爸那里拿到了1000克朗,因为波尔吉德要去巴黎,他打算给她和我同样数额的钱。"

"谢谢,我会的。不过我还没想好出国去干什么。"

"尽量来吧。你困了吗?要不要我现在就走?"

"我有点儿累了,"说罢,她将塞斯卡的头拉近自己,吻她,"亲爱的,愿神祝福你。"

"谢谢。"塞斯卡光脚走在地板上,快到门边的时候她回过头,用孩子气的忧伤语调说道:"我真希望伦纳特和我能够幸福。"

四

格特与珍妮迎着风走在小道上,头顶的松枝在大风中左右翻飞。偶尔他停下脚步,摘几颗草地上的野草莓,追上她,喂给她吃,她微笑着道谢,然后他们手拉着手朝着远处的海边走去。透过树缝依稀可以看见湛蓝的海水。

格特穿着一件浅色夏装,显得格外年轻,朝气蓬勃;一顶巴拿马帽将他的头发完全盖住。珍妮来到树林边坐下,格特躺在她脚旁的草地上,他们的头顶上方,有一棵巨大的白桦树,撑起一片浓荫。

烈日当头,一切仿佛静止不动。峡湾旁漫山遍野的草地已经枯萎发黄,山顶挂着一条亮蓝色颇有金属质感的雾霭,烟黄色的云雾缭绕山前。阳光下,浅蓝色的峡湾,涌起一波又一波的浪花。水中的白色帆船静泊不动,汽船吐出一排浅灰色的烟雾,悬挂在半空中,久久不散。卵石旁有许多小小的漩涡,白桦树在风中轻摇,偶尔落下一两片干枯的树叶。

一片树叶落到她的金色卷发上——格特拿起树叶,注视着它说道:

"真奇怪,今年夏天怎么没下雨呢?还是做女人舒服,可以穿薄纱裙。要不是你戴了一串粉色项链,简直就要让人误以为你在守孝呢。不过这倒是一身很合适的装束。"

她穿了一条白色上面缀有黑色碎花的裙子，裙摆宽阔，腰间束一条黑丝带。搁在腿上的草帽也是黑色的，帽檐儿装饰着一圈黑丝绒玫瑰，浅粉色的水晶珠子衬着颈项上细腻的皮肤，发出耀眼的光泽。

他俯身亲吻她的脚面，手指顺着她薄薄的丝袜摩挲而上，沿着脚背优雅的弧线，一直滑至脚踝，然后一把握住她的脚踝。她抬手轻轻将他的手推开，他顺势握住她的手，微笑着，紧紧地抓住她，她笑笑，然后将头扭向别处。

"你今天好安静，珍妮，是因为太热吗？"

"嗯。"她答道，随即又陷入沉默。

离他们不远的地方，有一座带花园的海边别墅，几个孩子在栈桥上玩耍。屋子里的留声机发出令人昏昏欲睡的声响。时不时地，微风送来阵阵海边浴场乐队的音乐声。

"格特——"她突然拉住他的手——"我要回妈妈家和她待上一阵子，等再回来的时候，我就要走了。"

"走去哪里？"他用胳膊肘支起身子，"你打算去哪儿？"

"去柏林。"她感觉自己的声音在发颤。

格特深深地注视着她；一时间两人都无话可说。最后他开口说道：

"什么时候有这种打算的？"

"你知道的，我一直想再出国。"

"我知道，我是说你是什么时候下决心走的？什么时候决定的？"

"在泰格尼比的时候。"

"我希望你能早点儿告诉我。"格拉姆说道，他的声音一如既往，低沉、平静。却刺痛了她的心。

她沉默了一会儿。

"我不想写在信里面，格特，我宁愿当面告诉你。昨天写信让你过来的时候，我本打算告诉你的，可是我办不到。"

他的表情突然变得生动起来。

"我明白了。上帝啊！这么说来，你心里得承受多么大的痛苦啊，我的孩子。"他感叹道。

"是的，主要是因为你，格特。我不指望能得到你的宽恕。"

"宽恕？老天，你能宽恕我吗？我知道这一天迟早会来的。"

"我想咱俩都有同样的想法吧。"

突然，他将脸伏向地面，她俯身用手抚摸他的脖子。

"哦，我亲爱的珍妮——我的可人儿——瞧瞧我都对你干了些什么。"

"亲爱的……"

"可爱的小白鸽，我这双肮脏污秽的手——有没有玷污你纯洁的翅膀？"

"格特——"珍妮握住他的双手，情绪激动——"你听我说，除了良善与美好，你没有对我做错任何事。如果一定要说有什么过错，是我做错了。我疲倦的时候是你给我依靠；我觉得冷的时候你给我温暖。我需要一个停泊的港湾，我渴望温暖；我需要感觉到被爱。我不想欺骗你。但是格特，你不了解我——我怎样才能让你明白，其实我是以另一种方式在爱你——而我爱得很糟糕，难道你还不明白吗？"

"我不明白，珍妮。我不相信一个年轻单纯的姑娘打算将她的爱献给一个男人的时候,她会怀疑爱情的持久性?"

"这正是我需要你原谅我的地方——我知道你不能理解,即便如此,我却仍然照单全收来自你的所有东西。现在这一切变得越来越令人难以忍受,我意识到我已经不能再继续演下去了。我是喜欢你的,格特,但是我不能再这样若无其事地与你交往,实际上却不能把我的真心给你。"

"你昨天就是想和我说这些吗?"停顿一下,格特问道。

珍妮点点头。

"而不是……"

珍妮的脸涨得绯红。

"昨天我实在开不了口。你高高兴兴地过来,我知道你一直在等我,盼着我。"

他飞快地抬起头:"那你真不应该给我。不,你不应该这样——施舍,给我。"

她将头扭向一旁。她想起了昨日在堆满东西的闷热画室里那些难熬的时光,想起自己匆忙打扫房间以便迎接他的到来,还有她的心,因悲伤而痛苦不堪。但是她不会告诉他这些的:

"我自己也不太清楚——你过来的时候,有那么一瞬间我也想过——我只是想再确认一下。"

"施舍。"他好似痛苦地摇摇头,"这么说,长久以来,你一直是在可怜我罢了。"

"可是,格特,难道你不明白其实是你在可怜我——是我在接受你的施舍——而且一直如此?"

"不是的!"他脱口而出,再次垂下头。过了一会儿,他抬起头来:

"珍妮,是因为有第三者吗?"

"没有。"她生气他有这种想法。

"你是不是以为我会因此而责备你——如果有个小伙子出现——和你一样年轻的;其实如果是这样,我倒是比较容易接受的。"

"你好像没有意识到——我并不觉得需要这样一个人出现。"

"也许吧。只是在我看来这样似乎更合理一些,我记得你在信里提到过赫根也在泰格尼比,他也打算去柏林。"

她的脸涨得通红。

"你怎么可以这样想呢,就在昨天我们还——"

格特沉默了,然后倦倦地说道:

"我实在是弄不明白你。"

她突然有一种想刺痛他的冲动。

"从某种意义上说,确实是有个第三者出现了,这倒是没错。"

他用探究的眼神巡睃着她的脸,突然,他猛地一把拽住她的胳膊。

"珍妮——我的天!——你是什么意思?"

可是她已经在后悔刚才说的话了,于是急忙补充道:

"没错,就是我的工作——我的艺术。"

格特从他跪着的地方站起身。

"珍妮,是不是有什么事情——特别的事情——实话告诉我,别骗我。是不是发生了什么事?"

她勉强让自己与他对视一秒钟,然后垂下了头,格特突然将脸埋在她的腿上。

"哦，天哪！——我的上帝……"

"格特，亲爱的，镇静点。我不该让你知道的，要不是你拿什么第三者的话来激怒我。我本来打算以后再告诉你的。"

"我绝对不会原谅你把这件事瞒着我，"格拉姆说道，"你自己大概已经知道有些日子了，你觉得有多久了？"

"三个月。"她简短地回答。

"珍妮，"他满怀敬意地握住她的手，"你再也无法和我分开了，更不可以用这种方式。我们现在不会分离了。"

"当然可以的。"她摩挲着他的脸庞，"如果没有这件事，我们也许还会继续在一起一段时间，但是现在我得开始安排自己的生活了，尽量做最好的规划。"

他沉默片刻。

"我的宝贝，你听我说。你知道上个月我已经离婚了，再过两年我就可以自由了。到那时候我就可以光明正大地给你和这个小家伙名分。我什么也不要求你，你知道的——不要求任何——但是我要保留赔偿你损失的权利。天知道我注定要忍受折磨，因为在这之前我无法做到。除此之外我不再要求任何，你是绝对自由的，不必非和我这个老家伙绑在一起。"

"格特，我很高兴你同意与孩子分开。但是让我告诉你吧，我是不会嫁给你的，因为我不可能成为你真正意义上的妻子，这与咱们的年龄差距无关。若不是发现自己从来就没有完全属于你，我会顺理成章地像大多数人那样，心甘情愿地与你幸福地厮守在一起——一个可以陪伴你度过悠长青春岁月的妻子，一个可以携手与你步入老年的伴侣，甚至还可以做你的看护。但是现在我知道自己无法履行妻子应尽的责任；对于做不到的事情我无法许诺，哪怕按世人通常所为——在教堂举行婚礼或是以一纸婚约来达到约束的目的，这些对我都没有用。"

"你这样说是疯了吧，珍妮。"

"在这点上，你无法改变我。"她平静地说道。

"那你打算怎样呢，我的孩子？我现在不能放你走，接下来会发生什么事？——你必须让我来帮你。"

"嘘，别紧张，你瞧，我就不紧张。其实一旦身处其中，你就会发现并没有想象中的那么可怕。幸运的是我手边还有些钱。"

"可是，珍妮，你要想想周围的人会对你很刻薄的——他们会瞧不起你的。"

"谁也不能那样对待我。我只为一件事感到羞愧，那就是允许你把你的爱情浪费在我身上。"

"别说傻话！你是不知道这世上的人有多残忍与无情，到时候他们会对你不好，羞辱你，伤害你。"

"我并不是很在乎这些，格特。"她隐隐一笑，"幸亏我是个艺术家，世人总是或多或少期待着从搞艺术的人那里打听到一些八卦。"

他摇摇头。她突然很后悔告诉他这些，告诉他只会令他徒增痛苦，她将他拥入怀中。

"我亲爱的朋友，你不要太难过，你瞧我就没有什么。相反，有时候想起来我还觉得挺快乐的。一想到我就要有个孩子——一个可爱的小宝贝，完全属于我自己的——简直令人难以置信。这莫名的幸福让我觉得自己几乎就要抓不住它，一个幼小的生命，只属于我，我要爱他，为他而活，为他工作。有时候我觉得只有此时，我的生命与工作才有了真正的意义。你觉得我自己能不能给孩子起个好听的名字？因为还不知道该如何安顿这一切，所以偶尔想起来还有些焦虑，尤其是现在又看到你这么忧伤的样子。"

"也许我就是个可怜、乏味又自私的人，可是我却是一个女人，一想到即将为人母，我就无法抑制地高兴。"

他吻她的手。

"我可怜而勇敢的姑娘！看见你选择走这样一条道路，我倍感伤心。"

珍妮微微一笑：

"如果我选择另一条道路，难道就会变得更好吗？"

五

十天之后,珍妮前往哥本哈根。一大早,母亲和波迪尔到车站为她送行。

"你真是个幸运儿,珍妮。"波迪尔说道,她那柔软的棕色脸蛋上满是笑意,她打了一个大大的哈欠,直到泪水充满眼眶。

"嗯,是的,总得有人成为幸运儿,不过你也没啥好抱怨的。"珍妮笑眯眯地说道。当她和母亲吻别的时候,有好几次都忍不住想掉眼泪。站在车厢内,透过玻璃窗看出去,她发现自己似乎从未真正仔细看过母亲。她将母亲看在眼里——她那微佝修长的身影,几乎没怎么变白的满头金发,还有那张虽有皱纹,却写满了少女般真挚自然表情的脸庞;虽历经沧桑,唯有岁月,而非生活给她的脸上增添了些许皱纹。

要是让母亲知道实情,会有怎样的反应?她没有勇气告诉母亲,也无法想象让她遭受如此重击——母亲什么也不知道,也不会理解她的。珍妮曾经想过,如果无处可逃,她宁愿自己死去。不是因为爱,而是因为自己的怯懦。过些时候她还是得告诉她的,还是等到了国外再说比较容易些。

火车驶出站台，她看见格特站在离母亲和波迪尔不远的后面，正慢慢走下站台，母女俩使劲挥舞着手帕，格特缓慢地摘下礼帽，面色苍白。

这是9月的第一天。珍妮坐在靠窗的位子上，天气非常好，空气清澈凉爽；湛蓝的天空，点缀着洁白的云朵。晨露密密匝匝，颤巍巍地落在碧绿的草地上，迟开的雏菊正在绽放。森林边缘的白桦树经过整个夏天的暴晒，叶子开始泛黄。远处那片古铜色的应该是越橘灌木丛，那一簇簇深红的是花楸树；至于那些生长在肥沃土地上的树木，叶子依旧绿意盎然。眼前大自然所有的色彩显得绚烂辉煌。

山坡上矗立着银灰色的旧农舍，那些闪闪发亮，刷成黄色或白色的是新农舍，农舍外面是红色的附属建筑。附近有几棵歪脖子苹果树，亮晶晶的绿色果实在枝叶间隐约可见。

一次又一次地，泪水模糊了她的双眼。待到她归来的时候——如果还有那么一天的话……

火车到了莫斯，可以望见峡湾了。这是一座沿着运河而建的城市，这里有带围墙的工厂、花园环绕的灰色小木屋。每次乘坐火车经过这里，她都在心里对自己说，总有一天要找机会来这里写生。

火车经过枢纽站，其中一条岔路通往泰格比尼。珍妮看着窗外熟悉的景致：一条道路蜿蜒伸向杉树林后面的房子，在那边有座教堂。亲爱的塞斯卡最喜欢上教堂，在教堂里面她感觉很安全，仿佛得到了保护，而且还赋予她一种超自然的情感。塞斯卡相信某种东西——她自己也说不清道不明的东西，正是这种东西为她创造出某种宗教氛围。

一想到塞斯卡和她丈夫的关系正在往好的方向发展，

珍妮感到由衷的欣慰。塞斯卡写信告诉她，伦纳特还是不太了解她，但是无论如何，一直以来他待她都非常的好，而且也相信她不会故意去做傻事。像谜一般奇怪的小塞斯卡，希望她最终能够获得幸福。塞斯卡诚实又善良，可是她自己就完全不是这么回事了。若是不用担心看见母亲的眼泪，她倒是可以硬起心肠告诉她这一切的——她只是害怕见到母亲伤心的场景。

至于格特呢？——想到他，她的心就一阵紧缩。一种生理上的反感从心底升起，那种绝望与厌恶的感觉是如此之强烈，以至于令她觉得筋疲力尽——整个人变得麻木不堪。

最后待在克里斯蒂安尼亚的那些可怕的日子，让她最终向他妥协。

他也要来哥本哈根，她不得不答应他在郊外寻一处地方，这样方便他可以随时过来看望她。难道她就不能彻底摆脱他吗？

也许最终她不得不把孩子留给他，然后自己一走了之——当然这只是谎话。她只是告诉他她有多么的满足与快乐。在泰格尼比的时候，她还真的有这种感觉，只是那时候她以为孩子只属于她一个人——与他无关。可是如果这孩子代表着他与她之间耻辱关系的一种连接的话，那就与她无关了，她只会讨厌这个孩子的到来——想到出发前最后的那些日子，她已经开始在心里恨这个孩子了，那种病态的、想要号啕大哭的欲望已经没有了，整个人只觉得干巴巴的，好似再也不会哭泣。

一周之后，格特·格拉姆过来了。她极度疲惫而冷漠，却又要装出一副心情很好的样子，如果此刻他开口让她搬进他住的旅馆,她也会答应的。她由着他带她上剧院,去餐厅吃饭,有一天天气不错,还让他带她去弗雷登斯堡玩,因为她看得出来,只要她表现出开心的样子,他就会很高兴。她放弃了思考——这算不得什么牺牲,因为她的脑子已经不会转了。

珍妮从一位教师的遗孀那里租下了几间位于乡下的房间,格拉姆白天过来陪她,晚上返回哥本哈根城里。到了晚上,她终于可以一个人待着了。

订房之前她没有见过房主。几年前当她还在哥本哈根学习的时候,曾与同学去过那边的乡下,他们在小酒馆里吃饭,靠在岩石上晒太阳,记忆中那边乡下的景色宜人。所以当某位名叫拉斯姆森的太太回应了她的求租广告,愿意向一位待产的年轻太太提供一套住处的时候,她当即决定接受她的房子。

寡妇的家位于靠近主干道旁的一个村庄里,那是一栋外观丑陋的黄色砖石结构小村舍,主干道在空旷的耕地间蜿蜒延伸,尘土飞扬。总的来说,珍妮对这里还是满意的。她喜欢自己那间有蓝色壁纸的卧室,墙上的蚀刻画,还有无处不在的编织装饰布——床上、美式摇椅的靠背上,还有柜子上。她抵达的那天,拉斯姆森太太在五斗柜上摆了一大瓶红玫瑰。

从她房间的两扇小窗户望出去,可以看见主路经过房子和它前面的小花园,蜿蜒伸向远方。花园里种着玫瑰、天竺葵和倒挂金钟,毫不畏惧大路上的漫天尘土。路的另一边,田野尽头有一座光秃秃的山。沿着石头围墙种着一长溜艳丽的鲜花,盛开在初秋的荆棘丛中。围墙将山坡分割成不同形状的地块——有收割过后的残茬地,有绿褐色的草地,还有蓝绿相间的萝卜地;田埂边是一排随风摇曳的柳树。当夕阳离开珍妮的窗户,整个天空呈现出一片金红色,燃亮了附近的山脊和柳枝。

房间的后面,有一间整洁的小厨房,地面铺着红砖,一直通向后院。寡妇养的鸡和鸽子在院子里叽叽咕咕地叫个不停。一条走道从房子当中穿过;走道尽头是拉斯姆森太太的客厅,窗户上挂着花盆,到处摆着针线活儿,墙上挂着银版照片;房间里有一个书柜,里面摆着黑色封面的平版宗教书籍以及装订好的期刊和几本小说。客厅后面是她睡觉的小房间,虽然房间一尘不染,可是空气中似乎总是弥漫着一股难以形容的浓重气味。拉斯姆森太太住在里面,听不见走道另一端的房客动静,不清楚她的房客是否整晚都在哭泣,以泪洗面。

总的来说,拉斯姆森太太人还不算坏。她又高又瘦,成天趿拉着一双毛毡拖鞋走来走去。一张黄黄的长脸总是挂着一副焦虑的表情,有点儿像马脸。凌乱的灰色头发被她向后梳起,好似在耳朵上面翘起一对奇特的小翅膀。她话不多,偶尔焦虑地问一下夫人对房间和饭菜是否满意。当珍妮在客厅里做针线活儿的时候,俩人都不说话,非常安静。珍妮特别感激这个女人,她没有向她打听或提及自己的特殊情况;只有一次,当她带着画具外出时,拉斯姆森夫人焦虑地问她这样做是不是欠妥。一开始她站在石墙后面,非常投入地工作,那画架随时都有被大风掀翻的危险。

石头围墙下,粗矮的黑麦倒伏向一片沼泽地,蓝色池塘周围长满了渐渐变白的豆荚,草地上垒放着一堆色泽如黑天鹅绒般的泥炭。在沼泽另一端,白垩色的农家小院坐落在暗绿色的浓密树丛中，草地、黑麦茬和萝卜地一直延伸到水边，农舍点缀其中。海水将沙滩分割成一个个的水湾和岬角，沙子和干草让海滩看上去有点儿灰黄。北面是一座褐色的小山丘，山顶上有一座风车，山坡向下倾斜，沿着海湾延伸。云朵在瞬息万变的广阔天空中飘移，光和影在地面的风景上交替掠过。

每当珍妮觉得疲倦的时候，她就在围墙边上躺下，或仰头望天，或远眺海湾。现在她已经无法长时间站立，这反倒令她变得更加热切地想活动。围墙旁的两幅小图已经完成了，对此她还是挺满意的；第三幅画的主题是村庄，白色低矮的农舍，低垂的茅草屋顶几乎要把窗户遮住，花园里爬满了玫瑰和大丽花，花儿沿着一条翠绿的沟渠肆意生长。透过牧师家花园的繁枝茂叶，可以看见一座红砖教堂的塔楼。每当有人走过来围观她的作品，她就会莫名地紧张起来。作画的时候，总有一群亚麻色头发的小孩围在她身旁观看。画完后，她又拿起画架独自回到石头围墙旁。

10月，雨季来了，有时候接连一两周都是倾盆大雨。偶尔天空放晴一小会儿，朝着云端和山顶那些垂头丧气的柳树林投下一道病恹恹的黄光，地面的水坑闪耀片刻，旋即又被接踵而至的雨水扰乱了它们的宁静。

珍妮借来拉斯姆森太太的书，学会了编织与她房间窗帘同款样式的花边，无奈读书和编织对她都没有多大作用。她整天坐在窗旁的摇椅上，也不在乎自己的衣着打扮，随便套上那件褪色的旧和服。随着身子日渐显怀，她感觉越来越痛苦。

格特写信说他要来看望她。两天后的早上，他在瓢泼大雨中开车抵达。他在此处停留了一个星期，住在距离村子两英里外的一家铁道客栈,大部分时间都和她待在一起。走的时候说他很快就会再来——大概在六周之后。

珍妮整夜无眠,床头灯一直燃到天亮。她知道自己无法再次忍受这些事情。每件事都令她难以忍受,这真是令人恐怖,从他刚到的那一刻起——就表现出他特有的担忧;见到她的瞬间,他向她投来同情的一瞥——当时她穿着一件由村里裁缝做的蓝布罩衫。"哦,瞧你多可爱啊!"他说道,声称她看上去就像圣母玛利亚。没错,她就是那个抹大拉的玛利亚①。他用双手小心地搂着她的腰,然后小心翼翼地在她的额头上长吻,让她觉得自己简直可以羞愧得立刻去死。另外他一直忧心忡忡地担心她的健康,建议她要有足够的锻炼。有一天雨停了,他硬是拖着她走了很长一段路,还坚持要她挽着他的胳膊,以免摔跤。有天晚上,他偷眼看了一下她的针线活儿,大概以为她在缝制婴儿用品。他做这一切都是出于好意,只是等他下次再来的时候,他还会这样,不会变的——很可能只会更糟,这一切让她简直无法忍受。

有一天,她收到他的一封信,信上除了提及其他的事情,还说她应该去看看医生。当天晚上她就给贡纳·赫根写了一封信,告诉他自己即将在2月临盆,请他代为寻找一处僻静之地,供她栖息直至事情完结。很快她就收到了他的回信:

亲爱的珍妮,——我已经在几份报纸上同时发出

---

① 抹大拉的玛利亚是《圣经》中的一个人物,与圣母玛利亚同名。根据基督教的传统解释,抹大拉的玛利亚是一个妓女,在行淫时被人抓获。后被耶稣基督赦免其罪,成为耶稣忠实的跟随者。

广告，一旦有消息马上告诉你，这样你可以过来亲自看看。如果你希望在做决定前由我替你先四处察看，也请告诉我，我将乐意之至——你是知道的。我随时听候你的吩咐。请告诉我你打算什么时候过来，乘坐什么交通工具，要不要我去接你，或是我还能帮上其他的什么忙。看见你这样，我自然觉得很抱歉，但是我了解你，面对困境，你还是比较坚强的。请回信告诉我还有什么我可以做的；要知道能为你效劳我只会非常高兴。听说在这次的国家画展上你的一幅参展作品非常成功——祝贺你。

祝好！你最诚挚的朋友

贡纳·赫根

几天后，珍妮收到一大捆来信。她费力地翻阅完那些哥特式草体的信件，然后给一位住在华纳姆德附近的施莱辛格太太回了一封信，告诉她自己将从11月15日起租一间房。然后她通知拉斯姆森太太，最后再写信把她的决定告诉贡纳。

离开的前夜，她给格拉姆写信：

亲爱的朋友，——我做了一个决定，这个决定恐怕会伤害到你的感情，但是请你一定不要生我的气。我现在身心俱疲，整日忐忑不安；我知道你在我这儿的时候我是挺烦你的，我做出种种令人生厌的举动。现在我不想再让此类事情重演，因此，我决定在一切结束之前，在我身体完全恢复之前不再见你。明天一早我就要离开这里了,现阶段我暂时不打算把我的地址告诉你,你如果写信,请寄到瑞典瓦格伯的艾林太太转我收,我的信也会经她转发。请不必替我挂虑,我一切都好。我恳求您,切勿试图通过上面地址之外的其他任何方式来联系我。别生我的气,我相信这是对我们两人最好的安排。请勿过分担心,那样只会无济于事。

你诚挚的

珍妮·温格

就这样,她从一个寡妇家搬入另一个寡妇家,住进一栋小农舍里——这次是一座红色的农舍,窗台漆成了白色。房子位于小花园的中央,花坛周围铺着一圈贝壳,大丽花和菊花的根部已经发黑,正在一点点地烂掉。二三十栋相似的房子,沿着小街从火车站一直延伸到鱼码头。白沫翻滚的海浪,不停地拍打着石砌码头。距离村子不远的海边有一家客栈,整日拉着百叶窗。一望无际的道路上,光秃秃的白杨树在风中摇曳,穿过广阔的平原和沼泽,经过几座砖砌小农场,可以看见农舍前面的花园,还有后院的几个干草垛。

珍妮沿着大路一直往前走,直到她觉得走不动为止。然后回家,坐进自己的小房间。这一次,她的房间里堆满了珍贵的小玩意儿,有彩色的城堡石膏模型,还有镶在黄铜相框里的乡村旅馆照片,呈现出一派欢乐的景象。她几乎没有力气把打湿的鞋子脱下来,施莱辛格太太一边替她脱下鞋袜,一边不停地和她说话,劝她要鼓起勇气,告诉她那些曾经在这里住过的年轻姑娘的故事——谁谁又结婚了,现在过着幸福富足的生活。

她在那里住了大约有一个多月的光景。有一天,施莱辛格太太兴奋地走进她的房间,满脸发光——有一位绅士前来看望年轻的女士。珍妮听罢吓得说不出话来,但最终还是强撑着问那位绅士长得什么样啊。"很年轻,"施莱辛格夫人说道,偷笑起来,"而且还挺帅的。"她恍然大悟,心想来人很可能是贡纳,于是起身站起来,但是一转念又改了主意,她用毯子把自己包裹起来,将整个人窝在扶手椅里。

施莱辛格太太走出房间,开心地在门口大声报告说有位绅士来访,贡纳走进房间,在关上房门的一刹那施莱辛格太太的脸上还挂着兴奋的微笑。

贡纳上前握住她的手,几乎要把她弄疼,他带着一脸灿烂的笑容和她打招呼。

"我觉得我最好还是亲自过来看看你究竟把自己安顿到什么地方了。看样子你选了一个相当乏味的地方呢,不过这倒是有利于健康。"他一边说,一边甩掉帽子上的水珠。

"你得吃点东西,再来杯茶。"她做了一个动作,似乎想站起身来,却又继续待在原地不动。她红着脸说道:"你不介意自己摇铃叫一下吧?"

赫根胃口大开,一边吃,一边不停地说话。他很喜欢柏林,他曾经在那里的工人区居住过——也就是摩押区。他还是那么一如既往地对社会民主和军事话题充满热忱。因为"这类话题总有一种雄赳赳气昂昂的男性气概,可以达到相互激励的效果"。他考察过那里的大工厂,研究过城里的夜生活,遇到一个正在度蜜月的挪威工程师和一对带着两个可爱女儿的挪威夫妇,他们都想近距离了解当地生活丑陋而真实的一面。于是他们结伴去了国家剧院,还去了里奇大街和阿莫萨尔街的夜生活区,女士们玩得非常开心。

"可是我把他们给得罪了——有一天很晚了,我让保尔森小姐和我一起回我的住处。"

"贡纳,你可真够大胆的呀!"

"唉,当时我一定是喝多了,你是了解我的。天知道,那只是个玩笑。万一她当真了,我可就惨了。那样我就不得不娶一个对这种风流逸事格外感兴趣的小姑娘——不,我看还是谢了吧。瞧见她受冒犯的样子真是太可笑了。不过其实也没啥危险的——这种小姑娘是不会在确定所得利益之前就把自己拱手送人的。"

突然,他的脸涨红了,因为他猛然意识到在珍妮面前说这种玩笑话可能不妥——尤其是在现阶段。好在她只是开心地笑了:

"多么疯狂的举动啊。"

随着赫根的侃侃而谈,那种让她觉得不自然、令人难堪的羞怯感逐渐消失了。有那么一两次,趁她没防备,他的目光急切地偷偷地扫过她的面庞——天哪! 她怎么变得这么瘦,两眼凹陷,嘴巴周围还长出了皱纹。脖子上青筋暴突,喉咙附近的皮肤也出现了好几道难看的横纹。

雨停了,她答应和他一起出去散步。他们走进海边淡淡的迷雾中,稀疏的白杨树矗立在荒芜的小路旁,两人沿着这条道一直走下去。

"挽着我的胳膊。"贡纳很随意地说。珍妮照办,她感觉脚步沉重,身子疲惫。

"在这儿待着一定很无聊吧,珍妮——你觉得搬到柏林会不会更好些?"

珍妮摇摇头。

"那边有博物馆和其他可供你消遣的地方——随时有朋友陪你聊天,当然你不稀罕去美术馆。来不来?就当是换个环境,这边的生活太乏味了。"

"不了,贡纳,我现在已经动不了了,你懂的。"

"你穿这件宽松长外套挺好看的。"停了一会儿,贡纳小心翼翼地说道。

珍妮低头不语。

"噢,我真是个傻瓜,"贡纳突然懊悔道,"请你原谅我。也请你对我直说,我来这儿是不是打扰到你了?"

"没有的事,你没有打扰到我。我很高兴你能来看我。"

"我知道这一切对你来说一定很难,珍妮。"他的声调完全变了。"我很理解。但是有一点可以肯定的是,起码你可以到一个比这儿好点的地方。"他望着漆黑的原野,一排排的白杨树消失在远方的天际。

"施莱辛格太太真是个大好人呢。"珍妮闪烁其词。

"嗯是的,我相信她是个心地善良的人。"他笑道,"我猜她把我当成那个罪人了。"

"有可能。"珍妮微笑道。

两人静静地走了一会儿,贡纳问道:

"接下来你打算怎样安排?对未来是否有什么计划?"

"还不知道,我想你是指这个孩子吧。我可以暂时把孩子交给施莱辛格太太,她肯定会帮我照看好孩子的;或者我也可以找个愿意领养孩子的人家,你知道这种孩子经常会被人领养。至于我自己嘛,我可以把自己叫作温格太太,无所谓别人怎么想。"

"你这么果断，然后打算——呃，完全和那个男人断绝联系？你在信里似乎也表达了这种意思。"

"我就是这个意思，"她态度坚决。"他不是那个与我订婚的男人。"停了一会儿，她补充道。

"谢天谢地！"他脱口而出，似乎如释重负。珍妮忍不住微微一笑。

"呃，我是说，真没必要再生出一个像他那样的人来——至少不是由你来生。前段时间我在报纸上看到他获得博士头衔的消息。嗯，不过这样也许更糟——我担心……"

"是他的父亲。"她突然说道。

赫根完全愣住了，接下来是死一般的寂静。珍妮开始无助地痛哭，赫根抱住她，拿手抚摸她的脸颊，她的头伏在他的肩上，抽噎不止。

两人就这样站在原地，珍妮断断续续将事情经过说给他听；偶尔抬起头看他一眼，只见他脸色苍白、憔悴；她又开始哭泣，待她停止抽泣，他扶起她的头，凝视着她：

"我的上帝！珍妮，真没想到你吃了这么多的苦。"

他们默然无语地往回走。

"跟我一起回柏林吧！"他突然说道，"一想到你独自在这里承受这一切，满腹心思，日夜啃噬，我就受不了。"

"我几乎已经没有什么想法了。"她倦倦地说道。

"哦，这真是太可怕了！"他猛地迸出这么一句，力度之大，把她吓得赶紧闭嘴。"为什么总是让好姑娘陷入这种事情当中，而且还不知道你们因此受了多少罪，这真是太恐怖了！"

赫根住了三天。说不清是什么原因，他来过之后，珍妮感觉心里好受多了。那种令她难以忍受的羞耻感消失了，现在她可以更加镇定、更有信心地面对马上到来的分娩。

尽管珍妮声称来人是她的表兄，施莱辛格太太还是带着一丝狡黠的微笑在她身边走来走去。

他说过要给她寄些书过来，于是圣诞节的时候，她收到了一整箱书，还有鲜花和巧克力。每周他都会给她写一封长信，告诉她发生的各种生活琐事，并且附上几份挪威剪报。1月她过生日的时候，他又过来小住两日，顺便给她带来最新出版的挪威书籍。在他最后一次来访过后不久，她就病倒了。接下来的几个星期，她的身体状况变得非常糟糕，整日忧心忡忡，睡不着觉。以前她从未真正想过分娩的事情，也从来没有为这担心过，但是现在因为身体总是感觉不舒服，她开始突然觉得害怕，害怕即将要经历的事情，到了最后，她因为失眠和焦虑，整个人变得疲惫不已。

生产过程令人难堪，当那位从瓦尔内明德请来的大夫手里高高托起她儿子的时候，珍妮已经奄奄一息了。

六

珍妮的儿子总共活了六周的时间。确切地说是四十四天半,她不无苦涩地自言自语道。忍不住一遍又一遍地回味那短暂的快乐时光。

孩子死后的最初几天,她没有流泪,只是一刻也不离开孩子,她坐在那里,从喉咙深处发出呻吟,把孩子抱在怀里不停地抚摸着。

"亲爱的小宝贝——妈妈最可爱的宝贝,你不可以走啊——我不能让你走,难道你不知道我有多需要你吗?"

孩子刚出生的时候,孱弱瘦小,但是珍妮和施莱辛格太太都觉得他长得很快,每天都不一样。可是有天早晨,他突然病了,只稍半天工夫,到了中午时分,一切都结束了。

葬礼过后,她开始哭泣,这一哭,就没有停下来的意思;在那之后的几个星期,她整日以泪洗面。最后她自己也病倒了;乳腺炎变得越来越厉害,施莱辛格夫人不得不请医生来给她做手术。灵魂的无助与绝望,加之身体的病痛,让她度过了许多个神志不清、癫狂而恐怖的夜晚。

施莱辛格太太睡在隔壁房间,每当听见珍妮悲切的哭声,她就会立刻起身冲进屋里,坐在床边安慰她。她用自己肥厚温暖的手掌抚摸着珍妮那双瘦骨嶙峋的潮湿小手,劝慰她,开导她。她说这一切都是神的旨意,也许对孩子和她都是件好事——毕竟她还那么年轻。施莱辛格太太也曾失去过两个孩子——分别是2岁的小伯莎和14岁的威廉，都是在她婚后出生的，本应成为她晚年生活的支柱与安慰。可是，眼前这个小家伙只会成为像她这种未婚姑娘的羁绊，更何况这位姑娘还长得那么年轻美丽。无可否认，他确实是个非常可爱的小天使，但这会相当的难……

施莱辛格太太自己也失去了丈夫，许多住在她家里的年轻姑娘们都曾目睹自己的孩子死去；她们当中的一些人会因此觉得释然，另一些姑娘为了摆脱孩子，会把生下的孩子很快送人。当然，这种做法看起来挺狠心的，可是又有什么法子呢？刚开始有些人也和珍妮一样哭哭啼啼的，可是没过多久就淡忘了悲伤。她们当中的一些后来还结了婚，过上了幸福的生活。但她还从来没遇到过像珍妮姑娘这样的情况。

施莱辛格夫人怀疑她的病人之所以如此绝望，很大程度上可能是由于她的那位表兄所致。就在孩子离世当天，他先是去了德累斯顿，然后又去往意大利。但是男人岂不都是这样吗？

那些令人痛苦而抓狂的夜晚，后来总是与施莱辛格夫人坐在她床边的小板凳这一幕联系在一起。灯光下，闪烁的泪珠顺着施莱辛格夫人慈祥的小眼睛流淌到她那张红润的胖脸上；她的嘴巴总是一刻不停地在说话，还有她那根细细的灰辫子，镶着凸起花边的白色睡衣，以及那条灰色和粉色条纹的法兰绒衬裙，衬裙的下摆是扇形的；还有那间小屋子，天花板上装饰着带铜框的石膏团花饰……

她曾给赫根写信，告诉他孩子给她带来的欢乐，他回信说他真想过来看看这个小家伙，可惜路途遥远，旅费昂贵，而且他正打算动身前往意大利。他向她和她的小王子致以诚挚的问候，希望能在不久的将来在意大利欢迎他们。孩子死的时候他正在德累斯顿，他给她发来一封长长的慰问信。

产后待她稍微能够自己坐起来的时候，她给格特写了几句话，把地址给他，但是请他等到春天孩子稍微大点儿好玩些的时候再过来。现在只有做母亲的才能看出孩子的可爱。后来她的身体复原到可以自己下床走动的时候，又给他写了一封长信。

孩子下葬那天，她给格特写了几行字，把失去孩子的情况告知他，同时告诉他她当天晚上打算启程前往南方，一段时间内不会再联系他，直到她觉得自己身心恢复得差不多之后再说。"别替我担心，"她写道，"现在我已经平静下来了，只是整个人哀恸无助，这也是自然的。"

最后一封信还未及发出，她就收到格特的一封来信。

最亲爱的珍妮，谢谢你的来信。我知道因为我们的这段关系，你在内心不断地责备自己。我亲爱的小姑娘，我没有任何可以责备你的地方，所以请你也千万不要自责。作为你的朋友，一直以来你都是如此善良、甜蜜，爱意满满，我永远也不会忘记在我们短暂的相爱时光中，你所给予我的深情厚谊——在这转瞬即逝的幸福里，你那迷人的青春气息和柔情奉献，令我深深难忘。

其实我俩本应意识到，这份感情终究难以长久。我当然应该明白，你如果稍微反思一下，也会明了。然而，热恋当中两情相悦的两个人儿，怎会做如此思量？难道你以为有一天你不再爱我，将我打回本已痛苦不堪的生活，我就会因此而责备你吗？——那种生活对于我而言不啻为一种双重的苦难，因为我同时知道我们之间的这种关系将给你带来一辈子必须承受的后果。

　　从你的来信中我已经看到了那些后果，只是我的绝望更甚于你，尽管你可能为此承受了无数担忧与身体的磨难，可是它也给你的生活带来了超乎寻常的欢乐与幸福——初为人母的喜悦带给你安宁、满足和生活的勇气，看着襁褓中的孩子，你觉得有力量去面对所有的困难——那些处在像你这样境地的年轻姑娘有可能遇到的各种难题，无论是经济上的还是世俗意义上的。你想象不出读了你的来信我有多么欢喜，对我而言，这又是一个令我深信不疑的关于正义之永恒的证据。对你而言，你之所以犯错是因为你心地柔软温存，渴望爱情。但也正是这份给你带来诸多痛苦的错误，最终将以一种更为美好、更加纯净的方式，带给你所一直渴望的、超乎你所求所想的一切。现在的你心里充满了对孩子的爱。随着孩子的一天天长大，你的爱也会变得愈加深厚。当孩子开始认识你、依恋你，有一天他将以更加强烈、深厚而主动的爱来回馈母亲给他的爱，这种爱将与日俱增。

　　对于我这个有幸得到你青睐的人，虽然早该明白我们之间的爱情是不可能的，也是不正常的，却是欲罢不能。几个月来，我的心里充满了难以言状的痛苦、悲伤和空虚。珍妮，你不知道我有多么想念你，我渴望你充满活力的青春，渴望你的美丽，还有得到你爱情时候的那种幸福滋味；然而，所有这些回忆只是令我更加悔恨不已，我不停地责问自己：我怎么可以允许她这样做？我怎能接受她对我的付出——我怎能相信自己和她在一起就会幸福？可是珍妮，我又确实相信，不管这听起来有多么荒谬，因为和你在一起让我感觉自己变年轻了。别忘了，当我比你现在还年轻得多的时候，我就失去了我的青春；年轻人工作的快乐与爱情的幸福从来不曾属于我，这都是我自己的错。这就是所谓的报应！可是当我遇见了你，我那死去的青春又重燃复活了；其实，在我内心深处，我一点儿也不觉得自己比你老。人生最可怕的莫过于人老了，而心却依然踊跃、年轻。

你来信说希望等孩子长大些再让我过去看你和我们的孩子，这简直让我受宠若惊——我们的孩子！你知道我一直在想什么吗？意大利圣坛画上的圣约瑟。你应该记得吧，他总是出现在人群的后面，或是站在画面的某个角落，带着悲伤而温柔的表情注视着圣婴和他年轻美丽的母亲，母子俩沉浸在彼此的爱中，全然没有注意到他的存在。亲爱的珍妮，你千万别误会我了，我知道那个躺在你腿上的婴儿也是我的骨肉，只是每当想到你作为孩子母亲的身份，我就情不自禁地把自己当成那个站在一旁受冷落的可怜的老约瑟。

你应当毫不犹豫地尽快接受我的姓氏，成为我的妻子，这样可以给你和孩子提供保护，就像当初马利亚毫不迟疑地接受了约瑟的关照。而且，对孩子而言，我以为剥夺孩子获得父亲姓氏的权利是不公道的，无论你的自我感觉有多么的强大与自信，孩子都有继承他父亲姓氏的权利。更不用说在这样一段婚姻中，你将获得和婚前一样的独立与自由，任何时候只要你愿意，我们都可以合法地解除婚约，恳请你三思。我们可以在国外举行婚礼，然后过几个月再离婚，如果你有这个意思的话。你不需要回挪威，也根本无须和我住在同一屋檐下。

至于我自己，我没有什么可说的。我在乡下这个地方有两间小房子，距离我的出生地不远，10岁之前我一直住在这里。从窗户望出去，可以看见小时候家门口的两棵老核桃树的树梢。它们看起来几乎与我小时候看到的一模一样。此刻，这边的夜晚开始变得漫长而明亮，好像春天的光景。光秃秃的棕色树枝衬托在浅绿色的天空中，几颗孤零零的星星在清澈的夜空中闪烁。夜复一夜，我坐在窗前，凝望着同一个方向，梦游般回忆着我的一生。亲爱的珍妮，我怎能忘记，你我之间相隔一段完整的生命时长，几乎与你的年龄等长。你可知道，我的生命有将近一半的时间都是在持续不断的羞辱、失败与悲怆之中虚度的？

你说每当想到我的时候，没有怨恨，亦无愤怒，这是我从未敢奢望的；看到你字里行间流露出的喜悦之情，令我感到无比欣慰。愿上帝保佑你和这个孩子，帮助你们，给予你们我所祈求的所有幸福。

亲爱的珍妮，你是我的最爱，一个曾经属于我的人。

——你忠诚的

格特·格拉姆

七

　　珍妮继续住在施莱辛格太太家里，一来费用便宜，再说目前她也不知道该拿自己如何是好。空气中弥漫着春天的气息。傍晚，她到码头附近散步。太阳躲在厚厚的云层后面，给乌云镶嵌上一圈耀眼的金光，发出红色灼热的光芒，在无边无际的苍穹下追逐，给躁动不安的海面投下阴影。黑暗荒凉的平原渐渐变成浅绿色，杨树冒出红褐色的嫩芽。铁道沿线，成千上万朵紫罗兰以及白色和黄色的小花竞相开放，最终将整个平原铺成一片郁郁葱葱的绿色。明艳的硫黄色鸢尾兰和白色的大百合花倒映在沼泽地的水塘中。于是有一天，空气中开始弥漫着干草的甜香，混合着池塘边焦油的气味。

　　旅馆开门了，码头边的小客栈里挤满了前来消夏的游客。孩子们一窝蜂地冲向雪白的沙滩，在沙地上打滚，在海水里嬉戏玩闹。身着斯普雷瓦尔德传统服装的母亲们和保姆坐在草地上，一边做着针线活儿，一边看顾自家的孩子。浴室已经从陆地挪到海里了，年轻的姑娘们在大海里嬉水欢笑。游艇停泊在码头边，城里来的客人晚上在酒店里跳舞，情侣们在原野上散步。初春的时候，珍妮躺卧在那片草地上，任凭海浪拍打堤岸，倾听风儿刮过树梢发出的沙沙声。

偶尔会有一两个女客人饶有兴趣地看着身穿黑白孝服的珍妮从沙滩上走过。渐渐地，住在村子里的客人了解到，有一位年轻的挪威姑娘在这里生下了一个孩子，此刻正沉浸在失去孩子的哀恸中，与其说这是件丑闻，倒不如说是个令人颇为伤感的故事。

她更喜欢走到乡下去，去那些暑期游客没到过的地方。偶尔她也会去趟墓地，那里埋葬着她的儿子。她坐在那里，目不转睛地盯着坟墓，她的本意并不是想过来做什么，有时候她会把从路边采来的野花放在上面，但是在她的内心深处，她拒绝将眼前这个小土堆和她心爱的宝贝儿子联系在一起。

晚上，她独坐房内，凝视孤灯——手边是好久未碰过的针线活儿。她的回忆总是一成不变的：她想起孩子出生后最初的那些日子——她躺在床上，感受到一种微弱而平静的快乐，然后是她的身体一点点地恢复，当她能够坐起来的时候，施莱辛格太太教她如何给婴儿洗澡穿衣，她们一起到瓦尔内明德买布料、花边和缎带，回到家里她忙着裁剪、设计和刺绣。她的宝贝儿子必须打扮得漂漂亮亮的，不能穿她从柏林订购回来的那种普通的现成童装。她还买了一个样子滑稽的、用绿色锡罐制成的花园喷水壶，上面画着一头狮子和一只老虎，它们站在蔚蓝的大海边，身旁有棕榈树环绕，狮子、老虎带着敬畏的神情看着德国的无畏舰队气势磅礴地驶往帝国位于非洲的殖民地。她觉得非常有趣，于是就买了下来，等孩子长大了可以玩——当然这还得等上很长一段时间。目前他得先学会找到母亲的乳房，现在他还只是盲目地寻找，接下来还要找到自己的小手指头，眼下他的两只小手紧紧地攥成一团，难以掰开。慢慢地，他会辨认出自己的母亲，看见头顶的那盏灯，还会看见母亲拿在手里在他眼前晃来晃去的那块怀表。他需要学的东西可多了。

孩子的所有东西都放在一个她从不打开的抽屉里，她熟悉里面的每一件物品：那些柔软的亚麻布和毛茸茸的毛织品，还有一件尚未完工的绿色法兰绒上衣，上面绣着金黄色的毛茛花——这是孩子出门时穿的外套。

她开始着手绘一幅海滨风景画，白色沙滩上有好些身着红色、蓝色服装的孩子们。几个富有同情心的太太走过来围观，一心想和她搭讪："画得多好啊！"可是她对自己的画稿很不满意，既不想继续完成，也不打算重新再画一张。

然后有一天，旅馆关门了。大海波涛翻滚，夏天就这样过去了。

贡纳从意大利写信过来，建议她去那边。塞斯卡则希望她去瑞典，母亲完全被蒙在鼓里，她在信里说她无法理解为什么女儿在德国待了这么长时间。珍妮想要离开，可是她仍然举棋不定，在她的内心深处开始萌生出一丝微弱的渴望。

她变得烦躁不安，每天无所事事地走来走去，她必须尽快做出决定——哪怕只是让她在某个晚上从码头跳进海里也行。

一天晚上，她从箱子里翻出赫根寄来的书籍。其中有一本意大利诗集，属于那种装帧精美为游客准备的皮面版本。她随手翻了几页，想看看自己是否把意大利语都给忘光了。

翻开的那页正好是洛伦佐·迪·美第奇的狂欢节歌剧，其中夹着一张折叠的信笺，从字迹上看得出来是贡纳的笔迹：

"亲爱的妈妈，我已平安抵达意大利了，一切都好，并且……"——信纸的其余部分写满了要学的单词。在动词旁边，他标注出词形的变化形式，整部情节剧诗歌的空白处密密麻麻地写满了注释。

哪怕是最简单的单词也被他认真标记下来。贡纳大约是在来意大利之前就想阅读这本原著，只是那时候他还根本不懂意大利语。扉页上写着"G.赫根，费伦泽，1903年"——那是在他们认识之前。

她随手翻阅，这篇是被贡纳奉若神明的莱奥帕尔迪的《致意大利》。她一边读，一边注意到页面空白处填满了笔记和星星点点的墨迹。

这种感觉就好像是当面听他读一封信，其亲密程度远胜于其他信件。他青春健硕，意志坚定，性格活跃，他在呼唤她，呼唤她重新回到生活和工作中来。啊，要是她能鼓起勇气重新开始工作就好了！她尝试着在生与死之间做出选择；她想回到那个曾经让她感到自由和强大的地方——除了工作，她是孤独的。她想念她的朋友们，那些值得信赖的志同道合的盟友，他们从不走得太近，以免彼此伤害，却又并肩生活在一起，不管别人的闲事，只分享共同的乐趣：他们相信自己的能力以及工作带来的乐趣。她也想再次看看这个山地之国，欣赏它高傲冷峻的线条，以及阳光下呈现出的斑斓色彩。

几天之后，她动身前往柏林，在那里停留了一段时间，参观画廊。但是整个人感觉疲倦孤寂，于是她启程去了慕尼黑。

在阿尔特·皮纳科泰克画廊，珍妮伫立在伦勃朗的《圣家族》前良久。此刻，她并没有从一个画家的角度来审视这幅画；她凝视着画面中年轻的农妇，她的衣裳从她丰满的胸脯前褪下，她坐在那里，看着膝上熟睡的婴儿，俯身捧起他的一只小脚，小心地爱抚着。婴儿其实就是一个丑兮兮的乡下孩子，身体结实，在熟睡中仍然显得那么可爱。约瑟站在孩子母亲的身后，注视着他的儿子。此刻，画面中的他不再是从前那个约瑟，玛利亚也不复被描绘成圣母和基督的新娘；画中的他们只是一对普通人，一个身体健硕的中年劳动者和他年轻的妻子，孩子是他们两人的欢乐与骄傲。

当天晚上，她给格特·格拉姆写了一封长长的告别信，饱含悲伤与柔情，就此与他永别。

第二天，她买了一张直达佛罗伦萨的车票，在火车上度过了一个不眠之夜，黎明时分，她仍旧清醒地坐在车窗边。湍急的溪流从覆盖着森林的山坡上奔涌而下。天色越来越明亮，沿途的小镇渐渐显现出独特的意大利风情：褐色与金黄色的屋顶、户外的凉廊、赭红色石墙上一扇扇绿色的百叶窗。巴洛克风格的教堂建筑，一座座横跨河流的石桥，城外一望无垠的葡萄园，山顶上灰色的城堡废墟……火车站里所有的标识都用德语和意大利语显示。

她站在海关办公室，看着头等车厢和二等车厢里的旅客从睡梦中惊醒，心里感到一阵莫名的高兴，终于又回到意大利了。海关官员冲她笑了笑，因为她长得实在是漂亮，她冲他莞尔一笑；显然他把她当成是某位头等舱女乘客的侍女了。

雾蒙蒙的灰色山脊之间现出一块淡蓝色的阴影，太阳白晃晃地挂在天上，地面的颜色呈现出一种铁锈红。

可是到了佛罗伦萨，11月初的天气竟是异常的寒冷。她在城里待了两个星期，感觉疲惫而冻人——她对周遭的一切美景毫无知觉，心里冷冰冰的，整个人变得沮丧而忧郁，眼前的景象不再能够像往日那般温暖她的心。

一天早上，她启程前往罗马。火车经过托斯卡纳地区，地面上结满了白霜；到了中午，霜雾散尽，太阳升起来了——她又再次看到眼前令她毕生难以忘怀的景致：群山环绕之中，淡蓝色的特拉西梅尼湖懒洋洋地躺在太阳底下。陆地的一角伸入水中，上面有一座带塔楼和尖顶的石头城，一条柏树林荫大道从车站方向延伸过来。

她在瓢泼大雨中抵达罗马。贡纳正在站台上等她，他疾步上前紧紧握住她的手，表示欢迎。他们从车站前往为她预定的住处，一路上他谈笑风生。雨水从铅灰色的天空倾泻而下，混合着马路上溅起的水花，噼里啪啦地打在马车车身上。

八

赫根坐在大理石桌子的外侧，无意加入同桌人的闲聊。时不时地，他朝珍妮瞥上一眼。珍妮坐在角落里，面前放着苏打水和威士忌，正欢快地同她对面一个年轻的瑞典姑娘聊天，压根儿没有注意到她的两位邻座——布罗杰医生和一位丹麦无名艺术家卢卢·舒林——正试图与她搭讪。赫根知道她又喝多了。一群北欧人和几个德国人在酒精专卖店偶遇，于是相约来到某个脏兮兮的咖啡馆角落消磨了整个晚上，每个人或多或少地受到了酒精的影响，全然不顾店主的恳求，迟迟不愿离开，其实早就过了打烊时间，再不关门店主就要被罚款200里拉。

贡纳·赫根是所有人里面唯一希望这场聚会尽快结束的人，也是唯一保持头脑清醒的人，只不过此刻他的脾气有点儿大。

布罗杰医生用他的黑胡子不停地往珍妮手上蹭。珍妮把手挪开，他又试图亲吻她裸露在外的手臂。最终他成功地把胳膊搭在她的后背，两人被紧紧地挤在角落里，珍妮想摆脱他也无济于事。说实在的，她的反抗显得有些软弱无力，面对他的大胆无礼她只是一笑置之，却并未显出被冒犯之意。

"哎哟！"卢卢耸肩道，"珍妮，亏你怎么能忍受得了这个人，你不觉得他很恶心吗？"

"我知道，可是你没觉得他简直就像只大苍蝇吗——赶也赶不走，想赶走他也没有用。哎，您快住手吧，医生！"

"哎呀！"卢卢再次叹道，"你怎么受得了他？"

"没关系，回家我用肥皂好好洗洗。"

卢卢·舒林靠在珍妮身上，抚摸她的双臂。"现在让我来好好照顾这双可怜的美丽小手吧，瞧！"她举起珍妮的一只手，让整桌子的人欣赏。"可爱吧。"说着，她从帽子上取下自己的绿色面纱，将它裹在珍妮的胳膊和手上。"透过这层薄纱，你们瞧瞧。"边说边飞快地向布罗杰吐了一下舌头。

珍妮呆坐了一会儿，看着自己笼罩在绿纱巾里的手臂，然后掀开纱巾，给自己穿上大衣，戴上手套。

布罗杰靠在椅背上，眼睛半开半合，舒林小姐举起酒杯："祝您健康，赫根先生。"

赫根假装没听见，于是她又重复一遍，赫根举起杯子说道："抱歉，刚才没看见。"他抿了一口酒，然后眼睛又望向别处。

一行人里面有人露出会意的微笑。赫根和温格小姐同住在巴布伊娜和科尔索大街之间的一幢房子顶层，两人比邻而居。显然，他们之间如果有亲密关系似乎也是理所当然的事。至于舒林小姐，她曾与一位挪威作家结婚，可是婚后的幸福生活只维持了一年左右的时间，她便离开了丈夫和孩子。她以自己娘家的姓，冠以"小姐"的身份踏入社交界，自诩为艺术家。

店主再次走到他们面前，焦急地恳请他们离开。两位侍者在房间的另一头熄灭了煤气灯，蹲守在他们的桌子旁，这样一来他们没别的事可做了，只好付钱走人。

大家来到广场，贡纳跟在人群后面。借着月光，他看见舒林小姐挽着珍妮的胳膊朝着一辆出租车跑去，其他人在大声嚷嚷，他随着他们朝同一方向跑过去，只听见珍妮在嚷嚷："你知道的，就是在帕内珀纳大街上的那家。"她跳进那辆挤满了人的出租车，扑倒在一个人的腿上。

这时有人想下车，另外一些人想上车——大家不停地上上下下，从一边跳下去，再从另一边爬进来，马车夫一动不动地坐在座位上，马儿耷拉着脑袋靠在石桥上打盹儿。

珍妮又回到大街上，舒林小姐从车里伸出胳膊冲着她大喊："还有好多空位的呀！"

"真替这匹马难过。"赫根简短地说道。珍妮走在他身旁，两个挤不上马车的人紧跟在辚辚前行的马车后面。

"你不会还想和这些人待在一起吧？一路走去帕内珀纳大街？"赫根问道。

"没准儿半路上我们就会遇到另一辆马车。"

"你怎么会愿意和他们在一起——这些人都喝醉了。"他说道。

"我也醉了。"

赫根没有说话。走到西班牙广场的时候，珍妮突然停下脚步：

"这么说，你不想和我们去了，是吗，贡纳？"

"如果你执意要去，我就去——否则我不想去。"

"你没必要看在我的分上勉强去，我可以自己回家，没问题的。"

"你去我就去——我不想看见你这个样子和那些人单独

在一起。"

她笑了，还是那种无力、漠然的笑声。

"陪我坐到天亮吗？明天你会累得坐不住的。"

"哦，坐下来陪你我完全没问题。"

"你不会的。无论如何，如果让我整夜走路的话，第二天我就没法正常工作了。"

珍妮耸了耸肩，转身朝巴布伊娜大街的方向走去——和其他人相反的方向。大街上空无一人，除了有个警察从他们身旁经过。西班牙台阶前面的喷泉上下蹿涌，月光下，地面的水白花花的一片，四周是一些闪耀着黑色和银色光泽的常绿灌木。

突然，珍妮用一种生硬而轻蔑的口吻说道：

"我知道你是好意，贡纳。谢谢你尽力照顾我，但是真的没必要，不值得。"

他默默地往前走。

"不会不值得，除非你丧失了自己的意志力。"过了一会儿他说道。

"意志力。"——她学着他的腔调。

"是的，我就是这个意思。"

她的呼吸变得急促起来，似乎想回应他，但是她努力控制住自己的情绪。蓦然间，从她心里升起一股对自己的厌恶——她知道她已经半醉了，但她不想借酒发疯在贡纳面前大声嚷嚷叫喊，也不想故作呻吟状或是向他做任何解释，抑或大哭一场——她只是默默地咬紧牙关。

他们走到楼门入口处。赫根推开大门，划了根火柴，为她照亮那段漆黑的没完没了的台阶。两人的小房间就在楼梯尽头的半截平台上。房门外有一条过道，过道尽头是一段大理石台阶，可以直接通向屋顶的露台。

到了门口，她与他握手告别，低声道：

"晚安，贡纳。今晚辛苦你了。"

"谢谢，睡个好觉。"

"你也一样。"

贡纳走进自己的房间，推开窗户。月光照在对面房子赭黄色的墙上，月光下可以看见紧闭的百叶窗和黑色的铁铸阳台。宾乔山在房屋后方兀然隆起，一轮华月悬挂深蓝色的夜空。一簇簇黑色的树叶，在月光的衬托下，轮廓分明。他的脚下是鳞次栉比长满青苔的老房子屋顶。更远处，人家的露台上晾着一些洗过的衣物。他倚在窗台上，心里感觉厌恶又难过。一般来说，他并不是一个特别挑剔的人，但是看到珍妮这个样子，唉，这里面或多或少也有他的错。她刚来的那几个月，看见她一蹶不振像只受伤的小鸟般忧郁，他便热心地鼓励她出去参加聚会，本想他俩只会自娱自乐做个旁观者，万没料到会变成现在这个局面。这会儿，他听见她开门的声音，然后又听见她走上露台。犹豫片刻，他跟了上去。

露台上有一座带波纹状铁栏杆的小凉亭，她坐在凉亭后面仅有的一把椅子上。鸽子缩在窝里发出困倦的咕咕声。

"怎么还不去睡觉？待在这上面会着凉的。"他从凉亭里取来她的披肩递给她，然后在两只花盆中间的墙头上坐了下来。他们就这样静静地坐着，凝视着脚下的城市和远处教堂的圆顶，所有这些似乎都半飘浮在月光下的薄雾中。此刻，远山的轮廓被完全遮挡住了。

珍妮在抽烟，贡纳给自己点上一支烟。

"我现在几乎什么也受不了了，我是说喝酒，没喝多少脑子就不清醒了。"她歉疚地说道。

他明白她已经恢复了常态。

"我觉得你可以暂时停一段时间的酒,包括抽烟——至少不要抽得太凶。别忘了你曾经抱怨过心脏不好。"

她没接话。

"你我都知道他们是些什么样的人,只是我想象不出来你怎么能屈尊与这些人交往——就像今天那样。"

"人偶尔需要——呃,一点儿麻醉剂,"她平静地说道,"至于说到屈尊……"他注视着她苍白的脸,她那蓬松的金发在月光下闪闪发亮。"有时候我觉得这无关紧要,不过现在——就在此刻——我感到惭愧,然而你是明白的,刚才我特别清醒。"她笑道,"再说,我也不是总这样的,尽管我没吃什么东西下肚,但是在那种时候,我觉得我足以应付得了任何形式的狂欢。"

"这很危险,珍妮,"他顿了一下,接着说道,"我觉得今天晚上太让人恶心了——我想不出可以用什么其他词语来形容这种局面。我曾亲眼见过生活中丑陋的一面;也知道它会把人带往何处。我不希望看见你沉沦,最终变成像卢卢那样的人。"

"你就放心吧,贡纳,我不会变成她那样的。其实我并不喜欢这种事情,我知道适可而止。"

他坐在那里,望着她。

"我明白你的意思。"他最后说道,"很多女人在沉沦之前都是这么说的,但是当一个人习惯走下坡路,一段时间之后,就停不下来了,就像你形容她们的那样。"他起身走到她跟前,握住她的手。

"珍妮,你不会再和那些人混了,对不对?"

她站起身，微笑道：

"至少目前是这样。我想我早就治愈了自己的心病。"她坚定地握住他的手。"明天我过来给你做模特。"说罢，她走下楼去。

"好的，谢谢。"

他在屋顶上独自停留了一会儿，一边抽烟一边想心事，冷不丁地打了一个寒战，然后若有所思地走回房间。

九

第二天吃过午饭,她过来坐在椅子上给他当模特,直到天将擦黑的时候。趁着他在绘制背景的空当儿,或是洗刷画笔的时候,两人时不时闲聊上几句。

"好了,"他放下调色板,整理好颜料盒,"今天就到这儿吧。"

她走近前,审视画面。

"黑调很棒,你觉得呢?"

"是的,"她说,"很有效果。"

他看了看表:"差不多到吃饭的时候了,一起出去吃晚餐吧。"

"好的,稍等我一下,我换件衣服。"

等他过来敲门的时候,她已经准备好了,正站在镜子前面系帽带。

她转过身来。哦,她看上去真美啊,他在心里赞叹道。她穿着一件紧身的深灰色连衣裙,整个人显得白皙、苗条、端庄冷漠而又不失时髦,非常有淑女风范。这与她昨日留给人的印象,简直判若两人。

"昨天你是不是答应了舒林小姐下午去看她的画?"

"是的,我不想去了。"她的脸红了,"说实在的,我也不太想和她交朋友,再说,估计她也画不出什么东西。"

"我可不这么认为。只是我无法理解昨晚你竟然能容忍她的那种套近乎的方式。换了我,我是宁愿吃一整盘虫子也不和这种人交往。"

珍妮笑了,正色道:

"可怜的人,估计她活得挺不开心的。"

"呸!岂止是不开心。我是1905年在巴黎遇见她的。我不认为她属于那种天性乖戾的人——不过就是愚蠢和虚荣罢了。她的一切都是装出来的。如果现今社会上流行以贤惠为美德,她立刻就会忙乎起来,为孩子们缝缝补补,摇身一变成为最好的家庭主妇,或许她还懂得在玫瑰上画几滴露珠作为消遣。可是一旦离开了她的避风港,同时又希望能像艺术家一样过一种自由自在的生活,她又会觉得为了面子至少也应该给自己找个情人。遗憾的是,她找到了一个很老派的傻瓜,这个人居然想让她以非常传统的方式嫁给他,然后还指望她能够替他操持家务,照顾孩子。"

"她的离家出走,也许是鲍尔森的错——这种事情谁也说不好。"

"当然是他的问题。他就是个老古董,只希望家庭幸福,也许是他给她的爱太少了,要么就是她还欠揍。"

她忧郁地笑笑。

"我知道你是怎么想的,贡纳。你相信生活中所有的困难都可以迎刃而解。"

赫根把两条腿分开,骑跨在椅子上,双手搭在椅背上。

"人们对生活知之甚少,但是对目前已知的东西都还能轻易掌控。首先要有针对性地定下你的目标和梦想,然后尽你所能地去应对突发情况。"

珍妮在沙发上坐下来，双手抱头，平静地说道："现在我再也感觉不到生活中有什么东西是能够任由我轻易把控的，或者说可以把它作为我判断事物的基础和努力的目标。"

"你不是当真这么想的。"

她报以微微一笑。

"至少不会总是这样吧。"贡纳说。

"没有谁的思想可以一成不变。"

"是的，人清醒的时候总是想得很明白。你昨晚说得很对，有时候人即使没有喝酒也不见得有多么清醒。"

"目前，当我偶尔处于清醒状态的时候，我——"她突然住口，沉默不语。

"你知道我是怎样看待生活的吗，我知道其实你也有同感。总的来说，发生在你身上的一切，都是你自我意志力的体现。一般来说，人是自己命运的创造者。虽然偶尔也会遇到个人难以驾驭的情况，但这绝对不会是大概率，如果有人说这种情况会经常发生，那未免也太夸张了。"

"天知道我并没有掌控我的命运，贡纳。不过多年前我确实给自己许下过心愿，并为此而活。"

两人都沉默了。

"某一天，"她慢慢地说道，"我只是稍微对我的人生轨迹做了一点小小的调整，因为我发现曾经自以为最值得一过的生活竟是如此艰难——我实在是太寂寞了，你懂的。我只不过是稍稍偏离正道一小会儿，想让自己年轻一点儿，享受片刻欢愉，不承想就被卷入激流之中，顷刻间就被它带走了，结果在我身上就发生了这种事情，这是我一刻也不曾料到的。"

沉默片刻过后,赫根继续说道:

"罗塞托曾经这样说过——你知道他的诗文比他的绘画更有成就:

> 那不起眼的一汪清泉,
> 难道即将成为我日后的地标?
> 它波澜不惊,令我不屑俯身啜饮
> 我静坐泉边,拾起卵石打水漂——
> 天空的影像在水中揉成碎片,
> 连同我的身影,倘若有谁曾经留意——
> 我不禁思忖,此处或许终将成为我生命的转折点
> 上下求索之际,不期而遇人生驿站,
> 如同祭坛的基石与城堡的徽章。
>
> 看哪!前路迷茫,我即折返,
> 饥渴难耐之际,葡萄畅饮此泉旁
> 那一度被我玷污的泉水,此刻愈加浑浊。
> 泉边不再有光亮,鸟儿亦不复鸣唱
> 而我将由此返回,迫不及待,感谢上苍,
> 只因那曾经的目标依旧在来时的路上。"

珍妮默然无语——贡纳重复道:"那曾经的目标依旧在来时的路上。"

"你觉得找回来时的路很容易吗?"珍妮问道。

"不容易。可是难道我们不应该试一试吗?"他用一种近乎孩童般的语气说道。

"但是我到底有没有什么目标?"她突然变得很激动,

"我只想以这样的方式生活，不因为自己是一名女性或是艺术家而感到羞耻。不勉强自己做任何自认为不对的事情。我想做一个正直善良、内心笃定的人，不想让别人的不幸折磨我的良心。造成这一切错误的根源又是什么——究竟原因何在？是因为我渴望爱情，而这种爱情并不需要某个特定的男人来实现。你觉得奇怪吗？还是说，当赫尔格出现的时候，我特别想说服自己，相信他就是我一直在寻找和渴望的那个人？这就是一切错误的开端。贡纳，我始终相信我是能让他们幸福的——然而，最终我只是给他们带来了伤害。"

她站起身，在地板上走来走去。

"难道你真的相信诗中所说的那股清泉，对于一个明知是自己把它搅浑的人来说，还会重新变得纯净清澈吗？你以为我现在全身而退会更加容易些？我和所有的女孩子一样渴望幸福，直到现在仍未放弃。但是我知道，对于我这样一个有过历史的人，我所向往的那种独一无二的幸福已然成为不可能。它应该是纯洁的、无瑕疵的、完美的——这些条件我都无法具备——无论过去还是现在。最近两年的经历，我尽可以把它称为我的生活——在我余生的岁月里，我只能继续憧憬那份遥不可及的感情。"

"珍妮，"贡纳说道，"我再说一遍，我非常确定这完全取决于你是否允许自己让这些记忆毁掉你的生活。抑或你把它看成是一个教训，无论这教训有多么深刻，你依旧要持守之前为自己设定的目标，并且深信这就是唯一适合你的目标。"

"难道你还看不出来这是不可能的吗？它已经扎得太深了；如同强酸腐蚀着我的内心，我能感觉到那个内在的自我已经破成了碎片。但是我不想这样,我不愿意这样。有时候我真想——我也不知道自己究竟想干什么——立刻停止所有的思想。要么去死,要么去过一种癫狂不羁的生活——把自己埋在比现在更大的痛苦中。让自己深陷泥潭,完全彻底,一了百了。 或者,"她压低嗓门,用一种近乎狂野而令人窒息的声音说道,"把自己扔到火车下面——然后在最后一秒体会到——即刻——现在——我的整个身心将在一阵战栗的瞬间被碾压成一团血迹斑斑的混合物。"

"珍妮!"他喊道,脸色煞白,"我受不了你这样说自己。"

"我是有点儿歇斯底里了。"她安慰道。然后她走到摆放着画架的墙角,猛地将架子朝墙上一推,差点儿把画布甩出去:

"你觉得我还有必要整天在忙活这些东西吗?活着还有什么意义?成天在画布上涂涂抹抹?你自己也看到了,它们不过就是一堆油彩而已,你亲眼见到几个月前的我是如何像奴隶一样地辛勤工作。我的上帝啊!我甚至都无法再画画了。"

赫根仔细看了一下那些画,心里突然有了底气。

"我还真想听听你的心里话——针对眼前这堆无用的废物。"她挑衅地说道。

"说实话,画得不是特别好。"他的双手插在裤兜里,站在那里审视那些画面。"可是我们每个人都经历过类似的情况——我的意思是说,有可能某段时间你毫无产出,但是你得知道,这一切只是暂时的。我从来不相信一个人因为过得很不快乐就会连带失去他原有的才华。再说,你已经停笔很长时间了;你必须鼓起勇气重来一次——这么说吧，你需要掌握一些绘画的方法。比如说写生，我敢说你至少有三年多的时间没有画过活体模特了。我的自身经验告诉我，有些基础的东西是无法绕过去的，否则早晚会自食其果。"

他走到一排书架前，搜寻珍妮的素描本。

"还记得你在巴黎取得的那些惊人的进步吗？——我拿给你看看。"

"别，别拿那本。"珍妮说道，同时向他伸出手。

赫根手里举着本子，站在原地不动。目不转睛地盯着她。珍妮把头别向一旁：

"给你看看也无所谓——我当时想给孩子画一幅肖像。"

赫根慢慢地翻开画册，珍妮重新坐回到沙发上。他凝视着那幅铅笔素描——一个熟睡中的婴儿。然后他把画册轻轻放下。

"失去这个孩子，真是太令人遗憾了。"他温柔地说道。

"是的。要是他还活着，其他什么事情都无关紧要。你刚才说到意志，但是如果一个人的意志都不能让自己的孩子活下去，还有什么用呢？我现在已无心再为自己谋求什么，因为在我看来，我唯一能做的事，唯一关心的事，就是成为我孩子的母亲。哦，我本可以好好爱他的！我怀疑自己内心深处就是个利己主义者，因为每当我想去爱别人的时候，心里的那个自我就会像一堵墙一样升起来，将我们隔开。但这个孩子是属于我的。如果不是因为他的离去，我是可以好好工作的，我会特别努力地工作。

"我曾有过许多的计划。在来这儿的路上，它们在我脑海里——回放。原本我计划夏天和孩子一起住在巴伐利亚，因为我担心海边的空气对他来说太强劲了些。我想象着当我画画的时候,他会躺在苹果树下的摇篮里。在这个世界上,我无所谓何去何从,只要能在梦中与我的孩子在一起就够了。我想带他去了解和欣赏这个世界所有的美与善。我的一切都是他的。以前我用一条旧的红毯子把他裹起来。你在画像中看见的那件黑衣裳,是我产后恢复之后在瓦尔内明德定做的,后来为了方便哺乳,我又把它重新剪裁了一下。

"我无法专心工作,因为他时刻充斥着我的心——对他的思念令我浑身瘫软无力。夜晚,我抱着枕头,为我的孩子哭个不停。当我独处的时候,我和他说话。我想给他画像,给他在每个年龄段留下一张画像。要是他还活着,现在也该满一岁了,应该长牙了,手里可以握得住东西了,可以站起来了,或许还能走上几步路了。每个月,每一天,我都在思念着他——他是不是又长大了一点儿,变成什么样子了?在路上只要一看见小孩,或者是怀抱婴儿的母亲,我都会情不自禁地想到我的孩子,想象他到了他们那个年龄段的样子。"

她停了一会儿。

"我没想到你会有这些感觉,珍妮,"赫根温柔地说道,"当然,这对你而言是件非常难过的事情——我很理解——但是我是这样想的,从长远来看,这个孩子还是离去的好。早知道你如此难过,我应该早点儿过来看你。"

她没有作答,自顾自地继续说下去:"然而他死了——那么一个小不点儿。私下里我嫉妒他的离去,因为在他尚未开始感受和懂事之前就离开了这个世界。他只有在饿了的时候,或是想变换一个姿势的时候,才会冲着亮处哭;他甚至都还不认识我,真的。在他的小脑袋瓜里可能已经开始形成一些模糊的转瞬即逝的意识,可是你想想,他从来都不知道我是他的母亲。

"可怜的小东西,我都还没来得及给他取个名字,只是把他唤作妈妈的小宝贝,除了一些实物,我的思念无处安放。"

她举起双手,仿佛要把孩子抱在胸前,然而她的两只手空空如也,随即了无生气地垂落在桌子上。

"我清楚地记得第一次触摸孩子的感受,他的皮肤贴着我的身体,是那么柔软,还有点儿湿乎乎的——要知道,他才刚刚开始接触空气。有人觉得新生儿摸起来的感觉让人不舒服,也许那是因为不是她自己亲生的吧。他的眼睛——看上去颜色并不是很特别,深色的,但是我觉得日后它们应该是蓝灰色的。婴儿的眼睛真的是很神奇——几乎可以说很神秘。他的小脑袋好可爱,吃奶的时候,他的小鼻头贴在我身上,我能看到他头顶的囟门在突突地跳动,还有那一头软软的绒毛般的头发,发量还真不少呢,他生下来头发就是深色的。

"哦,还有他的小身子!我别无所求——此刻仿佛还能感觉到他就躺在我的手中。他是那么的圆润,胖嘟嘟的,身上的每一个地方都是那么漂亮——他是我最可爱的小宝贝!

"可是他死了!我还期待着后面的所有事情呢。现在我好后悔,以前我拥有他的时候,我吻他,看他,以为这一切都是理所当然的,对自己拥有的一切并没有足够重视。尽管那几个星期我也没干什么其他的事情。

"他走了，我的心里空荡荡的，除了对他无尽的思念，其余什么也没留下。你无法理解我的感受。我浑身发疼。整个人病倒了，在高烧和疼痛的迷乱之际，我的渴望似乎变成了现实。我想念他，想念他躺在我臂弯里的感觉，渴望把他捧在我的手心里，贴在我的脸颊上。在他生命的最后一个星期，有那么一两次我把手指放在他的手上，他立刻紧紧地抓住我。有一次不知怎么回事，他一把揪住我的一绺头发——哦，多么可爱的小手……"

她俯身趴在桌子上，剧烈地抽泣，整个人在颤抖。

贡纳起身，犹豫地站在一旁，喉结蠕动，似乎正在极力控制自己的情绪。然后他走到她身旁，俯身在她头发上轻轻地碰了一下，留下一个羞涩而温柔的吻。

她保持着同样的姿势趴在桌子上继续哭了一会儿。最后她站起来，走到脸盆架前洗掉脸上的泪痕。

"哦，我是多么想念他啊。"她重复道。他想不出可以拿什么话来安慰她，"珍妮，我没想到这件事情对你的打击如此巨大。"

她走到他身边，把手放在他的肩膀上说：

"贡纳，别把我刚才说的话太当回事，有时候我的情绪不是很正常。但你要知道，若不是有别的原因，单纯只是因为孩子，我也不会让自己完全沉溺于这种放纵的生活。说心里话，我真的愿意好好开始生活——你是知道的。我要打起精神，重新尝试开始新的生活和工作，哪怕刚开始效果很差。其实我心底里一直很坦然，因为我知道人不需要活得比他想要的时间更长。"

她重新戴上帽子，找来一条面纱，遮住那张泪痕斑驳的脸：

"咱们走吧,出去吃点东西——都这么晚了——你一定饿坏了。"

贡纳·赫根的脸涨得通红。现在她终于想起吃饭这回事了,他确实是饿坏了,同时又为自己感到不好意思,在这种气氛下承认自己饿了。他擦干被泪水打湿的脸颊,感觉脸上热乎乎的,起身从桌上拿起帽子。

十

两人不约而同地绕开他们平日常去的餐馆,在那里总能遇到很多同乡。暮色中,他们继续朝着台伯河的方向走去,过桥后,进入博尔戈老区。在圣彼得广场的一个角落里,有一家小餐馆,通常他们从梵蒂冈回来,就在那里用餐。

两人一声不吭,埋头吃饭。饭毕,珍妮点上一支烟,时不时饮上几口红酒,手指间揉搓着一块散发出清香气味的橘子皮。赫根抽着烟,凝视前方,整个餐馆几乎就只有他们两人。

"想不想读一下塞斯卡前两天的来信?"珍妮突然问到。

"好呀。前两天我是看到有一封她寄来的信,从斯德哥尔摩寄来的吧?"

"是的,他们回到斯德哥尔摩,准备在那儿过冬。"她从包里取出信件,递给他。

我最亲爱的珍妮——请别生我的气,拖了这么久才给你回信。每天我都想给你写信,可是总是无法如愿完成。真高兴你终于又回到了罗马,并且重新开始工作,而且有贡纳与你做伴。

我们已经回到斯德哥尔摩,还是住在老地方。天冷的时候,住在乡下真是受罪,房子四面透风,我们只好躲在厨房里取暖。到时候如果我们有能力,打算把乡下的这栋房子买下来,房子真的是太贵了,很多地方还有待改造。我们打算把阁楼改成伦纳特的画室,需要添一个炉子,还有许多其他的东西需要置办——总之我们把它先租了下来,明年夏天可以过来住。我很喜欢这里,你想象不出还有什么地方能比西海岸更美丽的了;这是一片荒瘠而饱经风霜的土地——灰色的峭壁上,稀疏的树木从裂缝中生长出来;这里有忍冬花,有简陋的农舍、宽阔的大海,还有美妙无比的天空。我画了几幅画,大家都说好。伦纳特和我都很喜欢这里。现在我们是相濡以沫的朋友,当他觉得我很棒的时候,就会主动吻我,叫我小美人鱼,还给我起各种好听的名字。我想我会慢慢地越来越喜欢他的。现在我们又搬回到城里住了,这次去巴黎的旅行估计不会成行了,可是我一点儿也不介意。这样写信告诉你,显得我很无情。因为你比我要优秀许多,可是却不得不经历如此可怕的丧子之痛——我觉得自己不配得到如此巨大的幸福,得到我心心念念一直渴求的东西——我要生宝宝啦,现在距离预产期还有五个月的时间。起初我几乎不敢相信这是真的,但是现在可以确定了。我尽量瞒着伦纳特——你瞧,我真为自己感到羞愧,一连骗了他两次。我只是怕搞错了。等他开始起疑心的时候,我还想接着隐瞒下去,但是到了最后我不得不对他承认了。我简直不敢相信我就要有自己的孩子了——伦纳特说他宁愿再要一个小塞斯卡,我猜他这样说只是为了安慰我，以防万一，因为我确信他心里一直想要一个男孩。不过，如果是个女孩，我们也会一样喜欢她的——一旦生下第一个孩子，接下来我们可能会再要几个。

我的心里充满了喜悦，我已经不再稀罕巴黎了，也不在乎自己身在何处。很奇怪 L 夫人怎么会觉得我应该不高兴，就因为出国旅行计划被孩子的到来毁掉了吗——你能想象得出这话出自一位母亲之口吗？她拥有这个世界上最漂亮的两个小帅哥。而他们自己对此却毫无觉察，除了和我们在一起的时候。伦纳特说她巴不得将这两个孩子拱手送人，要不是我们养不起，我还真想把他们弄过来，这样我们的小宝贝也就多了两位大哥做玩伴。想象一下把小表弟介绍给他们的情景，该是多么有趣啊！他们管我叫作姑姑。我觉得这样很好。我得搁笔了。还有一件事情也让我非常高兴，那就是伦纳特不会再吃什么人的醋了，我相信今后他也不会了，因为他心里明白，一直以来，除了他，我就再没有喜欢过其他人。

写了这么多让我自己开心的事情，你会不会觉得我很不好呀？我知道你是不会因为我的走运而心生怨气的。

请代我向所有的朋友问好——首先问候贡纳。如果你愿意，也可以把我的信拿给他看。祝你好运，欢迎明年夏天过来和我们小住。

爱你的、你真挚忠诚的小朋友

塞斯卡

另外：我得补充一句，如果是个女孩，我就叫她珍妮，我不管伦纳特怎么想。还有，他让我转达他对你的问候。"

贡纳把信还给珍妮，珍妮将它收回包里。
"我真的太高兴了，"她柔声说道，"这个世界上终究还是有一些幸福的人儿。这种感觉似曾相识——即便什么都没有了，它依然存在于过去的我身上。"他们穿过广场，朝着与市区相反的方向，向教堂走去。

月光下，黑黝黝的阴影投在广场地面上。拱廊下，皎洁的月光与漆黑的阴影如同幽灵般交替呈现。另一处拱廊除了顶部的一排雕像，其余部分完全隐没在黑暗之中。教堂的大门藏匿在黑暗之中，教堂圆顶的某个地方，时不时地有东西如同激滟的水光忽明忽暗。两处喷泉朝着洒满月光的深邃夜空喷出柱状白沫。水柱在空中旋转升腾，然后跌落到岩石台面上，最后再流回水池里。

贡纳和珍妮缓缓走入拱廊的阴影下，朝着教堂走去。
"珍妮，"他突然开口，用一种冷静、无异于平常的语调说道，"你愿意嫁给我吗？"
"不愿意。"停了一会儿，她用同样冷静的声音答道。
"我是认真的。"
"我知道。可是你当然也知道我不想结婚。"
"依我看没有什么不可以的。如果我没理解错的话，你现在并不十分珍惜自己的生命，偶尔还会冒出自杀的念头。既然你的心无论如何都无法得到慰藉，为何不考虑嫁给我呢？至少你可以试试吧。"

珍妮摇摇头："谢谢你，贡纳——这样只会加重你作为朋友的负担。"她认真地说道："首先，你必须理解，我是不会接受这个请求的；其次，即使你想方设法让我接受你作为我的最后一根救命稻草，我也是个不值得你动一根小指头来拯救的人。"

"这不是友谊。"他犹豫片刻，"实际上，我已经喜欢上你了。我这么说不是为了救你——当然，我愿意做任何事情来帮助你——因为我现在才意识到，如果真有什么事情发生在你身上，我会不知道该怎么办的。我不敢去多想。在这个世界上，我愿意为你做任何事，因为你是我最爱的人。"

"噢，贡纳，千万别这么说。"她停住口，几乎是恐惧地望着他。

"我心里很清楚你不爱我，但那并不妨碍让你嫁给我。你说对一切都感到厌倦，也没有什么活下去的理由，那为什么不试试呢？"他的声音变得愈加热切，他喊道，"我知道总有一天你会喜欢上我的！当你看到我有多么爱你，自然而然地，你也就情不自禁地爱上我了。"

"你知道，我向来是喜欢你的，"她一本正经地说道，"但是从长远来看，这种感情不是你在婚姻中所期待的。婚姻需要给予对方一份热烈而完整的感情，而我却给不了你。"

"不是的。我们都能做到。一直以来，难道我不也是以为自己这辈子除了经历一点点感情小插曲，爱情生活终会是一片空白？事实上，以前的我是不相信有任何真爱存在的。"他的声音一沉，"你是我爱上的第一个女人。"

她伫立不动，默然无语。

"在此之前，我还从未开口向任何一个女人说过这种话——我对爱情始终怀有一份敬畏，虽然我还从来没有爱过一个女人。我喜欢女人身上某些特别的东西——比如，塞斯卡微笑时上扬的嘴角，她无意识的撒娇。总有那么一两件事可以激发我的想象力，吸引我去探索女人的无穷魅力——那是一种令我甘之如饴的探险经历。我第一眼爱上一个女人，就因为有一天她穿了一条美丽的红丝绸裙子，裙褶间的深红色暗得发黑，如同殷红的玫瑰。我一直回想着她穿那条裙子的样子。还有与你在维特尔博的那次——你是那么温柔而矜持，当我们纵声大笑的时候，你的眼睛里闪烁着光芒，仿佛想和我们一起发疯，却又不敢。就在那一刻，我爱上了自己的这种想法，我想让你快乐，我想看见你笑。

"可是到目前为止，我还没有爱上过谁呢。"

他转身望着月光下喷涌而出的水柱，一种全新的感觉在他内心油然而生，一股狂喜之情，带着崭新的话语从他嘴里脱口而出：

"我太爱你了，珍妮，其他的一切都不重要。你说你不爱我，我不觉得遗憾，因为我知道总有一天你会的；我觉得我对你的爱足够强烈，足以让你回心转意。我有充裕的时间等待；爱你就是我最大的幸福。

"当你说起那种被践踏的感觉、想去卧轨的时候，我的想法开始有了一些变化。我无法解释清楚那是什么。我只知道自己不能忍受听见你说这样的话。我也知道我绝不会允许这种事情发生——无论如何也不会。听你谈论起自己孩子的时候，一想到你遭受的痛苦而我却无能为力，我的心里满是无尽的悲伤。我心悲伤，因为我想让你爱上我。你说的每一句话都在我内心产生共鸣——我的心里有无限的爱意和苦涩的相思——我知道这就是我对你的爱。从咱们开始用晚餐,从餐厅走到这儿的一路上,我越来越清楚地意识到对于我来说你意味着什么,意识到我有多么爱你——在我看来,这种感觉似乎一直都存在。我对你的了解和回忆也属于这当中的一部分,我现在终于明白了为什么你到罗马之后我会一直如此沮丧。那是因为看见你在受苦。刚开始的几个星期,你是那样的安静和悲伤,接下来却是一阵无法控制的自我放纵——记得那天我们去瓦尔内明德的路上,你趴在我的肩上哭泣——与你有关的所有事情都属于我对你的爱的一部分。

"我知道你和其他男人之间的事——包括孩子的父亲。你说你和他们谈过,告诉他们你的想法,可惜这些男人没有一个能懂你的心思。但是我能理解——今天你和我说的一切,以及那天咱们去瓦尔内明德路上你对我说过的话,你不可能告诉其他人。你只对我一个人说过,因为我明白你的心——我说得对吗?"

她吃惊地低下头,表示赞同。的确如此。

"我知道只有我才是那个能够完全理解你的人。我很清楚你是怎样一个人,我爱你真实的样子。若是你的心伤痕累累,遍体鳞伤,我愿用我的爱与吻将它医治,直到你重新变回洁净美好。我对你的爱别无所求,我只想看见你成为你一直想成为的人,你必须要幸福。如果你做了什么傻事,我只会认为那你是病了,或者被什么奇异的力量侵蚀毒害了你的思想。哪怕你欺骗我,又或者如果让我发现你醉倒在地上,你仍然是我亲爱的珍妮。

"你是否愿意成为我的女人——把自己交给我?你愿不愿意投入我的怀抱,让我拥着你,使你幸福,成为一个完整的人?现在我还不知道该怎样做,但是爱自会教导我去做。每天早晨当你醒来的时候,你的悲伤会减少那么一点点——每一天都会比前一天变得更明朗、更温暖,直至你的忧愁完全消失。咱们去维特尔博或者任何你想去的地方吧,把你交到我手里,我会像照顾一个生病的孩子那样照顾你。等你身体康复的那一天,自然会懂得爱我,知道咱俩谁也离不开谁。

"珍妮,你是病了;没法照顾自己。请闭上眼睛,把手给我;我会爱你,让你康复——我知道我能做到。"

珍妮倚靠在一根石柱上,面色苍白。她忧郁地转向他,笑道:

"亏你想得出来,想让我犯下大错,得罪上帝?"

"你是说因为你不爱我吗?可是我已经说过了,这没有关系,当你在我充满爱意的怀抱中度过一段时日之后,我知道我对你的爱迟早会有回报的。"

说罢,他将她一把拥入怀中,吻遍她的脸。她没有反抗,只是低声道:

"别这样,求你了,贡纳。"

他不情愿地松开了手。

"为什么不可以是我?"

"正因为是你。我不知道如果换上一个我不在乎的人如此对我,我是否会介意。"

贡纳拉着她的手,漫步在月光之下。

"我明白了。当你拥有这个孩子的时候,你觉得自己多年漫无目标的生活重新有了奔头,因为你爱他,需要他。现在他死了,于是你对一切都变得漠不关心,把自己当成多余的人。"

珍妮点点头:

"在这个世界上，只有少数人能让我在乎他们的喜怒哀乐——看见他们受苦会让我难受，看到他们一切顺利我则满心欢喜。但是我个人的存在与否并不能增添他们一丝一毫的悲哀与欢乐——向来如此，这也是我不快乐而又充满渴望的原因之一，因为我虚度年华，没有给任何人带来幸福。我唯一的愿望和渴求就是让另一个人获得幸福。我一直相信这是人生最大的福气。你提到工作的乐趣，在我看来这是远远不够的，相反，我觉得这样的乐趣是非常自私的。同时，因为这种快乐与满足只是限于个人的范畴，无法与他人分享。除非你可以与他人分享你的快乐，否则你将失去人生最大的快乐。当一个人还年轻的时候，经常可以强烈地觉察到自己的自私——我在即将达到某个特定目标的时刻也有这种感觉。按照常理，只有那些异类才会为了达到某一目的拼命积聚财富，而不是消费。在我看来，一个女人如果无法成为别人快乐的源泉，那么她的生命对我来说就毫无意义——我从来就没能成为别人快乐的源泉——我只是徒然给他人增添悲伤。如果说我曾经给予什么人一点儿小小的快乐，其他人也同样有能力给予。他们爱我只是爱他们想象中的我，而非真实的我。

"孩子死后，我才开始意识到我是何其幸运，因为在这个世界上，不会因我的缘故而给任何人带来无法慰藉的伤痛——在所有人眼中，我都不是那个不可或缺的角色。

"现在你对我坦承这些，要知道，一直以来你都是那个我最不愿将之拽入我混乱生活的人；某种程度上，在我认识的人当中，你是我最喜欢的人。我非常享受我们之间的友谊，因为我认为爱情及其连带的其他感情最不可能发生在你我之间。在我看来，你远远超乎爱人的角色，啊，我真希望这种感情从未曾有过改变！"

"在我看来，现在和以前没有什么不同的，"他温柔地说道，"我爱你，你也需要我。我还知道我能使你幸福，等你觉得快乐了，也就会让我觉得幸福了。"

珍妮摇摇头。

"如果我对自己还有一点点信心，情况就会不一样。但凡不是因为我对生活已经感到完全绝望，我也许会听你的。你说你爱我，但是我知道你爱的那个我其实早已被毁掉了——她已经死了。还是那个老套的故事：你爱上的是你梦想中我所拥有的某种品质——我之前具备的或是可能拥有的。但是有一天你会看到那个真实的我，到那个时候恐怕我也只会让你不快乐。"

"无论命运如何，我决不会把它视为不幸。你自己也许没有意识到，可是我知道，以你目前这种状态，只需被外力稍稍推一下，就会立刻陷入万劫不复的疯狂境地。可是我爱你，我能看到你是怎样被引向那条路的，如果你发现我一直跟着你，想方设法要把你拽回我的怀抱，只是因为无论如何，我都爱着你。"

他们站在门边，黑暗中他在楼道里握住她的手说："珍妮，与其一个人孤零零地待着，今晚难道你不想让我陪着你一起度过？"

她看着他，脸上挂着一抹好奇的笑意。

"哦，珍妮！"他摇摇头，"无论如何我都会来找你的。你会生气吗？还是觉得难过？"

"我想我应该感到难过——为你感到难过。不，贡纳，你别来。我不会接受你的爱，因为我知道自己可以把爱给到任何一个人。"

他短促地笑了笑，一半是生气，一半是伤心。

"这么说来我更加爱你了。一旦你成为我的女人，就不会再属于其他人了——这方面我非常了解你——既然你让我别来，那我就再等等。"他补充道，露出同样好奇的浅笑。

十一

一整天的天气都很糟糕，天空飘着清冷的白云。傍晚时分，西边的地平线上出现了几块金色的薄云层。整个下午珍妮一直待在切利奥山上画素描，效果不甚满意——她无精打采地坐在圣格雷戈里奥外面的台阶上，望着山脚下的树林，老树即将发出嫩芽，雏菊在草地上竞相开放。回家的时候，她路过帕拉丁山南侧的林荫道。山顶有一座修道院，附近有一片棕榈树林，废墟在棕榈树的映衬下，看上去灰蒙蒙的。山坡上长满了常绿的灌木丛，树叶表面覆盖着一层厚厚的灰。

几个兜售明信片的小贩冻得瑟瑟发抖，正在君士坦丁广场的拱门外闲逛，不远的地方是斗兽场、王宫和广场废墟。附近几乎看不到游客；有几个瘦骨嶙峋的老妇人正用意大利语暴粗口，同小贩讨价还价。

一个不到3岁的小男孩揪住珍妮的斗篷，递给她一小束三色紫罗兰。他有一双漂亮乌黑的大眼睛，留着一头长发，身着民族服装，头戴尖顶帽，他穿着一件天鹅绒上衣，白色羊毛袜子外面套着一双凉鞋。他的口齿还不太清楚，但是珍妮还是听明白了他想要一枚硬币。

珍妮把硬币递给男孩，孩子的母亲即刻现身，向她道谢，兀自接过钱。她似乎也想给自己的服装来点民族特色，于是在那件脏兮兮的格子衬衫外面罩了一件红色天鹅绒紧身上衣，头发上别了一块折成方形的餐巾。她怀里抱着一个婴儿，已经三周了，她与珍妮一问一答。是的，小可怜生病了。

这个婴儿的样子看上去还没有珍妮自己的儿子出生时大。他的皮肤成片地剥落、发红、溃烂，不停地喘着气，喉咙好像被黏液噎住了。婴儿的眼睛半开半合，从红肿发炎的两片眼睑之间疲倦地看着外面的世界。

哦，是的，她每天都带他去医院治疗，做母亲的说道。可是医院里的人说他快要死了。对他来说这也许是最好的归属——这个女人除了长得丑、满口无牙，看上去显得格外疲惫哀伤。

泪水涌上珍妮的眼眶。可怜的小东西，死亡对于他自然是更好的选择。她用手抚摸着那张丑巴巴的小脸，再给那女人一点儿钱，转身正打算走开的时候，一个男人突然从她身旁经过。只见他脱下帽子，在原处停留片刻，看见珍妮没有理会他的意思，又继续往前走去。那人是赫尔格·格拉姆。

她猛地一惊，一时失语。转身向那个拿着三色紫罗兰的小男孩俯身下去，握住他的手，把他拉得更近一些，跟他说话，试图控制自己全身难以言状的颤抖。

她扭头注视着他远去的背影，看见他正走在圆形大剧场的广场上，最后他停在通往大街的台阶上，朝她这边张望。

她待在原地，一动不动，继续跟那个孩子和女人说话。当她再次抬头张望的时候，他已经走远了。她又等了好一会儿，直等到他的灰色外套和帽子在拐角处彻底消失不见为止。

一路上,她穿过僻静的街道和后巷,几乎是一路小跑着回家,每到街角转弯处,她都会担心会撞见他。

她拐到宾乔山的另一侧,进入一家她从未去过的小餐馆里吃点东西。休息片刻,喝了点酒,感觉心里好些了。

如果遇见赫尔格,如果他开口与她说话,将会令她感到格外难堪;虽然她更愿意选择逃避,可是如果真的遇见了,也没啥好害怕的。他们之间的一切已经结束了;分手之后发生的事情与他无关,他无权指责她什么。无论他知道与否,不管他想对她说什么,她都已经对自己说过了。再没有人比她更清楚自己所做的一切。她只需要回答自己;没有什么比这更痛苦的了。

她还需要害怕谁吗?还有谁能比她给自己造成的伤害更大呢?

今天真是倒霉的一天——与之前那些混沌不清的日子一样。不管怎样,现在她感觉好多了。

刚走到街上,心里突然又被那种愚蠢而绝望的恐惧感占据。她下意识地攥紧拳头,自言自语踉跄着往前冲,仿佛被谁抽了一鞭子。

她一度将手套脱下来,因为感觉浑身燥热,烧得慌。她突然想起其中一只手套上有一块湿渍,是她摸过那孩子之后留下的,于是她厌恶地将它们丢弃到一旁。

到家的时候,她在过道上犹豫片刻,然后走过去敲了敲贡纳的房门,他不在家。她爬上屋顶四处张望,一个人也没有。

进了屋子,她点亮灯,双臂环抱胸前,独自坐在椅子里,凝视着火苗发呆。过了一会儿,她又站起身,焦躁不安地在房间里踱步——然后又坐下,屏息倾听楼梯上的每一点动静。唉,要是贡纳这会儿能回来就好了!千万别是其他人,天知道怎么会遇见他?他并不知道她住在哪儿——也许是遇见了熟人,从旁打听出来的。哦!贡纳,贡纳,你快点回来吧。

待会儿见到他,她要径直走到他跟前,投入他的怀抱。

再次与赫尔格·格拉姆那双浅棕色的眼睛对视,昔日的一切立刻向她扑面而来,从一开始她就在这双眼睛的注视下。所有的往事一一浮现——那种厌恶的感觉,对自己感知能力的怀疑、对意志力和选择力的不信任,以及对自己口是心非的疑虑……当她假装对自己说要做个坚强、纯洁、拥有完美感知力的姑娘,当她口口声声说要做一个诚实、勇敢、自律的人,为工作和他人奉献自己全部的时候——她听任自己在情绪与欲望之间摇摆不定,却并不急于脱身,尽管她知道自己本不该如此。她假装陷入热恋,不过是为了让自己在生活中获得一席之地,而这种名分,但凡她肯忠实于内心,是无论如何也得不到的。

她曾经想过改变自己的性格,与生活在她周围的人打成一片,尽管她知道自己在他们中间永远是个陌生人,因为她生而另类。她无法独善其身,或者说,她成了自己天性的囚犯。她与那些性格迥异的陌生人之间的关系——比如说那对父子——是不自然的、令人生厌的。其结果就是,她的内在自我被毁灭了;她心中曾经的坚持消失了——毁于无有。她觉得自己好像也从内心消失了。

如果赫尔格再次出现,让她看见他,她知道那种对自身生活的绝望和厌恶感会再次将她压垮。她不知道会发生什么事,但是有一点可以肯定——她无法再次面对过去,无法让往日的一切重演。

至于说到贡纳。几个星期以来，他一直在恳求她嫁给他，可是她还是不能下定决心，到底要不要爱他。他接受她的现状，还发誓说要帮她——帮助她重拾信心，重建内心被毁掉的一切。

有时她真希望他能强行把她带走，这样就不必再由她来做选择了。其实，他说什么并不重要；她知道，如果成为他的人，自己内心仅剩的那点儿自尊告诉她，她会对自己负责。她必须成为自己曾经的样子——必须做回他熟悉的那个她。无论她自己介意与否，她都要洗净身上的污秽，用新生活埋葬那个旧人。在坎帕尼亚的那个春天，自打她与赫尔格·格拉姆的一吻开始，她就背弃了自己的信仰与整个生命。

她愿意成为他的人吗？她爱他，是否因为他就是她的梦中情人，因为这个人可以将她内心的美好唤醒，那些曾经被她顶礼膜拜精心培育的品质——每一种被她认可的能力？

她追求的爱情与众不同，她带着一种病态的渴望与不安在不停地寻找——她是否应该就此打住，降服于他，闭上眼睛，将自己交托给这个人，一个真正值得自己信赖的人——她的直觉告诉自己，这个人就是她的良知与公正。

只是目前她暂时还无法做到。她觉得她应该凭着一己之力将自己从深陷的泥潭中拔出来；她希望能感觉到往日的意志力在引导着她那颗纷乱的心，这样她才可以从中赢回一点点的自尊与信心。

如果她想继续活下去，那么于她而言，贡纳就代表着生命。他写在纸片上的几行字，夹带在书中给她的每一条消息，这些东西都来自那个充满激情的灵魂，无一不在唤醒她对生命的渴望。孩子死后，她就像一头受伤的动物，拖着残缺的身子走来走去。

如果此刻他过来，他将立即赢得她的心。他只捎带着她走上一小段路，她就可以独自走完剩下的路程。她坐在屋内等他，怀着一颗忐忑紧缩的心对自己说，如果他来，我就可以活下去；如果别人来，我就得去死。

她听见楼梯上响起了脚步声，不是贡纳的脚步声。这时，门外响起了敲门声，她低着头，颤抖地走过去为赫尔格·格拉姆开门，下意识地觉得她正在迎接一场命运的挑战。

她站在原地不动，看着他走进房间，摘下的帽子，放在椅子上，这次她还是没有注意到他的招呼声。

"我知道你就在城里，"他说道，"我前天刚从巴黎过来。我在俱乐部查到你的住址，打算找时间过来看看你——不料今天下午就在街上遇到你，大老远就认出你身上那件灰色毛皮大衣。"他飞快地、一口气不停歇地说完这些话。"难道你不想和我打声招呼吗？不高兴我来拜访？"

"晚上好，赫尔格，"她说道，握住那只向她伸过来的手，"你要不要坐一会儿？"

她坐在沙发上。听见自己的声音平静如常，而事实上此刻她的脑子与下午的感觉一样，错乱癫狂。

"我想过来看看你。"他在她身旁的一张椅子上坐下来。

"你真是太好了。"她说道。随即两人陷入沉默。

"你现在住在卑尔根？"她说道，"听说你拿到了学位，祝贺你。"

"谢谢你。"

接下来又是一阵沉默。

"你到国外住了好长一段时间,有好几次我都想写信给你,但是最终都没有落笔。赫根也住在这里吧。"

"是的。我写信给他,请他帮我物色一间画室,这边的画室要么太贵,要么难以找到合适的。这间房子的光线条件还不错。"

"我注意到你刚完成了几幅画,正在晾漆。"

他起身,刚打算穿过房间,可是马上又回到原位坐下。珍妮低着头,感觉他的目光始终没有离开过她。两个人都在没话找话。他向她打听他们熟悉的朋友,弗朗西斯卡·艾林,过了好一会儿,他正视她突然问道:"你知不知道我的父母已经离婚了?"

她点点头。

"为了我们兄妹俩,这么多年他们一直勉强捆绑在一起,就像两块磨盘,彼此摩擦,直到把对方的一切统统碾压成粉末。最后再也没啥可碾的了,终于,磨坊停止了转动。

"我记得我小时候,他们从不吵架。可是听着他们说话的腔调,又总觉得他们有这个意思。母亲用直白的话语咒骂父亲,最终总是以她的眼泪收场。父亲淡定冷漠,可是他的话音里充满了恨,如刀子般锋利尖锐。我躺在床上,被迫听着这一出又一出的闹剧。我曾想过,如果可以有一根针穿过我的脑袋,从一边耳朵扎入,再从另一边耳朵出来,那该是多么好的解脱啊。这些吵闹声给我的耳朵带来生理上的疼痛,继而蔓延到我整个头部。好吧,这是他们刚开始的情形——他们已经尽到了做父母的责任,现在一切都结束了。"

"仇恨真是个可怖的玩意儿;它使得所有与其相关的东西连带变得丑陋。去年夏天我去看望了我妹妹。我们彼此间从来都没有同情心,看见她和她丈夫在一起的样子我觉得很恶心。有时候看到他在吻她——他把烟斗从自己湿乎乎的厚嘴唇里抽出来,然后去吻他的妻子。他碰到索菲的时候,我注意到她面色苍白。布道坛上的他俨然是个教皇,可是在讲坛下面,这个人就是个放荡不羁的浪荡子。"

"至于你我之间的事,那是很自然的。后来我才明白——咱们之间那种精致、脆弱的关系迟早会夭折的,因为受不了家里的气氛。自那次离开你之后我很后悔,本想给你写信,可是你知道后来为什么我没写吗?我收到父亲的一封来信,他说他去见过你,他认为我们之间应当恢复与彼此的关系。我这人比较迷信,我极其反感来自他的任何建议,这样一来,就没给你写信。"

"离开你的这些日子,我一直思念着你,珍妮,我做梦都梦见你。我一遍遍回忆咱们在一起的时光。你知道昨天我刚到罗马,去的第一个地方是哪里吗?我跑到蒙塔诺拉,去看那些刻在仙人掌叶面上的我们的名字。"

珍妮面色苍白,紧握双拳,坐着不动。

"你看上去一点儿也没变。分别三年,我对你的情况一无所知。"赫尔格温柔地说道,"我简直不敢相信此刻又能与你在一起——自从罗马一别,后面发生的事情总令人觉得恍惚而不真实。当然啦,现在你大约也有其他人了吧?"

珍妮不做回答。

"你订婚了吗?"他平静地问道。

"没有。"

"珍妮,"赫尔格低下头,这样一来她就看不见他的脸,

"这些年来，我一直在希望——梦想能把你再次赢回来。我想象着有一天我们相遇，达成谅解。你说过我是你喜欢的第一个男人，你觉得我是在痴人说梦吗？"

"是的。"

"因为赫根？"

她没有马上回答。

"我一直嫉妒赫根，"赫尔格平和地说道，"我猜你说的那个人就是他吧，而且我注意到你们俩都住在这儿，这么说你们是彼此相爱？"

珍妮还是无语。

"你爱他吗？"

"嗯。不过我不会嫁给他的。"

"哦，我明白了。"赫尔格生硬地说道。

"不是你想象的那样，"她疲倦地垂下头，悲哀地笑了笑，"我已经与爱情无缘了；也不想再与感情有任何瓜葛。现在我累了，希望你能离开，赫尔格。"

他站在原地不动。

"当我再次见到你的时候，甚至到现在我都没有意识到其实咱俩之间已经结束了。但是无论如何我是不相信这个结果的。我一直在琢磨这件事，我怀疑是我的错。我生性怯懦，遇事也不知道该如何处理。否则事情就不会是现在这个样子。我常常想起与你在罗马的最后一个晚上，似乎这样的时光还会重现。当时我离开你，因为我觉得那样做是合适的。这应该不是我失去你的原因吧？那时我还从来没有接近过任何女性，"说着，他的眼睛望向地面，"个人家庭的经历令我对感情的事情如履薄冰。美梦与幻想有时候也会变成地狱，恐惧总是无所不在。"

"活到29岁,除了与你在一起共度的那些个短暂春日,我的生命还未曾有过任何美好快乐的感情经历。难道你不明白我一如既往地爱着你,已经无法将你从我的思绪中分离出来?我唯一体验到的幸福是你给我的,我不能失去你,绝对不能。"

她站起来,浑身颤抖,他也跟着站了起来。她下意识地向后退了几步。

"赫尔格,其实还有一个人。"

他愣住了,看着她。

"你说还有一个人——那个人有可能就是我。我不在乎;无论如何我都要你。我现在就要你,因为你曾经应允过我。"

她惶恐不已,试图从他身边逃掉,却被他粗鲁地一把拽回怀里。她用了几秒钟才反应过来他正在吻她。她以为她会有一阵子反抗,可是却发现自己几乎是被动地躺在他怀里。她想对他说不,她想告诉他另外那个人是谁,可是她开不了口。她本想告诉他孩子的事,可是一想到那个孩子,她就无从开口。她觉得不应该把孩子拖入这场即将到来的灾难之中,这念头从她心头一闪而过,她似乎可以感觉到那个死去的小东西正在抚摸着她,给她带来一种感官上的快乐,于是那个躺在他怀里的身子也放松了些许。

"你是我的——只属于我——是的,是的,珍妮!"

她努力挣脱他的怀抱,趔趄跑向门口,大声呼叫贡纳。只稍片刻赫尔格就走到她的身边,从后面将她一把抱入怀里。

他们站在门边无声地扭打、挣扎。对于珍妮而言,这一刻她能否保全性命,取决于她是否可以打开这扇门,冲进贡纳的房间。可是她感觉到赫尔格正在靠近她,他远比她强大。她无路可逃——终于,她放弃了。

昏暗的晨曦中,他贴近她,吻她。

"哦,我最亲爱的珍妮,你是何等光彩照人,何等美丽啊。现在你终于成了我的人了。从今往后,一切将步入正轨,对吗?哦,我真是太爱你了。

"你累吗?等我走了,你要好好地睡上一觉,然后下午我再过来看你。睡个好觉,我亲爱的珍妮,你现在觉得很累是吗?"

"是的,我觉得非常累,赫尔格。"

她躺在那里,眼睛半闭半开。透过百叶窗的缝隙,可以看见晨光初现。

他穿上衣服,衣着整齐地站在她面前,吻她,手里拿着帽子;然后跪在她的床前,一只胳膊伸到她的肩后。

"谢谢你今晚为我做的一切。还记得咱们在罗马的第一个早上,在阿文丁山上,我也是这样和你说的?"

珍妮在枕头上点点头。

"让我再吻你一次——然后就和你道晚安了——我最亲爱的珍妮。"

走到门边,他停了下来。

"我可以从大门出去吗?是不是需要用钥匙,还是说和普通的大门那样在里面有个门闩?"

"就是普通的那种,从里面可以打开。"

她躺在床上,双眼紧闭。她看见被单下那雪白、赤裸而美丽的胴体——这是一件早已被她丢弃的东西,如同之前那副手套,早已不属于她。

楼梯上有动静,她不禁惊跳起来。她听见赫根慢慢地走上楼梯的声音,听见他打开房门,在房间里踱来踱去,然后他再次开门,爬上屋顶露台。她听见头顶上走来走去的脚步声,确定他已经知道了事情的全部经过,可是这一切似乎并未能在她疲倦的脑子里留下任何印象,现在她已经感觉不到任何痛苦了。在她看来,也许他会觉得发生在她身上的这一切是再自然不过、无法避免的事情。她不知道接下来该干什么——既然事情已经发生了,那么接踵而至的也会到来,作为她昨晚为赫尔格开门所必须承担的后果。

她躺在床上,从被子里伸出一只脚,细细地审视,这是一只美丽的脚。她绷直脚尖,弓起脚背。是的,很漂亮的一只脚,雪白的肌肤下隐约透出淡蓝色的青筋,脚跟和脚趾是粉红色的。

她累了——这种筋疲力尽的感觉真好。好似从一种刻骨铭心的痛苦中解脱出来。她现在觉得很累,只是在机械地做着所有必须做的一切。

她起床穿衣。给自己套上长筒丝袜,穿上紧身上衣和裙子,然后把脚伸进一双褐色拖鞋里。她开始洗漱,站在镜子前梳头,完全没有注意到镜中的那个人。她走到平日放置绘画工具的小桌子旁,找到她的工具盒子。夜里,她一直在想着那把三角形的小刮刀——有时她会拿着刮刀在手里把玩,将它抵在自己的脉搏上比试。

她仔细察看手中的刮刀,将刀锋抵在指尖上试验,随后又把它放回原处。她拿起一把之前在巴黎买的折叠刀,这把折叠刀包含一个开瓶器、一把罐头刀和好几把锋利的小刀;其中的一把刀刃扁而短,带有尖锐的刀尖。她打开这把刀。

她走回床边,坐在床沿。把枕头放在床边的小桌子上,将左手搭在枕头上,拿起刀朝手腕动脉割了下去。

鲜血喷涌而出,溅到床铺上方的墙壁,在墙上留下一摊红渍。她发觉后,将手挪开,躺到床上,然后机械地脱掉脚上的鞋,拿被子盖住手臂,以免弄脏四处。

她已经停止了思想,没有恐惧。只是感觉自己正屈从于命运的必然。伤口的疼痛不是很剧烈——有一种尖锐而清晰的感觉,疼痛集中在一处。

过了一会儿,一种奇怪而陌生的感觉攫住了她的心,一种越来越强烈的痛苦在胸口膨胀——倒不是特别害怕什么,而是感觉胸口一阵疼痛与恶心。她睁开眼睛,只见眼前黑点闪烁,她感觉自己无法呼吸。房间仿佛要塌下来,压在她身上。她跌跌撞撞地从床上爬下来,撞开门,冲上通往屋顶的台阶,倒在最后一级台阶上。

早上赫尔格出门的时候在大门处遇见了贡纳·赫根。两人对视一眼,抬手碰一下帽檐儿,然后一言不发地各自走开了。

这次见面突然点醒了赫尔格。经过昨夜的陶醉,此刻他的情绪立刻转向另一个极端,过去几个小时所经历的一切,在他看起来是不可思议而又令人恐怖的。

这些年来,他一直梦想着与她的这场见面。她,是他梦中的女王,几乎从不与他言语。起初她只是冷冷地坐在一旁,突然,她将自己整个投入他的怀抱,疯狂而野性,没有一句话。现在他突然想起来,她几乎全程没有和他说过一句话——对他整夜的柔情与爱意没有只言片语。他的珍妮,真是一个奇怪而令人惊叹的女人。这时,他才猛然意识到她从未真正属于过他。

他徘徊在寂静的科尔索大街上，努力回想订婚时她的样子，他想将那时候的她与现在分离出来，可是还是无法在脑海中构成她的形象，他意识到自己从未真正进入她的灵魂深处。在她身上，总有什么东西是他所无法参透的，哪怕他能清楚地意识到它们的存在。

其实他一点儿也不了解她，贡纳也许现在就和她在一起——为什么不呢，还有一个人——她说过的——这个人是谁呢？到底还有多少人？还有什么事情是他所不知道的？——但却是他一直隐约感觉得到的？

而现在呢，经历过这一切之后他已经离不开她了；他心里很明白——比以往任何时候都明白。然而他还是不了解她，她是谁？过去三年这个女人给他套上了一个魔咒——凭什么她有这等魔力？

他转身往回走，匆匆奔向大门，内心被恐惧和愤怒所驱使。楼门洞开，他冲上楼——她必须给他一个说法，把一切跟他解释清楚，他绝不能放过她。房门开着，他探头进去，床上空无一人，眼前是血渍斑斑的床单，地上有一摊鲜血。转过身，只见她正蜷缩成一团倒在最高一级的台阶上，大理石台阶被流淌的鲜血涂抹成鲜红。

他惊呼一声，冲上台阶一把将她抱起。他感觉到她那软弱的身体无力地垂落在他的臂弯之中，冰凉的手臂向下低垂——只稍一瞬间他就明白了：几个小时前躺在他怀抱中的这具躯体——温热、战栗而充满活力的躯体，此刻已经死去，很快就将成为一具朽坏的躯壳。

他两手托着珍妮，双膝跪地，放声哭号。

赫根"砰"地撞开通往天台的大门，面色煞白，一脸憔悴。他一眼就看见珍妮，他冲向前抓住赫尔格，将他推向一旁，跪在珍妮身边。

"我回来的时候看见她躺在那里——就在那……"

"去叫医生——快！"贡纳撕开她的衣服，伸手触摸她的心跳。他扶住她的头颅，抬起她的双臂，突然发现她手腕上的刀痕，他一把撕下她紧身上衣的蓝色丝带，将丝带紧紧缠绕在她的手腕上。

"好的，可是我要到哪里才找得到……"

贡纳发出一阵狂怒的低吼——然后平静地说道："我去找。咱们先把她抬进来。"一边说，自己却将她整个人抱起走进房间。一眼瞥见那张沾满鲜血的床铺，他的脸不禁抽搐一下，转身撞开自己的房门，将她平放在一夜未睡过的床上，然后扭身冲下楼梯。

整个过程赫尔格缩在一旁，嘴巴半张开，好似哭瘫的样子。当最后只剩下他和珍妮两人的时候，他来到贡纳的房门口停下来，偷偷趋进房内，拿指尖轻轻碰触珍妮的手，随即瘫软在地。他将头抵住床沿，发出歇斯底里般的哭号……

十二

贡纳独自行走在两旁长满青草的小道上,小道两边是粉刷得雪白的花园高墙。高墙的外面驻扎着罗马兵团,也许是因为兵营位于平台上,贡纳听得见士兵在他头顶上方高声谈笑的声音。墙缝里的一簇小黄花,在风中摇曳。高墙的另一侧,可以看到塞斯提乌斯金字塔旁几株高大的老杨树和墓地新辟的柏树林,白杨树高高的树梢伸向白云飘浮的蓝天。

围栏外面有个女孩坐在门口编织。看见他走过来,给他开了门。他递给女孩一枚硬币,她对他行屈膝礼以示感谢。

春日的空气柔和湿润。在教堂茂密的浓荫下,空气渐渐变得闷热潮湿,让人感觉仿佛置身于温室之中。路旁的水仙花发出一阵又一阵浓烈而呛鼻的香气。

墓地周围环绕着古老的柏树,苍翠浓密的爬山虎和紫罗兰,层层叠叠,匍匐其上。鲜花丛中,矗立着一座座墓碑,墓穴顶部有小巧的大理石神庙,饰以白色的天使雕像和沉重的石板。墓碑表面和柏树的树干上长满了苔藓。山茶树的枝头零星地开着一两朵白色和红色的茶花,大多数已经凋谢变成褐色,散落在黑土地上,散发出腐烂潮湿的气息。他记得以前曾经读过一篇文字,说是日本人不喜欢茶花,只因它在花开正盛的时候就整朵脱落了,如同一个被斩首的人。

珍妮·温格被葬在墓地的最远端,位于教堂附近的草坡上,墓地周围长满了雏菊。附近只有零星的几座坟。草坡的边缘种了一排柏树,树龄尚幼,绿色的树梢长在笔直的棕色树干上,如同一棵棵迷你小树,让人联想起教堂回廊上的一根根石柱。珍妮的坟墓离其他几座坟不太远,看上去也就是一个浅灰色的土丘,墓地周围的草坪在下葬当天被众人踩踏得有点儿凌乱。阳光下,柏树在墓地后面形成一堵深绿色的墙。

贡纳双手掩面,在坟墓前长跪不起,他的头低垂在已经凋谢的花环上。

春日的倦怠令他四肢乏力,周身的血脉在悔痛中奔涌撞击,每一次心跳都击中他沉甸甸的心。

珍妮,珍妮,珍妮——空中鸟儿啁啾,仿佛声声呼唤着她的名字——可是她已经死了。

她躺在幽暗的深处。下葬前,他剪下她的一绺金发,放在随身的皮夹里。此刻,他取出那绺头发,将它高举在阳光之下——之前她那一头丰厚浓密的金发,此刻也只剩这几根菲薄的发丝得以接受阳光的温暖与照耀。

她永远地离去了。留下了几幅作品,报纸上登出了一张简短的讣告。家中的母亲和弟弟妹妹们痛悼他们失去的亲人,可是那个真实的珍妮,他们知之甚少,家人对她的生活与死因一无所知。至于其他人——那些知道她的人——在绝望中注视着她的离去,却并不明白他们所知道的一切。

躺在下面的那个人，是他的珍妮；只属于他。

赫尔格曾来找过他，痛哭流涕地，问了又问，恳求道："我不明白是怎么回事，赫根，如果你知道，就求求你告诉我吧！你一定知道的，难道你不想把你知道的告诉我吗？"

他一言不发。

"她告诉我说还有一个人，那是谁呀？是你吗？"

"不是。"

"你知道是谁吗？"

"知道。但是我不打算告诉你。这样打听不好，格拉姆。"

"你要是不给我一个解释，我会疯掉的。"

"你没有资格打探珍妮的秘密。"

"可是她为什么要这样？是为了我，为了他，还是为了你？"

"都不是，她这么做是为了她自己。"

他让格拉姆离他远点儿，打那以后就再没见过他；葬礼结束两天之后，他离开了罗马。后来格拉姆在波勒赛花园遇到他，看见他坐在花园里晒太阳。他太累了；所有事情都需要他来张罗——验尸时给人家一个满意的解释，安排葬礼事宜，给伯纳太太写信，告诉她，珍妮——她的女儿死于心脏衰竭。一直以来，一想到无人知晓自己的悲伤，他的心就有一种隐约的满足感。关于珍妮死亡的真正原因只有他自己知道，这将成为他深藏内心的秘密。哀愁早已深深植入他的内心，将永远成为他灵魂的一部分，这些事情他绝不会告诉任何人。

这将伴随他终生——他的一生将被它所辖制；哪怕记忆中的颜色和形状会改变，但这件事情本身却永远也无法抹掉了。正如一天当中的每一个时辰不尽相同，但是它会一直在那里，直到永远。那天早晨当他跑去找医生，把赫尔格·格拉姆和她单独留在房间里的时候，他真想把他知道的一切告诉那个人，这样一来，那人的心就会和他一样化为灰烬；可是在随后的日子里，他所知道的一切都成了他和那个死去女人之间的秘密——那是他们之间爱情的秘密。所有该发生的都发生了，这一切都因她而起，而他爱的正是她这个人。对他和珍妮而言，赫尔格·格拉姆不过是个过客，一个与他们不相干的陌生人，他无心对他施以报复，亦不同情因这起神秘事件给他带来的悲伤与恐惧。

他明白发生这一切无可避免，这是她性格所致。她天性正直柔弱，瞬间即夭折于一阵劲风之中；他本以为她可以成长为一棵参天大树，哪知她只是一朵柔弱娇嫩的花，她那汁液饱满而脆弱的茎，在风中摇曳，期待着阳光的亲吻，一如那丰腴的蓓蕾渴望绽放。他发现她其实就是个小姑娘，只是当他沉浸在无尽的悲哀之中，才突然意识到这一点，他发现得太迟了。

一矣弯曲，她便无法重新站立。她就好比那百合花，但凡它被拦腰掐断，便再也无法在原株上重生。她的思想既不灵活，也不复杂——可是他就是爱她本真的样子。她是他的唯一，因为只有他才知道她曾经是多么的美丽与娇嫩——她如此渴望长大成才，可她又是如此软弱无助，她有一颗敏感的自尊心，那上面有一块永远也洗不净的污渍，已然给她留下深深的印记。她已经死了。过去的许多个日日夜夜，他曾与他的爱人独处，未来他还将在无数个日夜里与她独处。

有多少个夜晚,他将头埋进枕头,强忍住自己的哭声。她已经死了,却从未属于过他。他应该是她愿意以身相许和托付终身的人,因为她是他唯一爱过的女人。他从未触碰过甚至是看上一眼她那美丽、纤细、雪白的胴体,她的身体如同一把丝绒剑鞘,包裹着她的灵魂。有人曾经得到过它,却不明白落入他们手中的是一件何等稀罕的珍宝。此刻,她躺在坟墓里,成为时间的猎物,终将幻化成一抔尘土。

贡纳呜咽痛哭,浑身战栗。

有人爱过她,玷污过她,最后毁了她,这些人浑然不觉——可她却从未曾委身于他。

只要他一直住在这儿,这种痛楚的感觉就会一直伴随左右。

然而,他才是那个最后拥有她的人;她的金发散落在他的手中,闪闪发光,她已然活在他的心里。她的灵魂与形象清晰地浮现在他的脑海中,如同显现于平静的水面。她已经死了,无须悲伤——相反,哀恸将始终伴他随行,直至他死去的那一日。又因为这哀痛终究是鲜活的,它会生长变化。他不知道十年之后它又会变成什么样子,或许会幻化成一种愈加美丽和了不起的东西。

只要他一直活着,总会有若干个瞬间,足以令他体会到此刻所体验到的那种奇异而狂喜的感觉。

他依稀记得那天清晨,在她行将结束生命时候,他走在她头顶的露台上,那时他心里在想什么呢?他曾迁怒于她,她怎能这样?他恳求她,允许他帮助她,将她带离那近在咫尺的深渊,可是她将他一把推开,在他眼皮底下扑向险境——完全是女人的处事方式——一种固执、不负责任而又愚蠢的方式。

看见她了无生气地躺在那里,他再次陷入绝望与愤怒之中。他不愿意让她走。无论她做了什么,他都会为她开脱,帮助她,给予她爱和信任。

只要他还活着,就会一直责备她选择死亡这条道路——珍妮,你真不该如此。然而,有时候他也理解她的选择,因为这符合她的性格,他会为此爱她一辈子。他绝不允许自己不爱她。

然而他哭得悲切绝望,就像他此刻的样子,因为之前他并没有爱她多久。他为逝去的岁月哭泣,那时作为志同道合的朋友,她一直生活在他的身旁,而他竟然不明白她就是他理想中的妻子。即使在他如梦初醒的这一刻,他亦庆幸自己终于明白了,哪怕这一切来得太迟了。

贡纳从地上站起来,从口袋里摸出一个小盒子,将它打开。盒子里是珍妮的那串粉色水晶项链。那是他在收拾遗物的时候,从她的梳妆台抽屉里发现的;绳子已经断了,他给自己留下了一粒珠子,再从坟头上捏起一小撮泥土放进盒子里。珠子在盒子里滚来滚去,裹上一层土。即便如此,珠子清亮的玫瑰色光泽依然透过尘土显露出来,水晶上的裂纹在阳光的折射下发出耀眼的光泽。

他将除了信件之外珍妮的所有个人物品寄给她母亲,然后把信件烧掉,又把孩子的衣物密封在一个木盒子里,寄给弗朗西斯卡。他记得之前珍妮曾经说过要把这些东西交给弗朗西斯卡。

他仔细翻阅她留下的所有素描本和画作,在将这些作品打包整理之前,他小心地把涉及孩子的页面裁剪掉,然后把它们珍藏在自己的画夹里。这是他的东西——所有她的私人作品都属于他。

田野上蓝紫色的银莲花正在盛开。他呆呆地站起身，开始采摘花束。哦，春天来了。

他记起两年前在挪威的一个春日，他从驿站弄来一辆马车和一匹枣红色母马，店主是他的老同学。那是3月里一个阳光明媚的日子，草地上满是发黄的枯草；耕耘过的田野上，成堆的牛粪如同淡棕色的天鹅绒在阳光下闪闪发光。他们开车穿过熟悉的农庄，经过一栋栋漆成黄色、灰色、红色的农舍，穿过成片的苹果园和丁香花丛。四周是绿意盎然的森林，白桦树梢泛着淡淡的紫，空气中到处是鸟儿的啁啾声。

两个金发男孩走在马路中间，抬着一个罐子。"小东西，你们这是要去哪儿呀？"

两个孩子停下来，满眼疑虑地望着他。

"给爸爸送饭吗？"

他们迟疑地表示认可，惊诧于一个陌生人居然知道他们的行踪。

"上来，我捎你们一程吧。"他协助两个孩子爬上马车，"爸爸在哪儿工作啊？"

"在布鲁斯特。"

"学校附近再过去一点，对吧？"

于是他们就这么聊了起来。一个傻乎乎对什么都一无所知的城里人，没完没了地打听个不停，和他们遇见的所有其他大人一样。至于小孩子们则表现得聪明多了，他们只需要在他们觉得方便的时候偷偷交换一个眼神，就可以向彼此传递简单的信息。

到了目的地，他放下两个孩子，看着他们手拉着手，沿着一条湍急小溪旁的小道离去。然后他掉转马头离开。

那天晚上，在他的家里有一场祷告聚会。妹妹英格伯格坐在房间角落的餐柜旁，全神贯注地听着一位鞋匠的属灵感恩祷告。只见他面色苍白，表情狂喜，一双深蓝色的眼睛熠熠闪光；紧接着，英格伯格突然站起身，为大家做见证。

他可爱聪慧的小妹妹，生性快乐，曾经一度痴迷于舞蹈，也热衷看书学习。后来，他在城里找到一份工作，每周两次给她邮寄一些关于社会民主的书籍和期刊。小妹妹在30岁的时候"得救"，皈依上帝。现在她只说"属灵的"话语。

她将自己所有的爱给予了她的侄女和一个从克里斯蒂安尼亚捡来的非婚生小姑娘，她给孩子们讲耶稣的故事，一双眼睛闪闪发亮，她告诉孩子们耶稣是她们的朋友。

第二天下了一整天的雪，之前他曾答应带孩子们去附近的镇上看电影。那天他们在融雪的旷野徒步跋涉了好几英里，在身后留下了一串串黑色的脚印。一路上，他和孩子们聊天，向他们提出各种问题，孩子们小心提防地回答他的每个问题。

回来的路上，轮到孩子们不停地向他好奇发问，他受宠若惊，尽自己所能给予他们详尽细致的答复，尽量把电影里面的信息传递给他们——比如亚利桑那州的牛仔和菲律宾的椰子树。他努力不带一点儿磕巴地回答他们的问题。

哦，春天来了！

他和珍妮、弗朗西斯卡就是在这样一个春日去了维特尔博。他还清晰地记得那天珍妮穿了一条黑色丝绸裙,倚坐在窗前,一双灰绿色的大眼睛凝视着远方。

饱含水汽的云朵给褐色的坎帕尼亚平原带来几场阵雨。在那边没有什么可供游客参观的废墟,只有零星几段倒塌的城墙和一家农场,农场附近有两棵松树和堆得高高的秸秆。一群黑猪在山谷间游荡,树木生长在溪水旁。火车疾驰在山丘和橡树林之间,落满枯叶的草地上长出无数朵蓝色和白色的银莲花,还有黄色的报春花。她说她想出去采野花儿,在淅淅沥沥的春雨中,在滴答淌水的枝叶间,她将花儿采集到一块儿。"这儿就像挪威的春天。"她说道。

之前下过一场雪,沟渠里仍然有雪迹。花朵被雨雪打得湿答答的,沉甸甸地垂着头,花瓣粘在一起。

水流从山间的石缝中涓涓而下,消失在铁轨的下面。一阵阵雨水打在窗玻璃上,将山间云雾驱逐净尽。

风儿吹散了山谷和树林间的云雾,雨水从山坡上流淌下来。

他把自己的一些物件遗落在两个姑娘的篮子里。等到了晚上他想起来去敲她们房门的时候,她俩已经在里面嬉笑着开始脱衣服准备就寝了。珍妮把门拉开一道缝儿,把他的东西递给他。她只穿着一件轻便的睡衣,露出两只白皙纤细的胳膊,诱惑他想上前吻它们千百遍,但他只敢轻吻它们一次。其实,从那一刻开始,他已经爱上了她,他陶醉于眼前的春色、美酒和轻快的雨声,还有那倏忽而至的阳光;沉湎于青春的自我放逐以及生命的喜悦之中。他想让她跳舞——这个高挑美丽的姑娘,她笑起来是那样拘谨,仿佛在探索一门新技艺,一门她从未涉足的艺术——她那双灰绿色的眼睛,紧张地盯着眼前令人目不暇接的花朵。

哦！一切本可以是多么不一样啊！一阵苦涩的哀恸再次漫过他的全身。

他们去蒙特菲亚斯孔那天也是个雨天，雨下得很大，水从石桥上冲下来，飞溅的水珠落在姑娘们撩起的裙摆和脚踝上。他们三人走在狭窄的街道上，雨水像湍急的溪流朝着他们涌来，那时候他们笑得多么开心啊！等他们到了罗卡——老城中心的悬崖城堡的时候，天放晴了。一行人斜倚城墙，远眺漆黑的湖面。眼前是绵延起伏的橄榄树和葡萄园。天空低垂，笼罩在群山环绕的湖面；只是顷刻间，黑暗的湖面上出现了一道银线，渐变渐宽，将薄雾逼回山谷，于是山色变得更加清朗空灵。太阳透过云层，阳光洒落在海岬之上的石头城堡。远处北方的尽头，隐约可见一座山峰——塞斯卡说那就是阿米亚塔山。

最后一片云雨从春日湛蓝的空中飘过，在太阳跟前消融；风暴继续往西边撤退，远处的伊特鲁里亚高原笼罩在一片昏暗之中，寂寥地滑入远处浅黄色的地中海；此情此景令他不禁想起了故乡的山川河流，虽然眼前的橄榄树林和葡萄园时时在提醒着他身处异域。

他和珍妮弯腰躲在树篱后面，他撑起自己的外套替她遮风挡雨，以便让她点烟。风势强劲，珍妮浑身湿透，不禁哆嗦了一下。她两颊泛红，顺势抬手将几缕发丝从眼前捋到耳后，一头湿漉漉的金发在阳光下闪烁。

明天他要出去踏青，寻觅那清冷纯粹的春天，心中有满怀的期待。花蕾在风雨中滴答颤抖——却依旧绽放。

对他而言，春天与她是一体的。在这个变幻莫测的季节之初,她伫立其中,恍惚地微笑着,试图将所有花朵揽入怀中。我可爱的珍妮,你没能摘到的花儿,你无法实现的梦想——现在由我来一一替你实现。

当我年迈,如果我还能拥有希望,一如当初你对生命所充满的渴望,也许我会对命运如是说:几枝鲜花足以慰藉我心,除此之外,我别无所求。可是,我不会像你那样轻易结束自己的生命,那样做不足以让你心满意足。我要永远记住你,当我亲吻你那一头金色秀发的时候,我在想——她是追求至善至美的,宁为玉碎,不为瓦全。或许我应当这么说,感谢上苍,她是宁愿死也不愿苟且地活着。

今夜,我要去圣彼得广场,倾听广场喷泉那昼夜不息的狂野乐章,继续做我的梦。珍妮,你,就是我的梦,除此之外,我再无美梦。

梦想,噢——梦想!

假若你的孩子现在还活着,他不会成为你梦想中的样子,一如当初被你抱在怀里时所拥有的梦想。长大以后,他也许会成就一番事业,但也有可能一事无成。有一点可以肯定的是,他不会一直照着你的愿望去生活。没有哪个女人在孕育孩子的同时可以将她的幻想强加给孩子——正如没有任何一位艺术家可以创造出灵感迸发的瞬间所看到的东西。我们走过一个又一个的夏天,可是我们再也回不到那个春天——当我们俯身在春雨中采撷被雨水打湿的花朵;正如相爱的人再也找不回他们第一次深情拥吻的美好瞬间。

如果你和我可以生活在一起,也许会过得很快乐,但也未必;也许我们可以相亲相爱,抑或互相残杀?只是我再也不可能知道，如果你成为我的女人，我们的爱情将会怎样。我只知道，它绝不会是我梦想中的情景，一如那天夜里，你我沐浴在月光之下，眼前是此起彼伏的喷泉。

无论如何，我不会忘记那个梦，亦不会忘记现在正在经历的这场梦。

珍妮，我愿意拿出我的生命来换取与你在悬崖上的片刻相聚，换取你的一个吻，让你爱我一天，哪怕一个时辰。我总是在想，如果你一直活着，成了我的爱人，那将会是怎样的一番光景，我似乎白白浪费了一份无穷的欢乐。噢，斯人已逝，你的离去令我的生命变得一无所有。我的梦中只有你，可是若有人拿我的贫穷与他人的富足相比，我只能说我得到了无上的荣耀。我无法停止对你的爱，我不能停止在梦中与你相遇，无法止住内心对你无尽的哀悼，否则我的生命将不复存在。

随着内心的波澜起伏，贡纳·赫根下意识地举起双臂，仰望苍天，口中喃喃自语，忘记了手中还紧握着一束银莲花。

城墙上的士兵冲着他笑，他全然不觉。他将花束压在胸前，自言自语，缓缓地从墓地朝着柏树林走去。

"北欧文学译丛"已出版书目

（按出版顺序依次列出）

［挪威］《神秘》（克努特·汉姆生 著 石琴娥 译）

［丹麦］《慢性天真》（克劳斯·里夫比耶 著 王宇辰 于琦 译）

［瑞典］《屋顶上星光闪烁》（乔安娜·瑟戴尔 著 王梦达 译）

［丹麦］《关于同一个男人简单生活的想象》（海勒·海勒 著 郗旌辰 译）

［冰岛］《夜逝之时》（弗丽达·奥·西古尔达多蒂尔 著 张欣彧 译）

［丹麦］《短工》（汉斯·基尔克 著 周永铭 译）

［挪威］《在我焚毁之前》（高乌特·海伊沃尔 著 邹雯燕 译）

［丹麦］《童年的街道》（图凡·狄特莱夫森 著 周一云 译）

［挪威］《冰宫》（塔尔耶·韦索斯 著 张莹冰 译）

［丹麦］《国王之败》（约翰纳斯·威尔海姆·延森 著 京不特 译）

［瑞典］《把孩子抱回家》（希拉·瑙曼 著 徐昕 译）

［瑞典］《独自绽放》（奥萨·林德堡 著 王梦达 译）

［芬兰］《最后的旅程：芬兰短篇小说选集》（阿历克西斯·基维 明娜·康特 等著 余志远 译）

［丹麦］《第七带》（斯文·欧·麦森 著 郏旌辰 译）

［挪威］《神之子》（拉斯·彼得·斯维恩 著 邹雯燕 译）

［芬兰］《牧师的女儿》（尤哈尼·阿霍 著 倪晓京 译）

［瑞典］《幸运派尔的旅行》（奥古斯特·斯特林堡 著 张可 译）

［芬兰］《四道口》（汤米·基诺宁 著 李颖 王紫轩 覃芝榕 译）

［瑞典］《荨麻开花》（哈里·马丁松 著 斯文 石琴娥 译）

［丹麦］《露卡》（耶斯·克里斯汀·格鲁达尔 著 任智群 译）

［瑞典］《在遥远的礁岛链上》（奥古斯特·斯特林堡 著 王晔 译）

［挪威］《珍妮的春天》（西格里德·温塞特 著 张莹冰 译）

图书在版编目（CIP）数据

珍妮的春天 /（挪威）西格里德·温塞特著；张莹冰译. —北京：中国国际广播出版社，2022.9
（北欧文学译丛）
ISBN 978-7-5078-5184-7

Ⅰ.①珍… Ⅱ.①西…②张… Ⅲ.①长篇小说－挪威－现代 Ⅳ.① I533.45

中国版本图书馆CIP数据核字（2022）第140230号

Simplified Chinese Translation Copyright©2022 by China International Radio Press Co., Ltd.

All rights reserved

This translation has been published with the financial support of NORLA.

珍妮的春天

总 策 划	张宇清　田利平
策　　划	张娟平　凭　林
著　 者	［挪威］西格里德·温塞特
译　 者	张莹冰
责任编辑	笑学婧
校　 对	张　娜
封面设计	赵冰波

出版发行	中国国际广播出版社有限公司［010–89508207（传真）］
社　 址	北京市丰台区榴乡路88号石榴中心2号楼1701 邮编：100079
印　 刷	环球东方（北京）印务有限公司

开　本	880×1230　1/32
字　数	240千字
印　张	11.25
版　次	2022年10月 北京第一版
印　次	2022年10月 第一次印刷
定　价	59.00元

版权所有　盗版必究